VOCÊ ENTENDEU TUDO ERRADO

E se fosse possível
ter aquela conversa
que nunca aconteceu?

MARIANNE KAVANAGH

Tradução
ELISA NAZARIAN

ÚNICA editora

Diretora
Rosely Boschini
Gerente Editorial
Carolina Rocha
Assistente Editorial
Natália Mori Marques
Controle de Produção
Karina Groschitz
Tradução
Elisa Nazarian
Projeto gráfico e Diagramação
Vanessa Lima
Capa
Ester Marciano
Imagens da capa
Pando Hall/Getty Images
Ollyy, Smileus, LilKar/Shutterstock
Revisão
Vero Verbo Serviços Editoriais
Impressão
Gráfica Rettec

Única é um selo da Editora Gente.

Título original: *Don't get me wrong*
Publicado mediante acordo com Emily Bestler Books/Atria Paperback, marcas da Simon & Schuster, Inc.

Rua Pedro Soares de Almeida, 114,
São Paulo, SP – CEP 05029-030
Telefone: (11) 3670-2500
Site: http://www.editoragente.com.br
E-mail: gente@editoragente.com.br

Dados Internacionais de Catalogação na Publicação (CIP)
Angélica Ilacqua CRB-8/7057

Kavanagh, Marianne
Você entendeu tudo errado : e se fosse possível ter aquela conversa que nunca aconteceu? / Marianne Kavanagh ; tradução de Elisa Nazarian. – São Paulo : Única, 2017.
288 p.

ISBN: 978-85-9490-014-2
Título original: Don't get me wrong

1. Ficção inglesa I. Título II. Nazarian, Elisa

17-0590 CDD 823

Índices para catálogo sistemático:
1. Ficção inglesa 823

Para Philippa

Agradeço a Yvonne Wilcox, Alexandra Fabian, Sally Eden, Stephen Ireton, Pavi Sidhu, Manolo Pedrini, Simon Pinkerton, Eve Zeese e Tony Williams, por toda a ajuda no primeiro esboço. Agradeço também às instituições beneméritas do Reino Unido: Meningitis Now e Breast Cancer Care, por responder a questões específicas. Meu amor e meus agradecimentos a minha família, em especial a Joe Kavanagh, Ben Kavanagh, Alice Kavanagh e, como sempre, a meu marido, Matt.

2015

A SALA DE ESPERA TINHA UMA PINTURA *OFF-WHITE*. Por toda a volta, havia cadeiras de plástico azul, os encostos junto às paredes. Em um canto, duas mulheres, cercadas de sacolas de compras, cochichavam com as cabeças bem próximas.

Era o tipo de sala que fazia você sentir que estava no lugar errado.

Kim estava sentada perto da janela. Seu cabelo loiro estava espetado em tufos.

Ele se sentou. Os hospitais sempre são quentes. Mas não tirou o paletó, para não parecer que estivesse supondo alguma coisa – como uma recepção calorosa.

– Alguma novidade?

Ela sacudiu a cabeça.

O cochicho no canto ficou mais alto. Uma das mulheres mudou de posição, uma sacola Tesco caiu de lado e escancarou. Harry pôde ver caixas de pizza e uma embalagem de leite. Disse:

– Quer alguma coisa?

Ela levantou os olhos. Parecia que alguém havia passado uma tinta escura embaixo de seus olhos.

Ele disse:

– Você está com uma aparência péssima.

– Obrigada.

Kim usava jeans preto, como sempre, mas sua camiseta estava desbotada. Mal dava para ver o desenho de uma cara sorrindo e BRIXTON VIVE! a se destacar, em letras vermelhas.

Ele corrigiu:

– Eu quis dizer que você parece cansada.

Ela não respondeu.

– Café?

– O quê?

– Quer que eu lhe traga café?

– Não.

Depois de um tempo, ele perguntou:

– Chá?

– Harry, cale a boca. – A voz de Kim soou tão alta que uma das mulheres do canto levantou os olhos. – Eu não teria telefonado se soubesse que você ia ficar sentado aí, jogando conversa fora, a noite toda.

Harry falou devagar: – Mas estou feliz por ter telefonado.

Acabada, ela desmoronou: – Achei que você deveria saber.

As duas mulheres olhavam para eles, agora. Viramos um drama de TV, pensou Harry. Um pouquinho de entretenimento de hospital para uma noite de domingo. Ele lhes escancarou um sorriso, para deixá-las envergonhadas, e elas abaixaram os olhos. Uma delas endireitou a sacola Tesco e a trouxe para mais junto da cadeira.

Por um tempo, ninguém na sala disse qualquer palavra. Harry queria perguntar mais coisas. Queria tirar o paletó, buscar café – de preferência no tipo de máquina que prometia um *espresso* duplo. Mas não conseguia se mexer. Sentia-se como uma mosca numa teia, todo enrolado num fio de seda grudento.

A porta se abriu. Uma mulher de túnica e calça azul olhou em torno. Kim empalideceu e se endireitou.

– Não se levante – disse a mulher. – Só queria que soubesse que nós terminamos. Agora, meu turno acabou. Você só vai me ver de novo amanhã, se ainda estiver aqui.

– O que está acontecendo? – perguntou Harry.

– Você é parente?

– Não, não é – disse Kim.

Harry leu o nome na identificação: doutora Annan.

– É um amigo – disse Kim, depois de uma pausa.

Ele lhe deu uma olhada rápida.

A médica disse:

– Não houve mudanças. Temos de deixar os remédios fazerem efeito.

– Quanto tempo vai levar até que a gente saiba? – perguntou Kim.

– Não dá pra dizer, sinto muito. Agora é só esperar.

Fim da informação. Harry não podia acreditar que Kim estivesse permitindo que ela fosse embora. Ao ver a médica sair da sala, a necessidade de Harry saber mais ficou tão forte que ele quase gritou. Mas não tinha direito de exigir informações. Não tinha direito a nada. Sentiu que as mulheres do canto o observavam. Tinham ouvido cada palavra.

– É maravilhoso, não? – disse em voz alta, dirigindo-se às duas. – O Sistema Nacional de Saúde. Uma equipe tão dedicada!

Elas desviaram os olhos.

– Mas ela é boa – disse Kim.

– Eu não disse que não era.

Ele pensou que ela fosse discutir. A velha Kim o teria feito. Teria mergulhado numa preleção sobre o direito público aos serviços essenciais. A cada um de acordo com sua competência, a cada um de acordo com sua necessidade. Ela não disse nada.

– E agora? – perguntou Harry.

– A gente espera. – os olhos dela não tinham expressão. – Ou, pelo menos, eu espero. Você faz o que tiver vontade.

– Aqui?

– Se quiser, pode entrar. É a cama da esquerda.

– Você vem?

– Agora, não.

Ela parecia muito pequena e vulnerável ali, sentada na cadeira fria, encostada contra a parede. Não combinava com ela. Kim era uma lutadora. Ele disse:

– Eu poderia ir pra casa e lhe trazer alguma coisa. Uma muda de roupas?

Ela sacudiu a cabeça. E ele entendeu. Se a vida está uma droga, um jeans limpo não vai ajudar. Em todo caso, ela nunca se preocupara muito com a aparência. Eva era quem ligava, com suas saias hippies compridas, suas contas e echarpes longas. Harry engoliu em seco.

– Quer que eu ligue pra alguém?

– Como quem?

– Sua mãe? – Ele quase podia ouvir a voz dela: *Nunca fui muito boa com doenças. Acho que são muito exaustivas!*

– Liguei pra ela, hoje de manhã. Ela não pode vir.

Harry acenou com a cabeça. Não teria esperado outra coisa.

– Seu pai?

Ela olhou para ele como se fosse idiota. – Por que eu ia querer que você telefonasse para o meu pai?

Porque ele é da família. E é isso que se faz numa situação dessas. A gente chama para perto as pessoas que poderiam ajudar. Mesmo que não as veja há anos.

– E o Jake?

Kim levantou-se tão repentinamente que a cadeira deu um pulo.

– Harry, se você não calar a boca, vou me sentar em outro lugar, está bem? Não é necessário que você se intrometa e assuma o controle. Fiz tudo o que era preciso. Liguei pra você porque achei que devia. Mas não preciso de você. Estou bem sozinha.

Estava tremendo.

Depois de um tempo, sentou-se, mas manteve a cabeça virada para a janela, embora não fosse possível ver nada – árvores, ônibus vermelhos, ambulâncias – por causa das persianas brancas.

Harry procurou o celular no bolso do paletó: – Vou dar uma saída. Volto mais tarde.

Se ela ouviu, não deu sinal.

No corredor, que tinha um cheiro forte de desinfetante, Harry, com seu terno feito de cashmere e à mão, recostou-se na parede. O desânimo fez seu corpo parecer leve, seus ossos ocos.

Kim sentiu-se enjoada. O esforço de enfrentar Harry tinha levado o que lhe restava de energia. Desejou ter alguma coisa no bolso para comer, uma caixinha velha de balas de menta, algum chocolate. Mas não tinha nada. Nem mesmo tinha dinheiro na bolsa. Isso seria algo em que ele poderia ter ajudado. Ele sempre tinha dinheiro. Notas enroladas em maços grossos, prontas para ser destacadas e usadas.

– Aquele é seu namorado? – disse uma das mulheres do canto. Ambas olhavam para ela.

Kim sacudiu a cabeça em negação.

– Eu não teria dito não pra ele – disse a maior delas. Seu cabelo estava tão puxado para trás que a pele da testa estava lisa e brilhante. Usava brincos de argola de ouro.

As mulheres riram.

– Ele parece aquele ator da televisão – disse a mulher de brincos para a amiga. – Aquele italiano que está sempre sorrindo. Você sabe. – ela se voltou para Kim. – Então, quem é ele?

Kim percebeu que estava tremendo. Correu as mãos ao longo dos braços, subindo e descendo.

– Você está bem?

Ela apertou mais os braços junto ao peito.

– É a espera. É isso que acontece. Acaba com você. Estamos aqui desde às três. E, agora, estão tirando sangue dele – ela estremeceu. – Não aguento sangue. Nunca aguentei sangue.

Deixe-me em paz. Por favor, deixe-me em paz. Não posso pensar em nada, a não ser em não pensar.

A porta se abriu. Uma enfermeira de uniforme azul ficou na soleira. O coração de Kim gelou. Mas ela olhou para as mulheres no canto:

– Vocês já podem entrar.

Houve a agitação de pegar os casacos e levar as sacolas até os ombros. Ao saírem, a mulher que havia conversado olhou para Kim e acenou com a cabeça:
– Espero que tudo acabe bem.

A porta fechou-se com uma batida. Kim estava novamente sozinha.

Exceto que, como sempre, Harry estava em algum lugar por perto. Harry sempre estava por perto.

Kim colocou a cabeça nas mãos.

2006

– Não consigo vê-la – disse Kim.

Do lado de fora, sob o sol quente de julho, todos os pais estavam ombro a ombro, rindo e conversando como convidados num casamento. As mulheres usavam sedas rosa e linho creme, os homens, ternos cinza-claro. Braceletes de ouro reluziam. Diamantes captavam a luz, faíscas de eletricidade. Os novos graduados, com suas túnicas pretas, destacam-se como corvos.

Do alto dos degraus de pedra, Kim esquadrinhava os rostos abaixo. Durante toda a cerimônia, não conseguira ter certeza.

– Ela estará aqui, em algum lugar – disse Izzie.

Estará? Eva nunca chegava na hora para nada. Kim respirou fundo. Não pense nisso. Esvazie sua mente.

Ao lado dela, Izzie começou a acenar. Kim olhou os degraus abaixo, a multidão se abriu e lá, abaixo delas, um homem de aspecto enrugado, rosto vermelho, estava amparado no que parecia ser um grande sofá floral.

Os olhos de Izzie arregalaram-se.

– Tudo bem, querida? – disse o homem de rosto vermelho, inclinando-se para beijá-la.

– Foi lindo – disse o sofá floral. – Chorei o tempo todo.

O pai de Izzie parecia meio estrangulado por seu colarinho. Ele enfiava o dedo para afrouxar o botão, esticando o pescoço como um aficionado por futebol que não conseguia ver o campo.

– Então, vocês chegaram aqui sem problemas – disse Kim, para quebrar o silêncio crescente. – De Newcastle.

– Problema nenhum – disse o pai de Izzie. – Só um pouco de dificuldade, perto de Alnwick.

– Mãe – disse Izzie, recobrando a voz –, onde foi que você arrumou esse vestido?

A mãe olhou para baixo, como se estivesse agradavelmente surpresa com o que via. – Eu mesma fiz. O que você acha?

– Você trouxe um casaco?

A multidão oscilava contra eles. A mãe de Izzie afastou-se de lado, deslizando sobre rodinhas.

– Vamos atrás de uma xícara de chá? – perguntou Izzie, desesperada.

Kim sacudiu a cabeça: – Ainda não posso.

O barulho das pessoas estava crescendo.

– Está esperando seus pais? – perguntou o pai de Izzie.

Ela tornou a balançar a cabeça. Aquela sensação de abandono estava novamente se infiltrando dentro dela, como uma névoa gelada. Não esperava seus pais. Sua mãe não sonharia em viajar lá do sul da França. E seu pai, morando em Leicester com sua nova mulher e filhos pequenos, nem ao menos sabia o dia de sua formatura.

– Não – ela disse –, minha irmã.

– Então, o que acham de algumas fotos? – perguntou o pai de Izzie, sacando uma câmera maltratada em uma capa de couro marrom.

Kim sentiu-se constrangida. Não queria fazer parte das lembranças da família de outra pessoa. Izzie era sua amiga desde o primeiro ano, mas isso não significava que quisesse terminar em uma moldura prateada sobre uma televisão em Newcastle. Estava se esgueirando de lado, com passinhos curtos para que ninguém notasse, e de repente houve um grito à esquerda e uma pequena explosão, como fogos de artifício. Alguém disse: – Cuidado! – tarde demais e Kim se viu borrifada à queima-roupa por um litro e meio de *cava*, *prosecco* ou, provavelmente (por estar em Edimburgo) algum champanhe superior. Ela piscou e cuspiu, enquanto alguém dizia: – Ah, desculpe! – Então, viu-se pingando no meio de muita gente, assediada por pessoas que queriam ajudar, enxugando-a com lenços de papel, insistindo para que tirasse sua ensopada túnica alugada. Outra pessoa, provavelmente uma mulher alta que trazia na cabeça um adorno azulão, repetia sem parar: – Pobre menina. Olhe pra ela. Olhe pra ela! Parece um pintinho molhado. – Foi quando, no meio da balbúrdia, sacudindo a bebida do cabelo, ouviu uma voz conhecida:

– Kim? – disse Eva.

Com um surto de alegria, Kim olhou para cima. Lá estava a irmã com seu cabelo loiro-branco, seu rosto de ossos delicados, aquele ar sempre presente de leve surpresa. No exato momento em que a reconheceu – conforme a familiaridade da pessoa a quem mais amava no mundo a fez se sentir realmente viva de novo, da cabeça aos pés –, Kim percebeu, com um tranco no coração, que Eva não estava só. Ao lado dela, sorrindo, pairava Harry.

Kim estreitou os olhos. – Que diabos ele está fazendo aqui? – perguntou à irmã.

As pias eram minúsculas. Toda vez que alguém abria as torneiras, a água batia no esmalte branco e se espalhava pelo chão. Como consequência, o piso de lajotas estava traiçoeiro como gelo.

– Detesto ele! – disse Kim.

– Eu sei. Você já me disse isso, muitas vezes. – O sotaque de Newcastle de Izzie estava mais forte do que o normal. Seus pais o tinham reativado, como açúcar em fermento.

– Ela nunca o deveria ter trazido. Não, sem me perguntar.

– O que você teria dito?

– O quê?

– Se ela lhe perguntasse.

Kim ergueu o queixo:

– Teria dito não.

Tinham acabado de chegar ao restaurante para celebrar o novo status de formadas. Enquanto os outros se sentavam, Kim, ainda ensopada, agarrara a mão de Izzie e correra com ela para o andar de cima. A raiva fervia dentro dela, incandescida, como lava derretida. Tinha visões de entrar em erupção como um vulcão, transformando todos ao redor em pedra. Anos antes, Eva, brevemente animada com a homeopatia, havia dito que o organismo de Kim era do tipo *phosphorus*. Isso significava que ela era como um fósforo – rápida para acender, e igualmente rápida para apagar. Saber disso não serviu de ajuda. Kim preferia ser calma e beatífica como Gwyneth Paltrow.

– Sabe, olhando de fora, ele parece bem normal – disse Izzie.

Izzie tinha grande admiração por pessoas adaptáveis. Não sabia como fazer isso. Debruçava-se sobre revistas, fazendo listas de produtos mágicos de beleza e livros de autoajuda. Ouvia atentamente quando as pessoas discorriam sobre yoga, *goji berries* ou aprendizado de japonês. Preocupava-se que seu cabelo fosse rebelde em excesso, suas coxas, gordas demais e que ninguém mais achasse o fagote interessante.

– Você olha para alguém como Kate Moss – dizia –, que parece não seguir nenhuma regra. Mas todo mundo ama a Kate. Então, o que a gente deve fazer?

Kim achava isso estranho. Que as pessoas pensem o que quiserem. O que mais dá pra se fazer além de ser você mesma?

– Ele estava conversando com meu pai sobre Michael Owen – disse Izzie.

Kim nem piscou.

– Newcastle United. Lesão no joelho. Copa do Mundo.

– Mas isto é exatamente o que Harry faz – disse Kim, num surto de irritação. Estava recostada no secador de mãos da parede, enquanto Izzie, que tinha o pé fincado na porta do cubículo para mantê-la aberta, sentava-se na tampa abaixada do vaso sanitário mais próximo. – Descobre seu interesse e faz você falar.

– Isto não é crime, é? Ser um pouco falante?

A porta principal abriu-se num ímpeto contra a parede e a barulheira do restaurante abaixo se fez presente. – Ah, desculpe – disse uma mulher com cabelo vermelho vivo e vestido verde.

– Não se preocupe – disse Izzie. – A gente só está se escondendo do Harry.

A mulher seguiu em frente, escorregou no chão molhado e caiu de cabeça dentro de um cubículo. Elas ouviram um gritinho de dor.

De novo, Kim tentou: – Ele deixa as pessoas encantadas. Faz com que gostem dele.

– Você não gosta dele.

– Vejo através dele.

Izzie inclinou a cabeça de lado: – Então, você está dizendo que é tudo falso?

– Dá pra ver nos olhos dele. Ele não é direto.

– Não é direto?

– Ele esconde alguma coisa – disse Kim, sem paciência.

– Todos nós escondemos alguma coisa.

– Você, não.

– Como é que você sabe? – Izzie ergueu as sobrancelhas.

Kim mudou de posição. O secador ligou sozinho. Atingida pelo ar morno, ela gritou, encobrindo o barulho: – Ele faz mal pra ela.

– Pra Eva? – Izzie esperou o barulho terminar. – Ela sabe se cuidar.

Não, não sabe. Você não faz ideia. Ela não é nem um pouco forte como parece ser.

– Algumas pessoas diriam que ela se saiu bem – disse Izzie. – Ele é rico, é bonito, não tem uma mulher aqui que daria o fora nele.

Ele é como papel higiênico grudado na sola do seu sapato.

– O que ele fez pra você detestá-lo?

A cabeça de Kim estava tão tomada de fúria que ela não conseguia pensar por onde começar.

Izzie suspirou: – Eu sei. Ela é sua irmã. Ninguém serve. Mas é ele que ela quer. Você está numa batalha perdida. Só vai acabar se sentindo um caco.

A descarga foi acionada no cubículo próximo.

Izzie levantou-se. – É como a oração da serenidade. Mude o que pode, aceite o que não pode, e seja sábia o bastante para perceber a diferença.

Isso irritou Kim. Talvez você devesse seguir seu próprio conselho, pensou, e parar de tentar se transformar naquilo que pensa que as outras pessoas querem que você seja. Mas, então, sentiu-se culpada. Izzie só estava tentando ajudar.

De volta ao andar de baixo, ensurdecidas por risadas e batidas de talheres, foram prensadas contra a parede por um garçom que carregava uma bandeja de prata.

– Quer trocar de lugar? – gritou Izzie. – Se preferir, posso me sentar ao lado dele.

Não faria diferença, pensou Kim, enquanto seguia Izzie pelo restaurante lotado. Mesmo que ele estivesse na outra ponta da mesa. É aquela autoconfiança que ele transpira. A convicção de que esteja certo. Ela se difunde no ar como um nevoeiro. Ele ri de tudo que me interessa. Faz com que eu me sinta pequena e insignificante – como se eu fosse uma formiguinha preta correndo por aí, enquanto ele dá largas passadas, feito Deus. Quando o conheci, ele bloqueou o sol. Que idade eu tinha, uns 13? Deitada no jardim dos fundos, com short velho e gasto e *top* curto, a grama comprida debaixo dos dedos, transpirando no primeiro dia quente em semanas. Christine, do vizinho, disse que o mapa do tempo na TV tinha ficado completamente laranja. Eu podia sentir a pele ardendo, ferroadas minúsculas de calor. *Fique sempre longe do sol*, minha mãe costumava dizer. *Envelhece demais*. Meu ato de rebeldia adolescente: tomar banho de sol.

– Kim? Este é o Harry.

O mundo escureceu. Um eclipse.

Eva disse: – A gente vai comprar sorvete. Você quer algum?

Eu não conseguia falar. Sonolenta, zonza de calor, não conseguia dizer uma palavra.

– Não quer sorvete? – Uma voz grave, estilosa, de rapaz.

Olhei para cima, mas não consegui ver seu rosto, apenas uma sombra, como um rochedo contra a luz branca ofuscante.

– Você é sempre tão falante?

– Ah, deixe ela em paz, Harry. Ela só quer aproveitar o sol.

Protegi os olhos com a mão e, aí sim, pude ver sua expressão.

– Harry?

Rindo de mim. Seu rosto todo franzido, um sorriso de orelha a orelha, como se eu fosse uma grande piada.

– Harry? Vamos lá.

Então, eles se foram e o sol me cegou. Sentei-me e o mundo estava desbotado, como se alguém tivesse passado alvejante. Continuei olhando enquanto eles caminhavam de volta para casa. Ele era uma cabeça mais alto do que Eva, e magro. Só tinha ossos, como diria Christine.

No alto da escada de concreto, ele parou: – Então, esta é sua irmã caçula.

Mantive-me quieta.

– Sabe de uma coisa? Ela ficaria bem bonita se sorrisse.

A mágoa. A raiva. Era de se pensar que os anos fariam diferença, mas não fizeram.

Quando eu era adolescente, ele passava a maioria dos finais de semana em nossa casa. Ocupando espaço. Não havia ninguém para impedi-lo. Papai tinha ido embora. Mamãe vagava em um vestido de passeio e uma nuvem de Chanel, feliz em passar a noite (a semana, o final de semana) com qualquer um que a convidasse. Não daria para adivinhar que houvesse nascido sobre uma *fish and chips*,[1] em Torquay. Pela voz, era de se pensar que tivesse crescido em Kensington, em uma daquelas majestosas casas brancas com grades pretas, babás e carrinhos de bebê, como a

1 Lanchonete *fast-food* muito popular e tradicional no Reino Unido, na qual se vendem, principalmente, peixes e batatas fritas, em geral em embalagem para viagem. (N.T.)

carruagem da Cinderela. Mamãe amava Harry. *É como um jovem Montgomery Cliff, sabe, querida? Todos aqueles filmes da década de 1950*. Ela dizia que ele se encaixava muito bem com Eva, alto e moreno, diante da fragilidade loira dela.

Era tudo que importava para mamãe. A aparência das coisas.

Assim, papai tinha ido embora, mamãe tinha ido embora, mas Harry estava sempre por perto. Eu entrava na sala de visitas para assistir à TV e lá estava ele, deitado no sofá, cabeça para um lado, pés para o outro, ocupando todas as almofadas. Se não estivesse no sofá, estaria lá em cima, no quarto de Eva. Eu ficava sentada à mesa da cozinha, o livro de matemática aberto à frente, o olhar fixo nos retângulos disformes, ouvindo-os rir. Depois vinham os sons de batidas, como coisas caindo, e música o tempo todo, as velhas coisas da década de 1960 de que Eva tanto gostava, como Mamas and the Papas, Janis Joplin, Jimi Hendrix, The Byrds – suas vozes se entrelaçando para lá e para cá, como tecidos. Eva dizia que uma de suas músicas havia sido escrita pelo rei Salomão, estava na Bíblia. Para tudo há uma época e um tempo para cada propósito sob o céu. Se alguma coisa não estiver dando certo, não adianta dar pulos e ficar todo estressado. É como bater a cabeça contra uma parede. Um tempo para nascer e um tempo para morrer. Um tempo para chorar e um tempo para rir. Um tempo para amar e um tempo para odiar. Um tempo de guerra e um tempo de paz.

Um tempo para calcular áreas e perímetros.

Desenhei um ratinho a lápis no canto do livro. Tinha um nariz pontudo, duas orelhas grandes como discos de satélites e um rabo comprido e fininho.

As batidas pararam. Deviam ter terminado de fazer sexo. Colori as orelhas do rato.

Ouvi a porta do quarto se abrir. Talvez ainda fossem The Byrds. Mas poderia ter sido Bob Dylan. O barulho dos pés descendo a escada. Puxei um pedaço de papel para esconder o rato.

Harry entrou na cozinha. Era quase tão alto quanto o batente da porta. Cachos pretos e lustrosos, como um *cocker spaniel*. A camisa branca, semiabotoada, fazendo sua pele parecer mais escura. Sempre usava camisa branca. Como se nunca deixasse o escritório.

– Fazendo lição de casa?

Não respondi.

Harry deu uma olhada na mesa: – Matemática.

Isto também não parecia pedir uma resposta.

– Eva disse que você acha essa matéria difícil. Que você não gosta dela.

Eu não ia levantar os olhos.

– Não é difícil. Dê-me cinco minutos e eu posso lhe ensinar.

Tão superior! Só porque foi para uma escola particular. A ideia de me sentar com Harry olhando um livro de matemática me fez ficar enjoada. Debrucei-me sobre meus retângulos. Ouvi-o mexendo na cozinha, fazendo chá, deixando cair uma colher na pia de aço inoxidável.

Ao sair, ele parou à porta. Pude senti-lo ali, parado, só me olhando. Então, ele disse:

– Se mudar de ideia, sabe onde me achar.

Desenhei um nariz preto grande e sem forma no rato, pressionando o papel com força. O rato olhou de volta, indignado.

Eu sei onde você está. Está sempre por aqui.

– Então, o que você faz, meu bem? – perguntou a mãe de Izzie, ajeitando-se para trás na cadeira, com uma grande onda de tecido florido. Ela não era a única que tinha aparecido em Edimburgo com roupas estranhas, mas era a única que havia tentado usar todo o departamento de cortinas da John Lewis.

– Nada demais – disse Eva, sorrindo.

– Ela é musicista – interveio Kim –, e uma defensora do meio ambiente.

A mesa deles estava enfiada em um dos cantos do restaurante, meio escondida por uma coluna. Isto significava que a conversa entre eles não era encoberta por toda a animação e gritaria do entorno. Mas, também, que eram esquecidos pelo garçom. É por isso que eu me sinto tão bêbada, pensou Kim, voltando a encher seu copo. Não tem comida suficiente para absorver todo o álcool.

– O que quer dizer – disse Harry – que ela viaja pelo país com seu violão, atravessando campos enlameados com botas de borracha.

Eva riu.

Kim o encarou, irritada: – Como é que você sabe?

O rosto de Eva era sempre ângulos e sombras, mas, nesta noite, sempre que parava de sorrir, dava para ver que tinha círculos escuros debaixo dos olhos. Kim franziu o cenho. Haveria algum problema? Normalmente, Eva não se deixava oprimir por nada. Às vezes, achava as outras pessoas incompreensíveis, e em geral acreditava que a vida acabava se resolvendo se a pessoa não se estressasse demais com os detalhes.

– Ele foi comigo, uma vez – disse Eva. – Até uma comunidade a oeste de Gales. Um sítio no meio do bosque. Eu disse que ele não poderia julgar, enquanto não passasse pela experiência.

Harry pareceu desanimado: – Eles me fizeram comer lentilhas.

– O vegetarianismo é uma maneira muito mais eficaz de alimentar o mundo – disse Kim.

– E tofu fermentado.

– Trata-se de obter o melhor uso da terra preciosa.

– E marijuana – Harry contraiu o rosto. – Ou isto é o que vocês vestem?[2]

Um duelo rápido e inteligente com Harry excluía todos os outros. Kim sabia disso, mas não conseguia se refrear:

– Você não pode fingir que comer um filé não passa de uma escolha individual. Não é. O que você faz afeta outras pessoas.

A mãe de Izzie olhou para seu prato vazio com uma expressão de alarme.

---

2 Jogo de palavras que se perde na tradução, uma vez que *hemp*, no original, significa tanto maconha, quanto cânhamo. (N.T.)

– Basicamente – disse Harry –, Eva nasceu no século errado. Ela quer voltar no tempo, sem TV, carros, medicina moderna. Seu ideal seria algum tipo de vila medieval: pegar água em poço, ordenhar manualmente, cavar a terra para colher batatas. – Ele falava com uma expressão ingênua e inocente. – Cheio de pessoas com furúnculos e dentes ruins.

Até parece, pensou Kim. Eva irradia luz. Brilha. Crianças e senhoras a veem passar com sorrisos pensativos. Os homens a encaram e especulam se suas vidas poderiam ter sido diferentes com uma mulher como aquela ao lado. Eva, com suas roupas batidas e hippies, perdida nos próprios pensamentos, não percebe o efeito que tem sobre as outras pessoas, mas eu percebo e é meu dever protegê-la.

– Eva não pensa nada disso. – Kim agarrou a borda da mesa, sentindo o linho branco engomado debaixo das mãos. – Está procurando uma maneira diferente de viver. Não se trata de voltar no tempo. Trata-se de caminhar com leveza sobre a terra.

– Fazendo paredes com barro e palha – disse Harry.

– Vivendo em equilíbrio com a natureza.

– E cantando. Tinha um monte de cânticos em Gales.

– É um movimento grande, agora – disse Kim em voz alta, porque o aumento de volume parecia ser a única maneira de encobrir Harry. – Existem comunidades por toda a Europa: Alemanha, Itália, França, Espanha, Portugal, Lituânia...

– Tivemos de usar banheiro seco ecológico. No escuro. Cercados por carneiros galeses.

– E por todo o mundo: Austrália, Brasil, Estados Unidos...

– Ela quer viver numa ecovila – disse Harry, inclinando-se para o lado, em direção ao pai de Izzie, que olhava totalmente perplexo.

– Quem? Eva ou Kim?

– Sabe de uma coisa? Muitas vezes, eu também me pergunto isso – disse Harry.

– Deve ser muito mais barato plantar a própria comida – disse a mãe de Izzie. – Às vezes, quando vou fazer compras, não consigo acreditar no que vejo. Os preços que eles cobram! Eu disse pra moça no Morrisons que, hoje em dia, você tem de roubar um banco só pra pagar um chocolate.

– A mudança do clima é causada pela ganância das pessoas e pela superdependência do óleo barato. – A voz de Kim se alçou acima do burburinho do restaurante. As pessoas das outras mesas estavam olhando. Um dos garçons ficou pregado no lugar, hipnotizado. – Não podemos continuar tomando decisões egoístas ou nossos recursos vão acabar. Os políticos ficam falando sobre crescimento, mas o que eles querem dizer é consumismo desenfreado.

– Alguém aceita sobremesa? – perguntou Izzie, erguendo-se um pouco. – Eles têm pudim de gengibre com calda quente de caramelo.

– Não sei – disse Harry. – É vegano?

– Nosso modelo econômico atual é insustentável – disse Kim, com as faces coradas. – Temos de acordar para a realidade, antes que seja tarde demais. Qual é o mundo que queremos deixar para os nossos filhos e netos? A menos que a gente enfrente isto agora, daqui a pouco vai ser tarde demais.

– Kim – disse Izzie –, vamos procurar a garçonete?

Kim firmou a vista. Izzie parecia estranhamente fora de foco. – O quê?

– Assim a gente pode pedir a sobremesa.

– Não é preciso ir as duas, é?

Izzie afastou sua cadeira com tanta violência que ela quase caiu. Vendo a melhor amiga abrir caminho no restaurante lotado, Kim franziu a testa, confusa. Izzie estaria irritada? Por quê?

– Eu me preocupo muito com vocês todas – disse a mãe de Izzie, voltando-se para Kim, com uma súbita lufada de cretone – vivendo por conta própria. Tudo bem, enquanto vocês estão vivendo em casa, mas depois que ficarem responsáveis pelo pagamento de todas as contas, como é que vão se virar?

– Izzie pode ficar com a gente em Londres, a qualquer hora – disse Kim, olhando para Eva, pedindo confirmação. A irmã, porém, parecia estar evitando seus olhos. Aquilo estava ficando ridículo. Qual era o problema com todo mundo?

– Pode ser que ela acabe aceitando, meu bem, depois que fizer seu estágio de professora. Seu primeiro emprego pode ser em qualquer lugar, não pode?

Kim ainda não conseguia imaginar Izzie lecionando. Uma vez, quando saíam de um clube de comédia, de madrugada, tremendo de frio, Kim havia-lhe perguntado: – Você gosta mesmo de crianças?

Izzie pareceu confusa: – Isto faz parte do trabalho?

A mãe de Izzie acomodou-se novamente em sua cadeira. – E quanto a você, meu bem, quais são seus planos pro futuro?

Kim estava achando difícil se concentrar. À esquerda, Harry e o pai de Izzie pareciam ter engatado uma conversa sobre o cultivo de verduras na primavera. Eva brincava com uma faca de manteiga, vendo-a se equilibrar na ponta do dedo, captando a luz. O restaurante estava ficando mais quente.

– Vou fazer qualquer coisa, por um tempo. Um call center, trabalhar num bar, qualquer coisa. Só pra ganhar dinheiro. – Sentiu que Harry, agora, olhava para ela. Podia sentir seu olhar pousado nela como um grande peso. – Depois, vou tentar trabalhar com moradias.

– Como corretora imobiliária?

– Não. Assistência social.

Harry riu.

– E você, Harry? O que você faz?

– Ele é banqueiro – Kim conseguiu fazer com que isso soasse como um mundo inteiramente diferente. – Razão pela qual não entende que algumas pessoas não possam arcar com os aluguéis atuais.

Izzie espremeu-se atrás da cadeira do pai: – Ela está chegando e disse que o pudim de gengibre caramelizado é delicioso.

– Um banco comercial? – perguntou a mãe de Izzie. – Você é uma daquelas pessoas sorridentes atrás do vidro de segurança?

Harry sacudiu a cabeça: – No centro financeiro. Um analista. Aconselho investidores na compra de ações.

– Ele joga com o dinheiro de outras pessoas – disse Kim.

Harry recostou-se em sua cadeira, com um sorriso divertido: – Ela não tem uma consideração alta pelo trabalho em banco.

– Porque o centro financeiro enriquece à custa do pobre.

– O centro financeiro é a maior indústria do Reino Unido. Proporciona emprego para milhares de pessoas.

– Pessoas ricas.

– Todas as pessoas. E paga impostos que são convertidos em auxílio-moradia, em auxílio-desemprego e no Sistema Nacional de Saúde...

– Os banqueiros – disse Kim, no máximo volume – são responsáveis por tudo de errado que existe neste país. São parasitas do mal, vampiros. – Deu um soco na mesa como ênfase. Seu copo de Rioja virou. Todos olharam a mancha enorme e crescente, infiltrando-se como sangue no algodão branco, pensou Kim.

A mãe de Izzie sacudiu a cabeça com uma expressão de trágico desânimo. – Dá pra imaginar o tamanho das contas de lavanderia num lugar como este?

– Você sabe, o que ele faz não é nem mesmo real, não passa de ilusão, fumaça e espelhos, números numa tela. Num minuto você está rica e, no outro, não é nada. Mas ele não liga. Você poderia estar nas ruas, com todas suas roupas em uma sacola de papel e, mesmo assim, ele estaria rodando em seu Porsche, comendo estrelas do Michelin e atirando em faisões. É isso que eles fazem, sabe? Matam aves que nem mesmo podem voar. As asas delas não são fortes o bastante para tirá-las das moitas. Mas todos esses idiotas gordos, em seus ternos risca-de-giz, vêm e atiram nelas, ainda assim, só pra poderem dizer: "Ah, olhe pra mim, eu não sou demais? Matei um faisão; matei um veado e pus os chifres dele na parede; arpoei uma truta; matei um leão e, depois, voei até Bahamas num jato particular". Sabia que ele nem ao menos se preocupa com o aquecimento global? Ele disse que a gente pode conseguir champanhe em Birmingham, se a coisa continuar assim.

– Kim?

– O quê?

– Você está bêbada.

Kim e Izzie tinham voltado para o banheiro do restaurante. A refeição que celebrava a formatura delas tinha acabado. Kim tinha uma vaga lembrança de ter sido arrastada da mesa, enquanto os outros pegavam seus casacos e paletós. Agarrada na pia, tentou focar sua visão. No espelho, podia ver seu cabelo leiro curto espetado em chumaços macios, fazendo com que parecesse um pintinho na ventania.

Izzie remexia na bolsa: – Você tem de parar de gritar com todo mundo. É como se fosse um sermão de John Prescott. Não é o momento nem o lugar. A gente deveria estar se divertindo. E não tem sentido ir até o hotel dos meus pais para um último drinque, se você for fazer a gente morrer de tédio com mais um sermão ecológico.

Kim apoiou a cabeça contra a parede branca e fria. O que há de errado comigo? Eu não tinha intenção de gritar com as pessoas. E nunca bebi tanto. Jamais. Não é do meu feitio. Eva é quem volta cambaleando de madrugada, batendo a porta da frente, tropeçando no capacho. É disso que eu me lembro do tempo em que morava em casa – cantoria alta às três da manhã, vasos de plantas quebrados. Eu costumava dormir com um travesseiro em cima da cabeça. Era o único jeito de ter um pouco de paz. Em meus últimos dois anos de escola, Eva tinha um emprego numa loja de presentes, vendendo óleos essenciais e filtros de sonhos, flutuando em meio a uma névoa de incenso. E toda noite ela ficava doidona e convencia outras pessoas a fazer o mesmo.

A maioria das pessoas acha difícil dormir em residências universitárias: as batidas de portas, os gritos nos corredores. Mas minhas primeiras semanas em Edimburgo foram uma bênção. Dormi pela primeira vez, em meses.

A porta do banheiro do restaurante abriu-se com um golpe. Um grupo de adolescentes entrou deslizando, principiantes numa pista de patinação.

Izzie achou um estojo de blush e aplicou um tom rosa nas faces.

– Sei que você detesta o Harry, mas está ficando muito difícil pra qualquer um se divertir com você por perto. Inclusive pra mim. Todo mundo está olhando pra gente. Você viu a mulher da mesa ao lado? Estava rindo tanto que pensei que fosse explodir.

Kim inclinou a cabeça. Estou agindo feito criança, pensou, deixando meus sentimentos me controlar. Será que estraguei tudo?

Quando levantou os olhos, Izzie estava olhando o reflexo das duas, lado a lado, no espelho. Não poderiam ser menos parecidas: Izzie lembrava uma fotografia sépia da perfeição feminina eduardiana – redonda, suave, faces rosadas e uma nuvem de cabelos escuros; Kim – rosto pálido e sem cores, anguloso – parecia um fantasma.

– O quê? – Kim não gostava de ser examinada tão de perto.

– Tem alguma coisa que você não está me contando.

– Como o quê?

– Ele é arrogante e está saindo com sua irmã, mas isto não basta pra fazer você ter raiva dele. Tem mais alguma coisa.

Kim sacudiu a cabeça.

– É de muito tempo atrás, não é? O que foi que ele fez? Roubou seu dinheiro? Matou seu hamster? Estragou sua corda de pular?

Você não entende.

Izzie pareceu pensativa: – Às vezes, as pessoas falam mal uma da outra pra esconder o que realmente sentem, sabe?

– O que você quer dizer com isto?

– Estou pensando se, secretamente, você não gosta do Harry. Se não quer o namorado da Eva pra você.

– Não! – Kim mostrou-se furiosa.

– Tem certeza?

– Não posso acreditar que esteja ouvindo isto. – Tão absurdo que era insultante.

Izzie deu de ombros: – Só estou tentando descobrir o que está acontecendo. Porque, a meu ver, você é parte do problema. Ele só está pescando, mas você morde a isca, toda vez. Aí, ele recolhe a linha.

Kim engoliu em seco.

– Você deixa que ele a atinja. E eu fico pensando, por quê?

Kim abaixou os olhos.

– Se eu fosse você, ia me esforçar, de verdade, pra não dizer mais nada pro Harry, até o fim da noite. Simplesmente finja que ele não está lá. – Izzie girou o fecho para fechar a bolsa. – Porque todas as outras pessoas gostam mesmo dele. Eu sei que você vai dizer que ele só estava fazendo isso pra se exibir, mas acho que foi muita gentileza dele pagar a conta, antes que meu pai pudesse pegar os óculos. E, depois, dizer que era nosso presente de formatura, pros meus pais não ficarem sem graça. Deve ter custado uma fortuna, com todo o vinho que a gente bebeu.

As adolescentes estavam saindo às pressas dos cubículos. Uma delas escorregou, estatelou-se sobre o traseiro e caiu na maior gargalhada.

– Pelo menos ela parou de beber – disse Izzie. – Você reparou? A Eva não tocou em nenhuma gota, a noite toda.

Embora fosse tarde, as ruas de Edimburgo ainda estavam cheias. O ar estava morno. Voltando para o hotel onde os pais de Izzie estavam hospedados, os seis tinham se distribuído em pares: Eva e Harry à frente, Kim e Izzie em seguida, os pais de Izzie por último.

De tempos em tempos, paravam para deixar gangues de estudantes turbulentos ocuparem a calçada. A cidade toda parecia uma enorme festa.

Kim sentia como se flutuasse num mar de álcool. Não era agradável. Ficou preocupada de que pudesse afundar. À frente, Harry e Eva estavam de braços dados, os corpos movendo-se no mesmo ritmo. Ele se inclinava à direita para ouvi-la, as cabeças juntas, uma escura, outra clara. Ninguém sabe, pensou Kim, o que eu sei: como ele é de verdade. E não posso contar para ninguém ou Eva vai se machucar.

Kim fechou os olhos por um segundo, tentando impedir o súbito afluxo de lembranças. O aniversário de 18 anos de Eva. Ela havia feito com que seus amigos se fantasiassem de hippies. Uma recriação de 1967 e do Verão do Amor.[3] Deus sabe o que o subúrbio comum em que moravam pensou de todas aquelas faixas na cabeça, caftãs e sandálias de couro marrom percorrendo a rua principal.

Mas Nunhead é especialista em desviar os olhos.

Ah, pensou Kim, detestei aquela fase de nossas vidas. Eu me sentia como uma policial, tentando impedir a autodestruição de Eva. Depois que papai foi embora, ela simplesmente se perdeu, por um tempo. Bebidas, drogas, qualquer coisa para anular a realidade. Estava em seu último ano de escola, mas metade do tempo não frequentava. Nem mesmo nos exames finais. Mamãe não servia de ajuda. Estava fora, em sua própria missão de autodescoberta, tentando aproveitar a vida, antes que fosse tarde demais. Assim, coube a mim a tarefa de proteger Eva. A irmã menor cuidando da irmã maior.

Na noite desse aniversário, em maio de 1999, muito depois da hora em que tudo se fechava, Eva ainda não estava em casa. Então, fui atrás dela. Tive de bater na porta do bar durante um bom tempo. O lugar estava funcionando a portas fechadas, uma festa particular. Dentro, precisei me espremer em uma parede de corpos: Jefferson Airplane, Grace Slick, White Rabbit. Sândalo, baunilha, patchouli, maconha.

---

3 O Verão do Amor foi um movimento iniciado em Nova York contrapondo-se à Guerra do Vietnã. (N.E.)

Foi então que a vi, sentada num banquinho de madeira, bem nos fundos do bar, um vestido roxo de patchwork caindo ao redor, em grandes dobras de veludo, faces afogueadas, olhos vidrados, como uma criança mantida acordada muito além da hora de estar na cama.

Não consegui impedir. Segundos antes de alcançá-la, ela se inclinou em direção ao bar – seus braceletes colidindo com um som metálico, como se alguém tivesse deixado cair um pandeiro – e perdeu o equilíbrio. Despencou com os braços abertos, batendo em copos vazios e garrafas de cerveja. Alguém gritou. Ou talvez fosse eu. Logo depois, eu estava de joelhos no chão, num mar de cerveja derramada e copos quebrados. Ela estendeu o braço e tocou meu rosto: – Onde você estava?

Tinha cortado a mão. Um corte fundo na base do polegar.

Tenho 14 anos. Eu nem deveria estar aqui.

Alguém estava se inclinando para ajudá-la, puxando-a para que pudesse se levantar. Barulho, calor e pessoas em volta. O rangido de copos sob nossos pés.

– Eu caí – disse ela, surpresa. – Caí do banquinho.

Harry a segurava. Estava com o braço em volta de sua cintura. Ela se apoiou nele, aconchegando a cabeça na reentrância do seu ombro. Ele levantou a mão dela e a virou. Colocou a boca em sua palma, sugando o sangue. Um gesto de uma intimidade tão sórdida que me senti nauseada.

– É a Dusty?

Por um momento, pensei que Eva estivesse falando da mão.[4] Mas ela estava ouvindo a música. Olhos fechados. Viajando de novo. Olhei para ele:

– Por que você não a impediu?

– "The Look of Love" – disse Eva. – Dusty Springfield.

– Impedir de ela cair? – ele sorria como se tudo não passasse de uma brincadeira.

4 Jogo de palavras que se perde na tradução. No original, *Is it Dusty?* poderia dar o sentido de que ela estivesse perguntando *Está empoeirada?*, uma vez que *dusty* também tem esse significado. Na verdade, ela se referia à cantora pop inglesa. (N.T.)

– Por que você não impediu que ela bebesse tanto.

– Como se eu tivesse alguma influência sobre o que sua irmã faz.

Mentiroso, pensei. Mentiroso, mentiroso.

– Ela morreu, sabia? – disse Eva. – Algumas semanas atrás. Câncer no seio.

Queria levar Eva para casa. Queria achar algum antisséptico e fazer um curativo em sua mão. Queria fazer um chá e me sentar com ela, esperando que ficasse sóbria. Eu disse: – Está na hora de ir. Hora de voltar pra casa.

Ela arregalou os olhos. Apesar da luz sombria do bar, dava para ver como os olhos dela eram azuis.

– É muito cedo. Você ainda não conheceu meus amigos.

– Posso conhecer outra hora.

– Mas eu não quero ir.

– Você sofreu um acidente.

Eva fez um muxoxo: – Uma coisinha de nada. Harry vai cuidar de mim.

– Como estava fazendo?

– Juro que, de agora em diante, não vou sair do lado dela – disse Harry.

– Você acha que eu confio em você?

Dusty desapareceu. Uma nova voz ergueu-se acima do barulho do bar – um *soul* urgente, insistente.

– *Try a Little Tenderness*[5] – disse Harry, com um amplo sorriso.

Quis bater nele, transformando Otis Redding em uma piada.

Ele se escondia atrás daquele sorriso, o tempo todo. O bondoso Harry, o gentil Harry, o encantador Harry. *Romeu e Julieta. Tão dedicado. E vem de uma família muito boa. Dinheiro antigo. Eton, imagino. Ou Harrow. E, você sabe, ele sempre vai ser capaz de sustentá-la, trabalhando no centro financeiro. É um grande alívio para uma mãe saber que sua filha estará segura financeiramente*. Todo mundo estava

5 Referência à música gravada por Otis Redding, cuja frase citada significa, literalmente: "Tente um pouco de ternura". (N.T.)

convencido disso. Todos o amavam. Eu era a única que enxergava além. E, por causa disso, ele tentou envenenar Eva contra mim. Depois de todas as discussões sobre como eu queria um mundo diferente, como queria justiça, imparcialidade e igualdade, ele ria de mim e me desconsiderava, fazendo com que parecesse estúpida.

– Ela sempre foi assim?

Domingo de manhã. A porta de Eva não estava bem fechada. Fiquei do lado de fora, no hall da escada, ouvindo sussurros, imaginando os dois juntos na cama.

– Shhhh, Harry. Ela vai ouvir.

– Ela é chegada a fantasias.

– É o jeito dela.

– É maluca.

Doeu demais. Não exatamente o que ele disse, mas ouvir a risada de Eva. Porque significava que ela estava do lado dele.

Descobri a verdade numa noite de sexta-feira. Estávamos em um bar, em New Cross. Um bando de gente da escola. Sua melhor amiga de escola Damaris, é claro. E a gangue costumeira de meninos nerds, com pulsos finos e penugem macia. Nenhum ali tinha chegado aos 18 anos ainda, logo, não deveríamos estar bebendo, em hipótese alguma. O dono, porém, fingia que não via nada, se não passássemos de cerveja. É isso o que acontece com a escola do bairro. Você se funde na vizinhança. Torna-se invisível.

Levantei os olhos e lá estava Harry. Sentado em uma mesinha de canto. Com alguém que não era Eva. Uma garota de cabelos pretos, compridos.

É claro que você pode beber alguma coisa com uma amiga. Por que não?

E, então, ele se inclinou para frente e a beijou na boca, muito lentamente.

Foi um choque.

– Kim? Você está bem? – Damaris deve ter visto meu rosto.

Fiquei enjoada. Quis correr até ele e gritar. Mas fiquei zonza demais para me mexer.

Ele deveria ter me visto quando saíram. Passou bem ao lado de nossa mesa. Só que estava com o braço em torno da cintura dela, olhando seu rosto, rindo. Não tinha olhos para mais ninguém.

No dia seguinte, fechei-me no quarto. Não saí nem uma vez. Eva perguntou, através da porta: – Kim, você está bem?

Não consegui encará-la. – Estou revendo a matéria.

Ela disse: – Harry e eu vamos ver uma banda hoje à noite. Quer vir?

Eu me sentia como leite coalhado: azeda e estragada. Culpada, como se fosse eu quem estivesse traindo.

E assim foi. O sudeste de Londres é imenso. Espalha-se por quilômetros. Ainda assim, continuava vendo Harry e a menina de cabelos pretos. Sempre que saía, lá estavam eles. Era como se o destino estivesse esfregando meu nariz naquilo. Ela era muito bonita. Pele escura, brincos de ouro, batom vermelho. Quando olhava para Harry, era como se estivessem compartilhando um segredo.

Eu queria contar para Eva, mas não conseguia fazer isso. Porque Eva o amava.

Disse para Damaris: – Se você soubesse que alguém estava sendo traído, contaria pra pessoa?

– Quem?

Sacudi a cabeça: – Não posso dizer.

Ela pensou a respeito: – Li em algum lugar que a pessoa só conta pra se sentir melhor, não conta por causa da pessoa pra quem está contando. Porque a pessoa preferiria não saber. Então, acho que você não deve contar.

Assim, não contei. Eva era frágil demais para a realidade. Ela a empurrava para muito próximo da beirada.

Passávamos noites juntos em nossa casa sem pais, em Nunhead – Eva, Harry e eu –, com todos os segredos suspensos entre nós. E eu olhava para ele, com raiva, que me olhava de volta, questionador, com os olhos divertidos. Às vezes, ele me perguntava: – Já arrumou um namorado, Kim?

Naquela época, eu não tinha as palavras. Aí, só o encarava.

Ele sorria: – Eu poderia lhe dar algumas dicas, uns conselhos sobre o que os meninos gostam.

– Ah, deixe ela em paz, Harry – Eva dizia, empurrando seu ombro.

Ele arregalava os olhos: – Só estou tentando ajudar. O mundo lá fora é grande e assustador.

Eu ficava ali sentada, suada e confusa, olhando seus cachos sedosos, sua pele morena, seu sorriso enorme e branco. E pensava nele com a menina de cabelos longos e pretos.

Queria me enrodilhar e morrer.

Eram sete da manhã. Mesmo nessa hora, o calor subia da calçada. O sol se propagava de um colar de prata, do fecho de uma maleta de couro, do brilho de um cabelo loiro. Certa vez, em uma multidão de funcionários, no centro financeiro, Harry imaginou ter visto Kim. Ele sabia que ela estava de volta em Londres, com sua vida em Edimburgo despachada. No entanto, a mulher parou para lhe dar passagem, com um rápido olhar de flerte por debaixo dos cílios, e ele percebeu seu engano. Kim, punhos cerrados, cenho franzido com fúria, ia afastá-lo com os cotovelos.

As pessoas sempre procuram um padrão, pensou Harry. É um impulso natural. Porque padrões economizam tempo. Você tenta reconhecer o que já conhece, para não ter de analisar cada informação que recebe. Caso contrário, a vida seria exaustiva. Você viveria em meio a uma constante névoa de pânico.

Mas, em determinadas ocasiões, empurrado adiante por uma onda de pessoas que desce do metrô, os padrões se rompem, pensou. Aqui, a sequência é exatamente como você espera. Ali, ela se desfaz. Por quê? Erro humano? Mudança calculada? Ou algum acontecimento casual, que ninguém pode prever? Como disse Donald Rumsfeld, existem conhecimentos conhecidos, existem conhecimentos desconhecidos e, também, existem desconhecimentos desconhecidos.

Às vezes, quando tudo desmorona, você descobre o segredo que ninguém quer ver.

Harry gostava do começo das manhãs, caminhando até o escritório, depois de sair do metrô. Sua cabeça lhe pertencia, antes que o dia a enchesse de besteiras. No banco, era chamado de Homem de Gelo. Diziam que nunca entrava em pânico, corria, gritava ou disparava xingamentos. Essa frieza não era intencional. Era apenas a maneira como aprendera a se comportar. Pareça relaxado. Pareça calmo. Sorria. Mantenha a insegurança em segredo. Não mostre a ninguém o que realmente sente.

A vida é muito mais fácil se você deixa as emoções de fora.

– Você não é como os outros – Syed lhe disse, um dia. – Você não menospreza ninguém.

– Como é que eu poderia? Estou por baixo, tentando melhorar!

Syed riu. Harry não estava brincando. Tinha aberto caminho, galgando posições, de auxiliar de escritório a um posto experimental na equipe dos serviços de saúde. Aos 24 anos, tinha sido promovido a associado e estava em pé de igualdade com os formados na universidade. Só que nunca se sentia seguro. Aquilo poderia sumir num instante. Sentia-se um impostor, esperando para ser descoberto.

Syed deu um tapinha no lado do nariz. – Cole em mim, meu amigo, e vamos subir juntos. Somos uma equipe.

– Ant e Dec.[6]

– Batman e Robin.

– Tom e Jerry.

– O que acontece comigo – disse Syed – é que nasci com sorte. O dinheiro me ama. Sou infalível.

Syed era um especulador. Não via sentido na análise que acontecia no setor do banco em que Harry estava. Ficava inquieto. A especulação, dizia, tem a ver

6 Dupla de comediantes famosa na Inglaterra. (N.T.)

com seus instintos. O mercado era um animal selvagem que poderia surgir de repente e reduzi-lo a trapos. – Confie em seus instintos. Quando a coisa não vai bem, você sente.

Embora gostasse da imagem, Harry preferia confiar nas planilhas.

Quando Syed estava bêbado, costumava ficava nervoso: – Quantos analistas são necessários pra trocar uma lâmpada?

– Não sei. Quantos?

– Quem sabe? Eles estão todos no escuro.

Harry sorriu. – Muito engraçado.

– Você e o seu grupo não sabem porra nenhuma! – Era sexta-feira à noite e o bar estava transbordando de banqueiros. Syed, os olhos semicerrados, já tinha bebido duas garrafas de champanhe e estava começando a enrolar as palavras: – Você nem existia antes do Big Bang. Mas, aí, chegaram os Estados Unidos, e agora a gente não consegue se mexer por causa dos analistas. – Syed inclinou-se para frente, a respiração quente no rosto de Harry. – Não tem sentido, tabelas, gráficos, modelos e previsões. Você só precisa ir formando uma ideia, enquanto segue em frente. Elabora uma leve teoria e encontra os fatos que se encaixem.

– Então, você não quer fatos.

– Não.

– Não quer conselhos de investimento baseados em uma análise sólida das probabilidades de uma companhia?

– Estou pouco me lixando pra isso – ele deu de ombros. – Não me interessa o que uma companhia faz. Não me interessa o que ela fabrica. Não me interessa se ela é dirigida pelo Mickey Mouse ou pela madre Teresa. A única coisa que me interessa é quando vender, quando comprar e como ganhar uma porrada de dinheiro.

– Você é a face diabólica do capitalismo – riu Harry.

Syed já não estava ouvindo. Tinha avistado uma mulher muito bonita num vestido azul justo, na extremidade do bar.

Harry sorriu com a lembrança. Talvez Syed esteja certo, pensou, enquanto o elevador chegava até seu andar e ele passava pelas fileiras de mesas para alcançar a sua. Gostamos de fingir que podemos prever o mercado com modelos de computador e análises de variáveis e risco. E talvez tudo seja uma ilusão. Talvez não tenhamos nenhum controle.

Ele viu o chamado em sua tela. Droga!

Ainda estava olhando fixo quando o telefone tocou. Levou alguns segundos para atender.

– Você vai entrar. Quinze minutos.

– E o Phillip?

– Não está aqui.

O telefone ficou mudo.

Harry ficou com o olhar parado. Olhou para a mesa do chefe. Vazia.

Nada impede Philip de vir para o trabalho, exceto, talvez, um acidente de carro. Ele sempre dirige em alta velocidade.

Fechou os olhos. Isto não pode estar acontecendo. Isto não pode estar acontecendo.

Dez minutos depois, a cabeça zunindo de pavor, Harry avançava pelo andar do pregão. À volta dele, só especuladores e vendedores de ações, fileiras e fileiras deles. Dava para sentir no ar o surto de ansiedade antes da abertura do mercado, como o nervosismo antes de um jogo. Harry concentrou-se em pôr um pé à frente do outro. Chegou ao púlpito. Seu colarinho parecia tão apertado que mal podia respirar. Entrou em pânico, brevemente, por não se lembrar de ter feito a barba..

Seu rosto agora estava nas telas descidas por todo o pregão – simultaneamente nos escritórios do banco em Londres, Frankfurt, Milão, Paris e Madri – e ele podia ver sua boca enorme abrindo e fechando, como um participante do *The X Factor*, e podia se ouvir (um analista júnior, mal saído das fraldas: o que ele sabia? O que sabia sobre qualquer assunto?) dando uma opinião abalizada de que, embora a nova droga tivesse fracassado no teste 2 do FDA,[7] a companhia estava bem à frente da concorrência e tinha mais duas tentativas para ser bem-sucedida. Logo, pondo tudo na balança, apesar do pânico inicial, as ações teriam o desempenho previsto.

Sua garganta estava seca, embora, curiosamente, o Harry-da-tela parecesse bem relaxado. Não dava para perceber que o Harry-da-vida-real, o Harry de Essex, o mal-educado Harry – o Harry de uma escola indiferente, em que ninguém jamais aspirara a grande coisa, exceto, talvez, acabar logo com aquilo – estava tão apavorado que seu estômago tinha ido parar na boca.

Em seguida, acabou, e Harry estava voltando pelo andar do pregão, com a camisa grudada no suor de suas costas, e ninguém estava olhando para ele com horror, ou gritando com ele, ou até olhando para ele, porque todos os olhos estavam novamente nos dados em constante mudança, passando de tela para tela, rastreando movimentos minúsculos como gatos observando camundongos no escuro.

Consegui. *Consegui*. E, quem sabe? Pode ser que tenha sorte. Que as ações se comportem exatamente como eu disse. De súbito, estava gloriosamente feliz. Talvez, pensou, sorrindo de orelha a orelha, seja como *Onze homens e um segredo* – uma questão de confiança sólida. Não importa o que você diz, mas como você diz. Haja como se soubesse do que está falando e você pode se dar bem em qualquer coisa.

De volta à mesa, entretanto, as dúvidas se instalaram. Tinha tomado uma decisão errada. De maneira nenhuma devia ter soado tão confiante. Como é que sabia o que aconteceria com as ações? Verificou os e-mails. Havia um de Syed.

E o Oscar vai para...

Harry sorriu. Tinha se esquecido de que Syed o escutaria. Deliciando-se com o drama, provavelmente. A especulação era um jogo para Syed. Ele adorava aquilo – as fofocas, as puxadas de tapete, os excessos extravagantes (inclusive

7 Sigla para Food and Drug Administration, agência federal norte-americana responsável pela liberação para consumo humano de alimentos, medicamentos, cosméticos e outros produtos ligados à saúde. (N.T.)

uma memorável conta de almoço, no valor de 10 mil libras). Garoto do East End, de família bengali, que rastreou as raízes londrinas até a década de 1770, Syed levava tudo ao extremo. Era fanático por exercícios físicos, raramente dormia e até conseguia arrumar tempo para os vícios tradicionais do mercado financeiro, como jogo e clubes de strip-tease.

Ninguém em casa tinha a mínima ideia do que ele fazia. Principalmente sua mãe.

– Sempre acho que a gente deve contar pra mãe o mínimo possível. Um precisa-saber básico. O resto ela não precisa saber.

– Então, você é uma pessoa em casa e outra completamente diferente no trabalho.

– Não é assim com todo mundo?

Não, pensou Harry. De acordo com Eva, sou impossível de ser lido, do começo ao fim.

Melanie, uma das secretárias, parou atrás da escrivaninha. – Café?

– Eu pego um pra você. Preciso dar uma andada.

Para Syed, pensou Harry, enquanto ia até a máquina de café, o centro financeiro era como *Guerra nas estrelas*, uma batalha cósmica. Ele ficava ali sentado no pregão, na frente de todas as telas de interesse – Bloomberg, mensagens instantâneas, informações atualizadas segundo a segundo – e é tudo que podia querer: competição, perigo, dinheiro, poder e o melhor jogo digital interativo já inventado.

Talvez por isso ele seja tão bom, pensou Harry, observando o jato de café jorrar em sua xícara. Trabalho com gente que se formou em Harvard, Yale, Oxford, Cambridge, ninguém com o faro de Syed para o mercado. Ele fareja a mudança antes que aconteça. Sente o cheiro no ar.

Harry pôs a xícara branca de isopor na mesa de Melanie: – O que houve com o Phillip?

Ela o encarou, surpresa: – Pensei que você soubesse. – Hesitou. Depois, seu dedo indicador cruzou o ar ao longo do pescoço, de orelha a orelha.

Foi só quando Harry olhou para a mesa de Phillip que percebeu que ela havia sido esvaziada: não havia nada ali, nem papéis, nem canetas, nem arquivos, nem fotografias. Era como se nunca tivesse existido.

É assim que acontece no centro financeiro: ganho máximo, segurança zero.

Kim ficou pálida: – Ele não pode fazer isto.

Estavam sentadas na cozinha da casa detonada de Nunhead. Era um cômodo que já tinha visto dias melhores, a última pintura fora em 1991, quando o pai delas, num de seus estranhos surtos de entusiasmo, comprara várias latas de tinta amarela em uma feira de rua, em Peckham. Isso fazia você sentir como se estivesse se afogando em um barril de mingau, dizia a mãe delas, cansada.

Aberto sobre a mesa havia um papel branco, tamanho A4, amassado. Tinha sido tão manuseado que estava ficando fino e frágil nas beiradas.

– Não mostrei antes porque você estava em época de exames, disse Eva.

Querida Eva,

Acabei de falar por telefone com sua mãe, em Nice, e ela me pediu que eu escrevesse.

Como você sabe, Kim vai se formar na universidade, neste verão. Isto significa que nem você, nem ela estarão mais estudando em tempo integral. Assim sendo, vocês agora são adultas e responsáveis para fazer seus próprios planos financeiros.

Esta carta é para avisar que pretendo vender a casa de Nunhead, assim que vocês puderem fazer planos alternativos.

Jia me disse que pode ser difícil achar algum lugar com aluguel a preço razoável, em Londres. Assim sendo, estou decidido a fixar o final deste ano, ou seja, 31 de dezembro de 2006, como uma data apropriada, quando espero que vocês tenham desocupado a propriedade.

Tudo de bom,

Papai

Os olhos de Kim cresceram com o choque: – Ele está tornando a gente um sem-teto.

– A gente nunca vai ser um sem-teto – disse Eva –, enquanto Christine estiver na vizinhança.

Christine, que abrigava os abandonados e perdidos. – E se a gente se recusar a sair?

– A casa é dele, Kim. Ele pode vender, se quiser.

– E a mamãe? Não é dela, também?

Eva sacudiu a cabeça: – Ele comprou a parte dela quando se divorciaram. Ela usou o dinheiro pra comprar o apartamento na França.

– Por que ele está fazendo isto?

– Sei lá. Vai ver que acha que a gente não precisa mais dela.

– Mas a gente precisa.

– De certa maneira, a gente teve sorte. Ele podia ter vendido a casa, anos atrás. – Eva sempre defendia o pai. Não era apenas por estar tentando ser justa. Ela não queria sentir ódio dele.

– Não me sinto muito sortuda.

– Eu sei, mas encare a coisa do ponto de vista dele. Ele tem uma nova família pra sustentar.

– Ah, é – disse Kim. – A linda Jia.

– Fico pensando em como ela deve ser.

– Eu não.

– Verdade? Nunca?

– Por que eu me daria ao trabalho? – Ela separou uma família, roubou nosso pai. Tento não pensar nela.

– Não seja dura demais com ela – Eva parecia cansada. – Ao que parece, ela o convenceu a deixar a gente ficar por mais tempo do que queria, antes.

Você é tão sensata! É irritante. – Então, o que a gente vai fazer?

Eva inclinou-se por sobre a mesa e segurou sua mão. – Harry disse que ajudaria.

Kim puxou a mão para trás. – Não.

– Só como amigo.

– Prefiro passar fome.

Eva, que normalmente tratava a aversão furiosa de Kim com Harry como uma grande piada, pareceu desanimada.

– A gente pode se virar – disse Kim. – Vamos achar algum lugar. Vou trabalhar. Talvez você possa procurar alguma coisa de meio-período, bem como suas aulas...

– Mandei uma resposta, pedindo que ele reconsiderasse – disse Eva.

Kim ficou surpresa. Em geral, Eva não era tão assertiva. – O que foi que ele disse?

A expressão de Eva era impenetrável. Estendeu outra folha em A4, dobrada.

Querida Eva,

Mando meus cumprimentos.

Não acho que sua notícia deva alterar a decisão que já comuniquei em minha carta anterior.

Você tem tempo suficiente para encontrar outras acomodações. Não acho que eu tenha obrigação de oferecer ajuda financeira, uma vez que você fez uma escolha independente e adulta de ficar com o bebê.

Sempre seu,

Papai

A carta caiu no chão.

– Eu sempre soube que ele daria um bom avô – o sorriso de Eva era triste.

Kim estava surpresa demais para respirar.

– Eram seus exames finais – disse Eva, quando o silêncio ficou assustadoramente longo. – Achei melhor não falar sobre a casa. Ou sobre isto. Pra você não surtar. – Ela se curvou, apanhou a carta e a dobrou de volta para dentro do envelope, alisando-o com cuidado para que ficasse bem esticado.

– Então, você está...

– Quatorze semanas.

Kim engoliu em seco.

– No fim, foi um alívio quando descobri. Pensei que estava com alguma doença terrível que me fazia vomitar todos os dias.

– Então, foi...?

– Planejado? – Eva sacudiu a cabeça. – Não, mas agora estou tranquila com a situação. Parece uma boa coisa a se fazer quando a gente tem 25 anos. Ter um bebê.

Kim sentiu o corpo todo pesado, como se alguém a tivesse enchido com cimento molhado. Por isso Eva está tão calma com a venda da casa: ela vai morar com o Harry.

– O que a mamãe disse?

Eva fez uma careta: – Que meu assoalho pélvico nunca mais seria o mesmo. *Não dá pra você imaginar quanto eu sofri com a gravidez.*

Elas ficaram olhando uma para a outra, sentadas à mesa de madeira, furada e marcada por anos de refeições familiares e experimentos adolescentes com henna, cera de depilação e queima de incenso.

– Então, vou ser titia.

– Tia Kim.

– Vou ser o máximo.

– Sei que vai.

Kim tentou sorrir. O sorriso saiu um pouco torto, mas foi melhor do que nada.
– E quando é que nasce?

– No Ano-Novo. Um bebê de janeiro.

– Menino ou menina?

– Não faço ideia.

– Você sente ele?

– Ainda não. Dizem que não é sempre que se sente, na primeira vez. Talvez daqui a um mês.

Costumam chamar isso de chute, quando o bebê começa a se mexer. A ideia de Eva ter um filho era tão avassaladora que Kim teve de respirar fundo para se acalmar. Não era para isso acontecer. Eva não deveria ficar amarrada desse jeito. Eva deveria ser livre: sentar junto a uma fogueira a céu aberto, a luz vermelha e dourada no rosto; viajar com o violão pendurado no ombro, carregando o peso de nada mais do que uma velha sacola de lona.

Depois de um tempo, Eva disse: – Então, você vai deixar o Harry encontrar um lugar pra gente?

Kim olhou para a irmã, horrorizada. – Pra todos nós?

Eva franziu a testa: – Pra nós duas. Você e eu. Você não quer morar com o Harry, quer? – Quando Kim continuou com a expressão confusa, ela disse: – Kimmy, Harry e eu não estamos juntos.

Eu sei. Ele está traindo você há anos. Eu o vi, uma vez, com aquela menina de cabelos ruivos que tem aparecido em todos os anúncios das revistas. – O que você quer dizer?

– Nós não somos um casal.

Kim sentiu a pressão de todas as palavras que não podia dizer: – Mas vocês estão sempre juntos.

Eva sorriu: – Como é que você sabe? Você esteve fora por três anos.

– Ele não estava morando aqui?

– Ele é meu amigo. Meu melhor amigo.

Para cima de mim, não. Harry trata minha irmã feito lixo e consegue sua devoção.

– Este é meu bebê. Minha decisão. Nada a ver com ele.

Kim estava quente de tão confusa. – Então, ele não é o pai?

O rosto de Eva permaneceu calmo: – Não vou dizer quem é o pai. Nem pra você. Jurei pra mim mesma que não diria.

– Você pode dizer se é ou não o Harry.

– Tudo bem – disse Eva. – Tudo bem, não é o Harry. Claro que não é o Harry.

Devo acreditar nela? Ou ela está dizendo isso só pra eu ficar quieta? – É verdade?

– Está vendo? Você não vai parar. Não é justo, Kim. Você não está tentando entender. Você insiste, insiste, até conseguir o que quer. É melhor eu não falar mais nada.

Depois de um tempo, Kim disse: – Por que você não vai dizer?

Eva sacudiu a cabeça.

– Porque não vai ou porque não pode?

– Você não está me ouvindo.

Um rompante de fúria – ou a angústia se infiltrara tanto que uma explosão era inevitável – fez Kim dizer, em altos brados: – Nós não temos dinheiro! – O que, grosso modo, significava: se este bebê é do Harry, ele deve arcar com o filho.

Eva olhou pela janela. Do lado de fora, as folhas do sicômoro estavam com um verde bem vivo. – A gente dá um jeito.

– Como? – disse Kim, baixinho.

– A gente sempre dá – disse Eva.

Harry rolou na cama e desligou o alarme. Sempre acordava antes que ele tocasse. De qualquer maneira, na última noite não tinha dormido muito. Uma onda de calor em julho: trinta e seis graus, em Gatwick. Os vice-presidentes seniores já tinham sumido na Toscana ou na Provença, passando os dias cochilando em redes, semiadormecidos sob as oliveiras ou nadando em infinitas piscinas particulares. Os funcionários menos importantes do banco, porém, continuavam saindo tarde do ar-condicionado gelado, direto para as ruas de Londres – escuras e cheirando a suor.

À noite, nessas temperaturas nunca vistas, havia um clima de festa frenética. Todo mundo saía para as calçadas em frente a bares e cafés. Ficava-se acordado até o calor deixar os tijolos, até a madrugada trazer um ar que parecesse, por comparação, leve e novo. E, só então, dirigia-se para casa, com a animação ainda viva à volta, passando por multidões que riam, cantavam e gritavam.

O que o dificultava ainda mais para se levantar, pensou Harry, olhando pela janela. Bocejou. Alto assim, nas nuvens, não dava para ver muito. Nevoeiro, ou talvez poluição, significava que a cidade ainda estava envolta em penumbra. Mas ele sabia que o grande e largo rio estava lá embaixo, em algum lugar. Embora até o Tâmisa tivesse perdido seu frescor. Já não estava cinza e indiferente, agitara-se para uma espécie de cáqui.

Quando Harry voltou do chuveiro, havia uma mensagem em seu celular: *Livre almoço sab? No meu irmão.*

Veio-lhe o retrato mental de Titânia, com suas pernas longas e o cabelo loiro, cuidadosamente desgrenhado. Titânia, nome tirado da Rainha das Fadas. (– Posso perdoar minha mãe por amar Shakespeare, mas o que há de errado com Rosalind? Ou Miranda?) Uma rosa inglesa, com seus espinhos, sobrevivendo no mundo de predominância masculina dos bancos de investimentos, comportando-se com a objetividade vigorosa de uma diretora de internato. Tratava a maioria dos especuladores como menininhos bobos. Em retaliação, eles a chamavam de a Dama de Ferro.

Syed tinha pavor dela. – Ela me engoliria no café da manhã.

– Ela não ia querer você no café da manhã.

– O que só piora as coisas – Syed olhou-o de esguelha. – E como é que você sabe do que ela gosta no café da manhã?

– Não vou lhe contar nada.

– Muito esperto. Até a hora do almoço o banco todo saberia.

– Você não é nada discreto, é? – disse Harry, rindo.

– Nem pensar – respondeu Syed, satisfeito.

Titânia usava, geralmente, blusas de seda em discretos tons róseos, como rosa e bege, fechadas até logo acima do decote. Os gerentes de fundos fantasiavam sobre a perda de botões.

Harry, no modernismo elegante e sofisticado do apartamento recentemente reformado – paredes brancas, espelhos de corpo inteiro, persianas sobre janelas do chão ao teto –, olhou novamente a mensagem. Respondeu de volta: *Não, lamento. Ocupado.*

Na última vez em que tinham jantado juntos (duas estrelas no Michelin, uma extraordinária carta de vinhos e um chef tão afeito a desconstruções que era de se surpreender que alguma comida acabasse chegando ao prato), Titânia havia dito casualmente, na hora do café: – O que você faz nos finais de semana?

– O que você quer dizer?

– Você está sempre ocupado.

Ele deu de ombros. – Trabalhando.

Ela lhe dirigiu um olhar gélido com seus olhos azuis, meio acinzentados: – É comigo que você está falando, Harry. Eu sei que você trabalha nos finais de semana. Todos nós trabalhamos. Mas, quando não está trabalhando, o que você faz?

– De onde saiu isso?

– A sensação é que o conheço tanto quanto um ano atrás.

Ele pegou uma colherzinha de café e a girou entre os dedos. – O que você quer saber?

– Qualquer coisa. Tudo. Onde você nasceu, onde foi sua escola. Irmãos e irmãs, pais...

– Doenças infantis? Fobias? A morte de bichos de estimação?

– Estou falando sério.

– Minha vida tem sido muito monótona. Não tenho nada pra contar.

– Experimente.

Harry sorriu. Mas seus olhos perderam o brilho. Era um relacionamento sem compromisso. Sempre tinha deixado isso claro. – Não tem mistério. Você vê o que é.

– Este é o ponto, não é, Harry? – Ela lhe deu o tipo de encarada direta que teria feito Syed recuar de pavor. – Você não mostra grande coisa.

A conversa voltou-lhe à cabeça, enquanto ele se vestia. Gostava de Titânia. Era bonita, engraçada, inteligente. Não queria perdê-la.

Contenção de danos, pensou. Fim de semana em Paris? Flores? Seu restaurante favorito? Pegou o telefone e escreveu: *Sexta noite Sauterelle no Royal Exchange?*

Posso ter compromisso.

Harry riu.

Atrasada para a entrevista, Kim pulou no ônibus. Pressionou seu cartão Oyster contra o leitor amarelo. Nada aconteceu. Tentou novamente. O motorista, com as mãos na direção, olhava à frente.

– Acabei de pôr cinco libras nele – disse Kim.

A chuva fustigava as janelas.

– Tente de novo – disse o motorista.

Atrás dela, a fila comprimida de pessoas molhadas com guarda-chuvas inúteis estava ficando impaciente. Kim empurrou seu cartão contra o leitor. Esfregou-o em círculos algumas vezes. Nada foi registrado. Não houve nenhum "bip" animador.

– Você precisa descer.

– Acabei de pôr dinheiro nele. Há poucos minutos. Na banca de jornal. – Kim remexeu os bolsos. – Aqui está o recibo. Veja. Cinco libras.

– Tanto faz. O cartão não acusa. Você precisa descer.

Kim seguiu em frente, dentro do ônibus, e se sentou. Logo após, a fila, liberada, avançou. Passageiros espalharam-se em assentos úmidos. E a porta do ônibus continuou aberta.

– Você precisa descer – disse o motorista, pela terceira vez.

– Você está falando comigo?

Alguns passageiros resmungaram.

– Estou falando com você. Você não pagou. Precisa descer.

– Mas eu paguei. Eu lhe mostrei o recibo.

O motorista desligou o motor. Alguém do fundo gritou: – Desça! – Um rapaz de barba ruiva olhou-a irritado. Kim olhou de volta.

– Está sem dinheiro, querida? – disse uma senhora idosa, de casaco de *tweed*.

– Eu tenho dinheiro, mas não vou pagar uma passagem inteira. Tem cinco libras no meu Oyster.

– Aqui tem gente que quer ir trabalhar – disse uma moça, com sobrancelhas desenhadas em arcos tão finos que a faziam parecer atônita.

Kim manteve o olhar à frente.

– Você vai descer ou não? – gritou o motorista.

– Ouça, eu pago pra você – disse um homem de terno, com um piercing no nariz.

– Sente-se.

– Mas eu...

– Sente-se! – esbravejou Kim, num tom de autoridade tão retumbante que o homem recuou como se ela o tivesse agredido.

– Ah, obrigada – disse uma mulher sem fôlego, entrando às pressas no ônibus, que mantinha as portas abertas, acreditando erroneamente que o motorista estivesse esperando por ela.

Ninguém falou.

O motorista praguejou, de modo ininteligível. O motor voltou à vida. Houve uma ligeira comemoração dos passageiros menos estressados. As janelas estavam cobertas por um nevoeiro tão denso que era como se o veículo estivesse flutuando numa nuvem.

O rapaz com a barba ruiva inclinou-se para frente: – Sabe? Normalmente, eu ando de bicicleta, mas a corrente quebrou.

– Sinto muitíssimo – disse Kim –, mas não quero conversar com você.

– Não? – disse o rapaz. – Tudo bem.

O ônibus seguiu com um ruído surdo, na direção de Brixton.

– Em Gales é sempre frio desse jeito?

Harry sorriu. – Você não trouxe sua roupa térmica?

– Trouxe, porra. Vim aqui pra um jantar especial, não pra ficar fazendo hora num vento que assobia, congelando meu saco.

Se alguém tivesse tentado criar uma versão em desenho animado de um banqueiro inglês de classe alta, provavelmente teria desenhado Giles. Era alto, mas rechonchudo, como alguém muito chegado a geleia de morango, chá doce e vinho do Porto. O tempo frio e a excitação deixavam suas faces vermelhas, como se tivessem sido escaldadas ou estapeadas. Próximo dos 30 anos, já estava com um início de barriga, uma carequinha no cocuruto e um rosto que começava a cair em dobras na linha do queixo. Apesar da aparência decepcionante, Giles extravasava autoconfiança. Onde quer que estivesse, assumia o centro das atenções. Num bar lotado, podia-se ouvir sua voz ecoando em meio às brincadeiras e bravatas.

Anos antes, Harry ficaria intimidado com pessoas como Giles, pela maneira como se inserem em posições de poder e privilégio, como se tivessem nascido para governar. Agora, isso já não o incomodava; tinha aprendido as regras do jogo.

Estavam no norte de Gales, a convite de uma empresa multinacional do ramo de saúde, que chamara um grupo seleto do centro financeiro para conhecer seus novos laboratórios de pesquisa. A visita de dois dias, planejada no verão para obter o máximo do ambiente de tirar o fôlego, incluía acomodações de luxo em um hotel cinco estrelas e a oportunidade de experimentar os esportes campestres tradicionais, como tiro ao alvo. Até o momento, o tempo que puderam dispor ao ar livre fora limitado por relâmpagos e trovões. Por sorte, ninguém se importava, realmente. A refeição da noite anterior – ostras, trufas brancas, champanhe, *fondant* de chocolate com folha de ouro – tinha derivado para goles de uísque puro, ao pé do fogo. Harry lembrava-se vagamente de ter ido para a cama por volta das quatro da manhã.

A melhor coisa de viagens como esta, pensou, é depois contar para Kim como foi. Ela fica tão horrorizada com a decadência, a extravagância e o excesso de comidas e bebidas que empalidece de fúria e balbucios. É sempre divertido vê-la perdida à procura de palavras.

Giles cutucou Harry nas costelas. – Acho que você poderia estar lá.

Lá onde? Harry acompanhou o olhar de Giles. Emily, a única mulher analista da viagem, estava sendo ajudada por um treinador muito atencioso a colocar a arma na reentrância do ombro. Ela sacudiu levemente o cabelo ruivo, como se soubesse que estava sendo observada.

– Ela vive olhando para você – disse Giles, com seu arrastar estoniano.

– Acho que você está imaginando coisas.

– Eu bem que gostaria. Não acharia ruim estar lá.

Harry sorriu: – Já estou comprometido.

– Ah, é mesmo, tinha esquecido. A apavorante Titânia. A Dama de Ferro. Ninguém jamais a chama de Titty, pelo que eu reparo.

– Acho que quem chamar vai se arrepender.

Giles caiu na gargalhada. – Eu vou dizer uma coisa, Harry. Se algum dia você se cansar dela, me avise. Caio em cima feito um foguete.

– Solte! – gritou Emily em alto e bom som. O alvo foi disparado no céu cinzento e enevoado, e ela atirou.

– Ponto! – gritou Giles, explodindo de animação.

– Kim? Está me ouvindo? Estou ao lado da piscina, na casa do Jean-Marc. Uma antiga vila, lindíssima, no alto das colinas. Limões, figos, oleandros. Mas não sei se dá pra me ouvir.

– Estou ouvindo, perfeitamente.

– Reservei meus voos. Daqui a três semanas. De Nice pra Paris, de Paris pra Londres. Chego às duas da tarde, no dia 6 de setembro. Mas é claro que não espero que você me pegue no aeroporto. Posso muito bem carregar minhas próprias malas.

– Não, eu posso estar lá.

– Pena que você não dirige, mas não acho que o Heathrow Express vá ser tão cansativo, né?

– Eu poderia combinar com um táxi, embora seja bem...

– Só se você tiver certeza. Provavelmente, não vai ser tão mais caro se formos dois, ou três, caso Eva venha.

– Pode ser que ela esteja dando aula.

– Aula?

– Violão.

– Que incrível!

– Ela está aceitando mais alunos, porque de agora em diante vai ficar mais difícil circular por aí. Na verdade, ela não pode viajar pela Europa, como costumava.

– Ah, é exatamente por isso que estou indo. Para dar apoio moral a Eva. É claro que ela não vai ser a única mãe solteira no mundo. Mas pode não ser fácil pra ela. Então, não quero causar nenhum problema a vocês.

– Tudo bem. De verdade. Você pode ficar no meu quarto. Eu ia lhe oferecer o quartinho, mas está cheio de tralha. Uma porção de coisa é sua...

– Eu estava pensando em reservar um hotel. Mas, se fizer isso, é claro que não vou conseguir ficar tanto tempo com minhas filhas.

– De verdade, mamãe, não tem problema. Posso dormir com a Eva por uns dias.

– No quarto grande? Meu antigo quarto?

– O da frente.

– Um quarto tão claro e agradável! É muito importante aproveitar ao máximo qualquer raio de sol que surja na Inglaterra. Porque você sabe que eu sofro de TAS, transtorno afetivo sazonal. É por isso que fui pro sul da França. Por causa do sol.

– Você está dizendo que quer que a Eva saia do quarto dela?

– Ah, pelo amor de Deus, não! Ela está grávida. Eu não ia querer incomodá-la, de jeito nenhum. Como é que ela está se sentindo a esta altura?

– Está com azia.

– Ah, eu me lembro disso. Com vocês duas. Apesar de ser o parto o que traz os problemas a longo prazo. Especialmente se o bebê atrasa. Como vocês. E como é que ela está dormindo agora?

– Acho que bem...

– Só estou perguntando, porque o colchão do quarto grande é bem macio. Eu me lembro disso. Pra mim está bom, é óbvio, mas pode ser que ela descubra que um colchão mais firme funcione melhor, conforme ela vá engordando.

– Você está dizendo que gostaria de ficar com o quarto da Eva, que ela deveria se mudar pro meu quarto e que eu deveria dormir no sofá?

– Por que... Você acha que isso seria uma boa ideia? Não tinha passado pela minha cabeça. Mas fico muito feliz se você achar que essa poderia ser a melhor solução.

O que eu não entendo, pensou Kim, no alto da escada do sótão – espiando um espaço cheio de tralha acumulada nos vinte e cinco anos de caos familiar –, é como Harry conseguiu se envolver tanto com nossas vidas. Nenhuma das minhas amigas tem os ex-namorados de suas irmãs chegando para o almoço de domingo, aparecendo de surpresa nos aniversários, dando as caras nos feriados ou se convidando para o Natal. Ele não pergunta, simplesmente supõe. Um amigo da família, como um tio desagradável.

Nunca gostei disso. Até antes mesmo de descobrir que ele traía Eva. Como no dia em que apareceu no exato momento em que estávamos saindo para passar o dia em Brighton. Kim, segurando a escada de alumínio, contemplou o espaço. Foi no verão em que eu tinha 17 anos. Eva estava indo para a comunidade galesa, para passar um mês dando workshops de violão, e aquele era nosso último dia especial antes que ela se fosse, antes que eu a perdesse por todo o mês de agosto. Eu estava lá, com meu chapéu de palha e o vestido de verão azul e disse: o que ele está fazendo aqui? Estávamos com o piquenique todo embalado, bolinhos confeitados, limonada, salgadinhos e sanduíches, e todas as besteiras que nos faziam lembrar os dias ao ar livre de nossa infância. E era para ser somente eu e Eva, na praia de seixos, em The Lanes, no píer. Apenas nós duas jogando batatas fritas para as gaivotas. Então, de repente, lá estava Harry com uma camiseta branca que exibia os músculos dos braços, olhando para mim como se aquilo fosse alguma grande piada. Ela disse: não se estresse, ele pode levar a gente até lá. E eu disse: mas a gente ia de *trem*. Uma proposta especial no *trem*. E ela disse: de carro é mais rápido. E eu disse: mas por que ele vai? Por que ele está aqui? E ela só sorriu e disse: a gente vai se divertir.

E eu me lembro de ter pensado, não, é assim que funciona: você vai se divertir, ele vai se divertir, e eu só vou ficar ali, atrapalhando. Como sempre. Sentada nos grandes seixos cinza, vendo você e ele brincando nas ondas.

Eu passara anos tentando dar um sentido àquilo. Uma vez, Eva estava sentada no jardim, tocando violão, fingindo ser Mama Cass (o que era possível, bem possível, porque ela tinha o mesmo tipo de voz), e eu me sentei ao lado dela na grama, puxando aquelas hastes rígidas que brotam por toda a parte e nunca quebram, só curvam. Quando ela parou de cantar e estava deixando os dedos passar pelas cordas, tentando novos sons, eu disse: – Por que o Harry passa tanto tempo na nossa casa?

Provavelmente, foi naquele verão da viagem a Brighton. Ou, talvez, um ano antes, quando eu estava fazendo meus exames secundários.

Ela disse: – Por quê? Você não gosta?

Naquela época, nem sempre éramos diretas uma com a outra. Não sei o motivo. Talvez, para o caso de uma verdade ser muito assustadora.

– Foi só uma coisa que me passou pela cabeça.

Ela sorriu e dedilhou as notas de "It's Getting Better".

Perguntei: – Ele não tem casa?

– Você perguntou pra ele?

Eu? Por que eu faria qualquer pergunta para ele? – Não.

– Talvez devesse.

Por quê? Você não pode me dizer?

Eva tinha mania de escapar de qualquer coisa sobre a qual não quisesse conversar. Não adiantava insistir com ela, quando isso acontecia. Você podia ficar fazendo perguntas pelo resto da vida, e ela só sorriria.

Pior foi meu aniversário de 18 anos. Sábado de manhã. Fevereiro de 2003. Estávamos na cozinha: Christine e Damaris – da vizinhança – Eva e eu. Mamãe não estava lá. Há dias não a víamos. Tinha saído para jantar no Ritz e ainda não voltara.

Então, a campainha tocou, Eva sorriu daquele seu jeito e eu pensei: tudo bem, então esta é uma espécie de surpresa que ela preparou para hoje; fiquei tão ansiosa que mal consegui respirar. Aí, de repente, ocupando a entrada da cozinha, lá estava Harry, sorrindo de orelha a orelha. O clima mudou, porque Damaris abaixou os olhos, muito atrapalhada, Christine começou a se preocupar se ele tinha tomado o café da manhã e Eva ficou toda radiante, como sempre ficava quando ele estava por perto. E ele me entregou uma caixinha azul com fita branca. Tudo ficou em câmara lenta. O tempo estendido e fugidio, como uma escorregadia echarpe de seda. Na caixa estava escrito "Tiffany & Co" e, dentro, havia brincos de brilhante. Em forma de flores. Margaridas. Christine disse: nossa, Harry, num tom quase de desaprovação, como se pensasse que ele tinha gasto metade do salário anual (porque ela não sabia que ele sempre gastava dinheiro a rodo em viagens de final de semana e restaurantes). Damaris fez uns ruídos idiotas de menininha excitada, como nunca havia feito, porque tinha a cabeça no lugar e ia ser médica. E Eva disse: quer que eu a ajude a colocá-los?

É difícil colocar brincos em outra pessoa. Você não consegue achar os furos e leva séculos, como esperar a água ferver quando o gás ainda nem está ligado. Fiquei ali sentada, com meu velho jeans e camiseta do Bikini Kill e, quanto mais o tempo passava, mais queria chorar, porque estava tudo perdido, tudo acabado. Ele tinha algum propósito, que eu desconhecia. Só sabia que era grande, masculino, e que me esmagava de um jeito que eu não podia respirar.

Então, Eva se afastou e disse: eles são lindos, são muito lindos.

Levantei os olhos e Harry estava olhando para mim. Detestei aquilo. Senti que estava ficando muito vermelha. Por um instante, pensei que ele fosse vir com uma de suas observações horrorosas, uma de suas sacadas engraçadinhas sobre meu grupo feminista de leitura, sobre o fato de eu ser antinuclear ou de tentar acordar as pessoas para as mudanças climáticas. Fiquei tensa, esperando, só esperando por aquele sorriso forçado antes que ele enfiasse a faca, aquele sorriso que dizia: ânimo Kim, perdeu seu senso de humor, não sabe aceitar uma brincadeira?

Ele não sorriu. Só ficou me olhando. E me falou, baixinho: feliz aniversário.

Fiquei com uma sensação muito esquisita de ter feito alguma coisa errada, o que me deixou louca, porque tudo o que eu tinha feito até então era me levantar, trocar de roupa, abrir um cartão de meu pai – que tinha um cheque dentro – e rasgar o papel brilhante dos presentes da Eva, da Damaris e da Christine. O que ele queria que eu fizesse? Caísse na choradeira e dissesse: oh, Harry, Harry brincos de brilhante, você não devia, exatamente o que eu sempre quis?

Ficamos apenas nos encarando. Em seguida, ele desviou os olhos.

Nunca usei os brincos. Jamais. Estão em uma gaveta na minha mesa de cabeceira, ainda na caixa da Tiffany. Tento não vê-los, até quando estou olhando diretamente para eles, porque me dão tristeza, não sei o motivo.

– O que você está fazendo aí em cima?

Eva olhava do patamar da escada para o alto, a camisola azul amarrada sobre a barriga. Dezoito semanas.

– Achei que devia arregaçar as mangas, começando pelo sótão.

– É mesmo? – Eva recostou-se na parede, parecendo exausta. – Acho que ninguém andou por aí há anos. Provavelmente, até tem algumas coisas do papai.

Que vão diretamente para o lixo.

– E do Harry.

– Tem coisas do Harry aqui em cima?

Eva concordou com a cabeça.

– Por quê?

– Ah, sabe como é – respondeu ela, de forma vaga – Luvas de boxe...

– O quê?

– Luvas de boxe.

– Não faço a mínima ideia do que você está falando.

Eva bocejou e esfregou os olhos: – Você sabe. Ganchos de direita, *jabs*, *uppercuts*. Quer uma xícara de chá?

Ela desceu para preparar um chá de folhas de framboesa ou de camomila, ou não sei qual troço saudável e bom para gravidez que estivesse tomando. Fiquei ali, na escada de alumínio – metade dentro do sótão, metade fora – e pensei: boxe? Não. Harry, não. Harry não luta com as pessoas. Só as machuca, rindo delas.

– Aí, cheguei ao ponto do formulário que perguntava *Por que você quer ser professora?* E eu pensei: mas não quero. Não quero ser professora – Izzie levantou os olhos, aflita.

Era um sábado à tarde, no final de agosto. A todo o momento, as estruturas da casa de Nunhead chacoalhavam quando carros, com autofalantes do tamanho de casinhas de cachorro, passavam trovejando. O ar estava sem vida e inútil, como se alguém tivesse sugado tudo o que ele tinha de bom. Izzie acabara de chegar de Newcastle. Em geral, ela se vestia de um jeito ligeiramente displicente, como alguém que ao decorar um bolo, começa com botões de chocolate e, na metade do caminho, resolve que uma cobertura entrelaçada ficaria muito melhor. Kim suspeitava que em geral ela estivesse com a cabeça em outras coisas. Hoje, porém, suas escolhas pareciam ainda mais ao acaso do que o normal: Izzie usava botas marrons de cano curto, saia comprida de tafetá vermelho, colete masculino com botões prateados e um colar de pérolas de duas voltas. Seu rebelde cabelo castanho estava puxado para o alto da cabeça e preso com um lápis. Curiosamente, o efeito final era reservado e conservador, como uma senhora eduardiana saindo para um chá.

Kim, que só usava jeans preto e camiseta, ficou profundamente impressionada.

– Então, não sei o que fazer – disse Izzie, à beira das lágrimas. – Pensei que tinha tudo decidido. E agora está se desmanchando, como um tricô malfeito.

Kim respirou fundo. Aquilo exigia lucidez: – Tudo bem, vamos começar com os pontos negativos. Você não quer lecionar. O que mais você não quer fazer de jeito nenhum?

– Morar com meus pais.

Kim abriu a boca para falar, e voltou a fechá-la.

– Não tem fim. Desde que contei pra eles que tinha mudado de ideia. Você não precisa lecionar pelo resto da vida, meu bem. Mas é uma atividade útil para se apoiar. Porque você sabe que a vida não anda fácil atualmente. Tem contas pra pagar, gás, eletricidade, água. E, depois, tem os impostos, sem falar na comida. Já viu quanto custa? Seu pai e eu adoramos ter você aqui. É claro que adoramos. Mas depois que a gente se for, como é que você vai se virar?

Era como se a mãe de Izzie estivesse sentada na sala.

– Não é engraçado – disse Izzie.

Kim desmanchou o sorriso: – Então, você não quer ser professora e não quer mais morar com seus pais. Tem alguma coisa que você queira fazer?

Izzie hesitou.

– O quê? – perguntou Kim.

– Morar em Londres.

O rosto de Kim se acendeu: – Comigo?

– Eu podia cuidar do bebê da Eva, em troca de um quarto.

Kim franziu o cenho. – Pode ser que eu não esteja morando com a Eva.

– Por quê?

– Não quero esse peso de viver num lugar pago pelo Harry.

Izzie arregalou os olhos: – Ele vai pagar? Um apartamento inteiro?

Kim aquiesceu.

– Por que motivo, se não por consciência pesada?

Como sempre, toda vez em que a conversa recaía em Harry, Kim se sentia retorcer e encolher como um verme exposto ao sol. Para mudar de assunto, disse: – Afinal, o que você vai fazer, caso não venha a dar aulas?

Izzie deu de ombros: – Ganhar algum dinheiro.

– Fazendo o quê?

– Repondo mercadorias?

Kim pareceu melancólica. – Acho que agora você precisa de mestrado pra isso.

– Ah – disse Izzie, chocada. – Você não conseguiu? O trabalho de pesquisa?

– Ainda não deram sinal. – Kim mordeu o lábio. – Estou tentando não pensar nisso. Mas seria perfeito. Uma campanha assistencial nacional contra a falta de teto.

– O que, considerando sua situação, parece ideal – disse Izzie.

Sempre que ela e Harry estavam sozinhos, sem Eva, Kim sentia-se constrangida. Eram como dois políticos encontrando-se em um corredor em Bruxelas, precisando desesperadamente de um tradutor.

Nesta específica tarde de domingo, Eva dormia no andar de cima, quando Kim voltou do supermercado. Nesses dias, Eva fugia para o quarto, com frequência. – São todas essas células do bebê crescendo e se multiplicando – dizia. – É exaustivo.

– Kim foi para a cozinha, levando suas sacolas plásticas de compra e encontrou Harry sentado à mesa. Não deveria ter sido uma surpresa; ele ainda tratava a casa de Nunhead como seu segundo lar. Mas o coração dela registrou o desagrado ao vê-lo. No momento anterior, não estava imersa em nenhuma grande reflexão: a mordida nas maçãs Cox, como Condoleezza Rice achava tempo para tocar piano; no instante seguinte, tinha entrado em alerta vermelho, alinhando seus pensamentos numa posição defensiva, transformando-se numa fortaleza fortemente protegida, com arqueiros nas torrezinhas e óleo fervente preparado.

Harry estava com o jornal local aberto sobre a mesa: – Então, onde ele deve ser?

– O quê?

– O novo apartamento da Eva.

Kim colocou as compras sobre o balcão, ao lado da chaleira: – Pergunte pra ela.

– Perguntei. Ela disse pra eu perguntar pra você.

Ela franziu a testa: – Por quê?

– Porque quer ficar perto de você, é óbvio.

Kim virou-se de costas e pegou uma embalagem econômica de café instantâneo, com a marca do supermercado: – Izzie e eu estamos procurando perto de New Cross.

– Muito arrojado.

– Arrojado?

– Moderno.

– Você não tem ideia do que está falando – disse Kim, virando-se para encará-lo

Harry riu.

– Estamos procurando nos arredores de New Cross porque é só o que podemos pagar.

– Eu poderia ajudar.

– Não.

– Simplesmente não?

Ela estreitou os olhos: – Não quero sua ajuda.

Harry recostou-se para trás: – Encare desta maneira: trabalho no centro financeiro e ganho uma quantidade obscena de dinheiro. Você só conseguiu um trabalho assistencial temporário, que não vai pagar quase nada. Se eu fizer uma pequena contribuição para o aluguel, será uma redistribuição de riqueza, justiça social em ação, o triunfo do New Labour.[8]

– Não tem graça.

– Não estou fazendo graça.

Kim olhou para ele: – Você é amigo da Eva. Se quiser pagar o apartamento dela, tudo bem. É seu maldito bebê. Mas você não é meu amigo. Não quero nenhum dinheiro seu.

Ele pôs a mão no coração como se ela o tivesse ferido: – Não sou seu amigo?

– Não.

Harry abaixou os olhos para a mesa. Depois de um tempo, disse: – Eva é a única família que eu tenho.

Por um instante, Kim pensou rapidamente no que ele queria dizer.

– Ela cuidou de mim, quando precisei dela. Então, quero cuidar dela.

Ah, pensou Kim. Um novo joguinho. O lado suave e cuidadoso de Harry demonstrando emoção suficiente para me trazer pela coleira. Eu não entro nessa. Posso dizer, só de olhar para o seu rosto, que você está escondendo o que realmente pensa. – Não vou impedi-lo de cuidar dela.

Ele esperou.

– Mas não quero que cuide de mim.

Havia algo nos olhos dele que ela não conseguia decifrar. Era como ficar parada numa entrada iluminada, tentando entender as sombras dentro de um quarto escuro.

---

8 O New Labour foi um projeto de governo britânico, a partir de 1994, cujos três pilares eram: reformas e modernização econômica; solidariedade e justiça social; oportunidade e livre iniciativa. (N.E.)

Harry suspirou, com exagero: – Então, voltamos ao ponto de partida. Vou alugar um apartamento pra Eva. Onde deve ser?

– Em algum lugar cercado de árvores.

– Por quê?

Kim deu de ombros, como se a pergunta fosse incrivelmente estúpida: – Porque Eva gosta delas.

Olhou para Harry com o que esperava ser uma expressão de ligeira condescendência. Por algum motivo, deu tudo errado. Ele olhou de volta e houve uma pausa longa e constrangedora. A superioridade dela dissolveu-se em uma espécie de pânico.

Ah, só queria que ele me deixasse em paz, pensou, virando-se para guardar as compras.

A parede de tijolos estava coberta de grafites, formas grandes e circulares, como vírgulas, azuis e brancas, cobrindo letras gordas e vermelhas que diziam BLOQUEADO. A mesma coisa há tantos anos, pensou Harry. Cada vez mais desbotada. Talvez o artista já não usasse suas latas de spray sob os arcos.

A academia do Tommy ficava escondida nos arredores de Brixton, sob a linha férrea suburbana que ia dar na Victoria Station. Não era segredo. Todo mundo do lugar sabia que ficava ali. No entanto, caso você não conhecesse a região, seria improvável que acabasse ali por engano. Da rua, parecia uma espécie de armazém maltratado. As janelas, com vidros aramados, eram tão altas que era impossível ver dentro. Nos velhos tempos, quando Harry começou a vir com Killian, o dublinense de dreadlocks, era preciso bater para entrar. Agora, você digitava um código: 9581. Fácil de lembrar. O aniversário de Eva.

Suor, couro, borracha, poeira – para Harry, a academia do Tommy tinha cheiro de lar. Desde a primeira tarde – quando tinha recebido uma corda de pular de um homem com dentes de ouro e pele tão densamente tatuada que refletia uma espécie de azul luminoso –, Harry soube que fazia parte daquilo. Tinha chegado como um garoto de 18 anos, magro e enfezado. No momento, aos 26, estava em forma, musculoso e com autocontrole. Amava tudo que dizia respeito ao boxe: o trabalho dos pés, a velocidade dos golpes, as táticas, a adrenalina. No ringue, cabelo preto com cachos molhados, coração bombeando sangue, Harry sentia-se no topo do mundo. Mais tarde, descobriria hematomas, pancadas pretas nos antebraços, manchas roxas nas costelas. Ali, completamente envolvido, desferindo uma sequência de *jabs*, cruzados, *uppercuts*, sentia-se perfeitamente vivo.

Não sobra muito tempo de folga para um banqueiro. Principalmente quando se está tomado pela ambição. Apesar disso, Harry tentava ir à academia sempre que podia. Leon, o proprietário, deixava-o treinar sempre que quisesse, de manhã cedo, antes de ir trabalhar, ou tarde da noite, quando a maioria do centro financeiro dormia.

Teria mais sentido descobrir uma academia próxima do apartamento. Ou em algum lugar em Nunhead. Harry nunca fez isso. Boxe era a academia do Tommy. Era lá que ele queria estar.

Leon gostava de Harry, não apenas porque pagava a mensalidade em dia, ou por frequentar há tanto tempo que parecia parte da família. Leon gostava dele porque, por instinto, Harry sabia quem precisava de ajuda.

Era fácil se confundir nesta parte do sudeste de Londres. Você podia pegar a via errada e terminar com todas as saídas fechadas. O boxe lhe dava disciplina, apontava outro caminho. Mas era difícil dar o primeiro passo. Harry, atento, parecia saber quando ficar calado e quando interferir. Não muito, apenas a palavra inesperada. Porém, um moleque de 13 anos – cabeça raspada e olhos duros – poderia levantar os olhos e ver a expressão de interesse amigável no rosto de Harry, sentindo, de alguma maneira, que estava no lugar certo. Começaria a treinar com afinco, trabalharia para melhorar as condições físicas, a coordenação, a histamina. Com o coração disparado, parando para recuperar o fôlego, olharia pela academia e veria Harry sorrindo, encorajando-o. Muito mais tarde, no ringue, desferindo uma sequência de golpes, olharia além do oponente e veria Harry imerso em concentração, acompanhando seus mínimos movimentos.

Ele observaria o boxe de Harry, veria a intensidade de sua expressão, a precisão de seus socos. Avaliaria Harry com os olhos, veria alguém determinado, calmo, capaz de se cuidar. Não a violência a que estava acostumado, talvez. Ainda assim, um lutador.

Tem a ver com a comunidade, diria Leon.

Harry, endireitando-se, os músculos tensos dos ombros e braços escondidos sob um moletom com capuz, pegaria sua sacola, daria uma olhada e faria um gesto com a cabeça. Grande coisa, você poderia dizer, mas para aquele menino, aquele menino de 13 anos, seria tudo.

– É claro que ela tinha uma ligação com gatos.

– Que tipo de ligação?

– Seria melhor perguntar que tipo de gatos – disse a mãe.

Não é de estranhar que você tenha se mudado para o sul da França, pensou Kim. Nunhead realmente não era o cenário adequado. O sol fraquinho de setembro, lutando para passar pela janela acima da pia, revelava a pintura amarela lascada, o aço inoxidável arranhado, o linóleo esfolado. Então, a luz recaía em Grace. Ela virava o rosto em direção ao sol, como uma estrela de cinema percebendo a câmera. Dava para ver o brilho de sua pele, o azul intenso de seus olhos. Seu cabelo platinado era um halo deslumbrante.

– Leões – disse Grace. Estava sentada bem na beirada da cadeira, como se tentasse minimizar o contato com a sujeira do sul de Londres. – Centenas deles. Vagando pela casa dela. Leões enormes, africanos.

– Por quê?

– Estava fazendo um filme chamado *Roar*. Levou anos e anos, e ultrapassou excessivamente o orçamento. Um dos câmeras quase foi morto.

– Foi isso que a desligou dela?

Grace franziu o cenho.

– Você mudou seu nome. Durante anos, chamava-se Tippi. E aí, de uma hora pra outra, não mais.

Grace empertigou-se: – Você está imaginando coisas.

Não, pensou Kim, cansada. Estou me lembrando de coisas. Você usava um conjunto verde e um casaco de peles, por causa de *Os pássaros*. Tínhamos um gatinho chamado Forio, por causa do cavalo, em *Marnie*. Você era obcecada por Tippi Hedren, obcecada pelas loiras de Hitchcock. O nome da Eva veio da Eva Marie Saint. O meu, da Kim Novak. (Eu deveria ser agradecida. Podíamos ter sido Janet e Doris.)

Uma vez, você conheceu um homem num avião. Mais ou menos quando papai foi embora. Eu me lembro de estar parada na cozinha, olhando para o hall onde ele estava: um estranho de casaco de cashmere preto, emoldurado pela porta da entrada. Você se inclinou e sussurrou: – Nem uma palavra! – Depois, disse em voz alta: – E esta é minha irmãzinha! As pessoas dizem que somos muito parecidas!

Você escorregava para a ficção com muita facilidade. Quando ficava entediada com a realidade, simplesmente desempenhava outro papel. E era muito boa nisso. As pessoas costumavam se surpreender ao encontrar você em um subúrbio londrino de segunda. Era como descobrir uma porcelana de pó de osso na IKEA.[9] Aí, deduziam que você era excêntrica. Ou, por algum motivo, tinha perdido a fortuna da família.

No entanto, a habilidosa ascensão pelas classes sociais inglesas não foi suficiente. Você superou o sistema de classes britânico. Voltou os olhos para a Eu-

9 A IKEA é uma companhia privada de origem sueca, com filiais em quarenta países, controlada por uma série de corporações sediadas nos Países Baixos, especializada na venda de móveis domésticos de baixo custo. (N.E.)

ropa e, depois, para os Estados Unidos. Tornar-se Grace Kelly foi um golpe de gênio. Afinal de contas, foi ela quem terminou como princesa.

– Então, o que você vai fazer? – perguntou Grace.

Kim forçou-se a voltar para o presente: – Com respeito a quê?

Grace fitou-a com os olhos arregalados: – Pensei que estávamos tendo um conselho de guerra.

Você finge se preocupar, mas não se importa. O bebê de Eva é apenas mais um drama. Na verdade, você nunca gostou de ser mãe. Eva costumava dizer: eles se casaram novos demais, é só isso. Tiveram filhos antes de serem adultos. Motivo pelo qual, um dia, acordaram, olharam um para o outro e pensaram: vai ser só isto? Estou com a pessoa certa na vida certa? E isto os deixou tão apavorados que tiveram de sair correndo e recomeçar, antes que fosse tarde demais. Assim, papai foi embora e resolveu morar com Jia. E mamãe mudou-se para o sul da França.

– Seu pai não tem ajudado na situação. Colocar a casa à venda. Mas o que dá pra esperar? – Grace deu de ombros – Ele sempre foi muito egoísta.

– Já foi feita uma oferta.

– Bom, tinha de acontecer, não tinha? As propriedades em Londres sempre vendem. Embora eu não vá ver um centavo disso, é claro.

– Izzie e eu estamos procurando um apartamento juntas.

Grace franziu a testa: – Você não vai morar com a Eva? Bom, é claro que eu entendo. Nem todo mundo gosta de bebês. Todas aquelas fraldas molhadas e o choro. Na metade do tempo, não há nada de errado com eles, só querem atenção – lançou um olhar de esguelha para Kim. – Então, continue.

– O quê?

Grace pareceu impaciente: – É filho do Harry?

– Não sei.

– Ela não disse?

– Pra mim, não.

A última conversa tinha sido a pior. Kim, de costas para Eva, enquanto lavava os pratos do jantar, tentara sugerir que não era justo com o bebê manter sua paternidade em segredo. É claro que todo mundo tem o direito de saber quem é seu pai. E se houver algum tipo de doença genética que precise de um tratamento especial? Alcoolismo? Depressão? Ao se virar, Eva estava olhando para ela, muito triste. Kim, disse, eu sei que você quer tudo direito e organizado, mas a vida não é assim. É atrapalhada, imprevisível, fora do controle. Assim é melhor pra mim e pro bebê. Quero que aceite isto. E Kim, silenciada pela expressão de Eva, sentiu-se envergonhada.

– Achava que o normal fosse irmãs contarem tudo uma pra outra.

Eu também.

– Parece a explicação mais provável. Por isso ela resolveu ter o bebê. Pelo menos, Harry está fazendo a coisa digna e pagando as despesas. Deus sabe que precisamos de mais homens como ele, dispostos a assumir responsabilidade por seus atos.

Poderia ser qualquer um. Um caso de uma noite. Alguém casado, com filhos. O pai de um de seus alunos de violão. Em sua cabeça, Kim viu um grupo de homens virando-se de frente para ela, como suspeitos em uma fileira da polícia.

E, então, viu Harry, sorrindo.

Grace enlaçou as mãos, como um anjo rezando: – Eles têm tudo a ver um com o outro, você não acha? Adoro o jeito como ele ri. Acha tudo muito divertido. E está fazendo uma fortuna no mercado de capitais – ela suspirou. – Só temos de torcer pra que eles fiquem juntos, depois que o bebê nascer. Que montem uma casa em algum lugar gostoso e despretensioso. Como Chelsea.

Ah, pensou Kim, tomada por uma raiva silenciosa, volte pra Nice. Vá e persiga alguns outros socialites decadentes, que vivem de lembranças do glamour do passado. Você não está servindo para nada, aqui. Mas não posso dizer isto alto.

Porque olho para sua face – suas belas maçãs do rosto, seus olhos azuis e seu cabelo loiro platinado – e tudo que consigo ver é Eva.

– Tomara que ela não espere que eu volte correndo, quando a criança nascer. Não faço, realmente, o tipo avó. E não tenho mais nenhuma ligação com Londres.

A não ser duas filhas, que vivem aqui.

– Hoje em dia, é chocante a grosseria. Não existe educação. Ninguém diz bom-dia, nem segura uma porta pra você. É tão diferente da Côte d'Azur. Embora eles tentem tirar vantagem até lá, sabe? É preciso ser firme. Noutro dia, um cavalheiro veio até mim, na Promenade des Anglais, e disse: a senhora me daria a grande honra de almoçar comigo, *madame*? E eu disse: não, obrigada. E ele disse mas ficarei arrasado, se a senhora não aceitar, *accablé de chagrin*. E eu disse: *monsieur, je suis trop pressée*. Com muita pressa. Talvez eu não devesse tê-lo decepcionado de uma maneira tão gentil. Deveria ter dito: esta é uma sugestão ultrajante. O senhor me é totalmente desconhecido. Não saio para almoçar com qualquer um.

Não é disso que me lembro.

– Londres perdeu tudo, sabe? A gentileza dos velhos tempos. Nenhuma educação. Homens cuspindo na calçada, moças fazendo hora, bêbadas, as saias levantadas até as axilas. Se bem que, pelo que eu ouço, no interior não está melhor. Todos aqueles carros 4 x 4 e aquelas festas sexuais, nobres se comportando sem a menor decência. Há pouco, soube de um político que proporcionou sadomasoquismo em seu gazebo.

Algo na gravidez de Eva levava a hostilidade entre Kim e Harry ao próximo nível.

– *O que você está fazendo?*

Era domingo à tarde. Kim tinha entrado na cozinha e encontrado Harry recostado na pia e Eva sentada à mesa. Os dois estavam com garrafas de cerveja.

Harry pareceu surpreso: – Está falando com a Eva?

– Você está bebendo cerveja!

– Eu sei. A lei permite. Tenho mais de 18.

– Não você! Eva! Ela não deveria estar bebendo!

Os olhos de Eva ficaram grandes e alertas: – Kim...

Kim ignorou-a: – Faz mal pra saúde dela, mal pro bebê.

– Kim...

– Sabe de uma coisa? – disse Harry – Nem todo mundo concorda. Alguns entendidos que acham que um copinho de vinho não faz mal nenhum.

– Que entendidos?

Harry pareceu vago: – Sei lá. Tenho certeza de que li isso, em algum lugar.

– Você leu em algum lugar. Ou, talvez, viu na televisão? Bom, minha informação é um pouco mais confiável. Fui com a Eva em sua consulta pré-natal, na semana passada, e a parteira lembrou a ela que não se deve beber na gravidez.

– Kim...

– De jeito nenhum. Nunca. Nem o copinho de vinho, nem o drinque ocasional, nem mesmo uma garrafa de cerveja.

– Tudo o que posso dizer é que, graças a Deus, você está aqui – disse Harry.

Kim olhou-o com desconfiança: – Não tem graça! Por que você não pode simplesmente admitir, uma única vez, que entendeu errado? É tão difícil assim?

Eva abaixou a cabeça. Seus ombros tremiam. Ah, pensou Kim, eu não queria fazê-la chorar. Nunca quis fazê-la chorar. Mas o Harry está se comportando como uma criança, sendo completamente irresponsável.

– Você é sempre muito emocional – disse Harry. – Tem certeza que é bom pra você?

Eva levantou a cabeça, o rosto banhado em lágrimas: – Kim, por favor, pare.

– Não estou brava com você. É o Harry que... – Kim foi se calando. Eva não estava chorando. Estava rindo.

– Kimmy, desculpe-me – disse Eva, respirando fundo, tentando se acalmar. – Você está totalmente certa sobre bebida e gravidez. E sou muito agradecida que você seja tão intensa e brigue feito um leão pra me proteger – ela sorriu. – Mas não há necessidade. Eu não aguentava mais suco de laranja, limonada, refresco de flor de sabugueiro com água gasosa e Harry disse: por que você não experimenta alguma coisa diferente? Então, é isso que estou fazendo. Esta cerveja não tem nada de álcool. A gente achou que poderia experimentar algum vinho sem álcool também. Tem alguns feitos para ter sabor de champanhe.

Kim sentiu-se esquentando: – Por que você não me disse?

– Eu bem que tentei.

Ela olhou para o chão.

Quando, por fim, levantou os olhos, Eva e Harry olhavam-na como pais ansiosos cujo bebê acabou de fazer manha. Kim queria dizer: por que vocês sempre fazem isto? Por que sempre se juntam contra mim? Isso só ia fazê-la soar chorosa e imatura.

Harry disse: – Desculpe. Você só estava tentando cuidar dela.

Por tudo que ela sabia, no entanto, isto era mais uma armadilha, um grande buraco na selva, ligeiramente coberto com galhos, apenas aguardando que ela caísse dentro. Sentia uma vontade desesperada de gritar com ele por caçoar dela. Deprimida, tudo que me resta nesta situação, pensou, são os últimos fiapos da minha dignidade.

Poucas semanas depois, aconteceu novamente. Quando Kim descobriu que, no final de novembro, Eva pretendia visitar Sieben Linden, uma ecovila na Alemanha, ficou horrorizada: – Você vai estar enorme!

– É minha última chance. Depois disso, vou ter o bebê e vai ser muito mais difícil sair por aí.

– Você vai estar de oito meses! Ninguém viaja aos oito meses de gravidez!

Harry disse: – Eu vou com ela.

– E você tem alguma qualificação médica? Que ajuda você pode dar numa emergência?

– Existem médicos na Alemanha – disse Eva, baixinho.

– Não se trata disso! Não vale o risco!

Todos eles se entreolharam. Eva corada e miserável, Harry desconfortável, Kim indignada.

Eva disse, lentamente: – Se isso deixar você realmente feliz, eu não vou.

Kim, com todos os músculos tensos, apenas permaneceu ali. Por que eles não podiam *ver*? Por que não conseguiam *ver* o quanto era perigoso?

Conforme as semanas se passaram, o precário triângulo Kim-Eva-Harry tornou-se dois contra um, Eva e Harry unidos contra Kim. Sozinha em seu quarto, olhando o tapete gasto, Kim viu-se mordendo os dedos num esforço para não chorar. Queria se sentir feliz pela irmã. Um novo começo, uma nova vida. Em vez disso, via-se sozinha e com medo.

Começou a agredir Harry de certas maneiras que até ela achava absurdo.

– Imagino que você frequente clubes de *strip*.

Harry franziu o cenho.

– Danças no colo? Noites exclusivamente masculinas?

– De onde veio isto?

Era uma quinta-feira à noite. Harry ia sair com Eva para uma pizza e um filme no Pechkam Multiplex.

Kim cruzou os braços: – Eu leio sobre o que acontece no centro financeiro.

– Os tempos mudaram.

– Então, você nunca esteve num clube de *strip*?

– A gente tem de falar sobre isto, agora?

– Só quero saber o que você pensa.

– Não, não quer. Você quer me dizer o que eu penso. Quer que eu diga que é uma coisa que eu pagaria pra ver.

Os dois ficaram se encarando. Por um repentino e terrível momento, Kim foi incapaz de desviar os olhos.

Eva, com um leve vestido azul, estampado com minúsculas flores brancas, entrou flutuando na sala de visitas: – O que você pagaria pra ver?

Harry estava com uma expressão indecifrável: – Uma mulher tirando a roupa.

Eva pareceu confusa: – Pensei que a gente fosse ver *A rainha*.

Estava à espera dele quando chegou do trabalho: um cartão branco encorpado, com uma delicada linha prateada em toda a sua volta e os dizeres em preto, numa escrita arredondada: *Senhor e Senhora John White solicitam a honra de sua presença no casamento de sua filha Emma Rose com senhor Martin Palmer*... Harry ficou ali, no hall de entrada, com o convite na mão, o olhar perdido no vazio. Depois de um tempo, enfiou-o de volta no envelope, com muito cuidado, como se fosse importante preservá-lo. Já havia sido reenviado duas vezes, com uma caligrafia que não reconheceu. Um convite que tinha dado a volta pela Inglaterra, de endereço em endereço, tentando achá-lo. E, afinal, alcançara-o no hall de um grande edifício de apartamentos que davam para o Tâmisa.

Por um instante, brincou com a ideia de aparecer na igreja em seu Porsche prateado. Talvez de óculos escuros. Saindo do banco do motorista com lentidão suficiente para que uma plateia de convidados contemplasse – boquiaberta – o corte impecável do terno feito à mão. Depois, pensou, com um buraco na boca do estômago, que nem mesmo um Porsche faria com que fosse notado. Não por senhor e senhora John White.

A última vez que vira Emma Rose, ela tinha cerca de 8 anos. Lembrava-se dela pequena e rosada, com uma massa de cachinhos. Ela nunca tinha gostado muito dele. Sentia-o como uma ameaça. O que, de certa maneira, ele era. Um lembrete permanente do que senhor e senhora John White poderiam fazer com uma criança que não se comportasse.

Ele havia bloqueado a maior parte disso, embora se lembrasse do começo. Um dia, era apenas ele e sua mãe. Depois, John White estava à mesa do café da manhã. Harry estava com 5, talvez 6 anos. Observava com atenção. John White gostava da gordura no bacon, de ouvir os novos boletins no rádio (de hora em hora) e de suas meias limpas, aos pares, depois de terem sido dobradas duas vezes. Sua pele não tinha cor, assim como os gins que gostava de beber, antes do jantar, e os botões de sua camisa eram forçados sobre o estômago. Esperou obediência total, desde o começo. Você me respeita, Harry, e eu o respeito.

Era mentira, claro.

Ao ficar mais velho, Harry lentamente percebeu que aquele tinha sido um casamento baseado num acordo. Sua mãe era jovem e bonita, tinha um filho e estava cansada de se preocupar com dinheiro. John White era de meia-idade, sem graça e valentão, mas podia proporcionar segurança financeira, e aceitou Harry como parte do pacote.

Poderia ter funcionado. Às vezes, acordos funcionam. Mas Jonh White ficou insaciável. Depois de ter a jovem e bonita esposa sob seu controle, quebrou o contrato. Cuidar do filho de outro homem era irritante. Especialmente de um menino com pensamentos próprios.

– Não, Harry, não – a voz da mãe em seu ouvido, urgente, desesperada. – Não o irrite. Ele tem um temperamento terrível.

Um ano depois do casamento, Emma Rose chegou. John White ficou alucinado. Seu peito se encheu de orgulho. Toda visita que vinha em casa ouvia sobre as extraordinárias habilidades de Emma Rose. Ela fez tudo cedo: falou, andou, contou, leu. Era brilhante no balé, superlativa na ginástica olímpica, tinha o dom da música. Fazendo-lhe justiça, a pequena Emma Rose era bastante inteligente para perceber que não era a superstar que o pai imaginava. Ninguém poderia ser tão perfeito. Só que não sabia como abrir os olhos dele para a realidade, e não tinha uma mãe valente o bastante para lutar pelo direito de uma menininha ser comum.

Assim, Emma Rose, apavorada de não corresponder às expectativas do pai, e exausta pela pressão constante para ser a melhor, tornou-se cautelosa e cruel.

Às vezes, a única maneira de permanecer no topo é sabotar a competição. Cortou as fitas dos sapatos de balé de outra menina; escondeu arcos de violino e flautas-doce; roubou deveres de casa e rasgou cartas para sua casa que anunciavam audições e atividades extracurriculares.

Infelizmente, a única coisa em que Emma Rose era, de fato, muito boa era garantir que nunca fosse descoberta. Em público, a aura de Emma Rose nunca perdia o brilho.

O grande erro de Harry foi ressaltar o óbvio.

– O que é isto? – disse, folheando seus cadernos de matemática. – Dez menos cinco?

Emma Rose tentou agarrá-lo de volta. Provocando-a, Harry ergueu-o no ar Emma Rose gritou. Harry sentiu o golpe na parte posterior do crânio, antes que sua cabeça, logo acima do olho direito, atingisse a beirada da mesa. Surpreso e sem fôlego, caiu no chão da cozinha.

– Vá procurar alguém do seu tamanho! – gritou John White.

– Tente não provocar ele, Harry – sussurrou-lhe a mãe naquela noite, enquanto pressionava uma flanela gelada contra sua testa, no escuro.

Harry nunca conheceu seu pai verdadeiro. Sua mãe pôde lhe contar muito pouco, exceto que ambos eram muito jovens, que havia sido um romance de férias, no verão de 1979 (num camping francês, com famílias de toda a Europa) e que tinham se despedido antes mesmo que ela soubesse que Harry estava a caminho.

– Como ele era fisicamente?

– Como você.

– Qual era o nome dele?

– Todo mundo o chamava de Zee, mas era só um apelido.

– Onde ele vivia?

Ela pareceu triste: – Nunca perguntei.

Pele escura, olhos castanhos, cabelos pretos. Alto. Bem magro. Sempre sorrindo. Ela se lembrava de que ele falava bem o francês e o inglês. (Cantava junto com Donna Summer e os Bee Gees.) Mas, quem sabe? Ele também poderia falar outras línguas. Harry pensou em todos os lugares em que seu pai (o homem que nunca conheceu) poderia estar vivendo: Itália, Alemanha, Espanha, Marrocos, Israel, Turquia, Brasil – e, em sua cabeça, o mundo ficou maior e mais amplo, mais difícil de navegar, mais impossível de entender. Sentia-se perdido e desanimado. Olhava as próprias mãos, suas fortes mãos, e pensava, sou o que sou. Alguém disse uma vez: você não precisa saber de onde vem, só precisa saber para onde vai.

No entanto, não saber tornava-o vulnerável, e furioso. Enquanto a mãe ia se retraindo cada vez mais e Emma Rose assumia o centro do palco, Harry começou a ficar ressentido. Não tinha feito nada de errado, mas era tratado como um hóspede temporário que nunca pagava aluguel. John White menosprezava-o, provocava-o, ria dele. Batia em sua cabeça, fazendo seus ouvidos tinirem. Empurrava-o contra as paredes com tanta força que Harry estava permanentemente coberto de hematomas. Uma vez, por ter segurado o olhar uma fração a mais, foi chutado escada abaixo. Harry foi parar no térreo, numa pilha retorcida, quebrando a omoplata.

Quando tinha 14 anos, havia um clima maligno e agitado na casa.

Então, chegou o dia em que John White abriu a boca para escarnecer e viu seu enteado fechar os punhos.

– Sinto muito – disse sua mãe –, ele diz que não podemos continuar assim. É ele ou você.

Harry encontrou seus próprios pais adotivos. Colocou um anúncio no jornal local. Lembrava-se disso anos depois, mas apagou tudo que havia entre uma coisa e outra.

Seus pais adotivos eram cristãos evangélicos, na faixa dos 50 anos. Eram bondosos e tinham boas intenções. Apesar disso, no dia em que Harry terminou a escola, fez a mala e partiu. Nunca mais os viu. Também nunca mais viu senhor e senhora John White. Com o tempo, aceitou o que sua mãe tinha feito, mas nunca a perdoou.

Tomou um trem para Londres e se sentou na vasta e luxuosa recepção do banco durante dois dias, até conseguir uma entrevista. Usou bem o tempo. Ouviu fragmentos de conversa, estudou maneirismos, viu como as pessoas se vestiam. Em sua cabeça, começou a ver como poderia se adaptar, transformar, enquadrar. O velho Harry estava morto. Sua nova vida tinha começado.

Por fim, divertindo-se com a persistência de Harry, o diretor das ações ordinárias entregou os pontos. Na terceira manhã, mandou seu chefe de funcionários fazer uma breve entrevista com ele. Não demorou muito para que se descobrisse que Harry era mais do que suas qualificações bastante medíocres: tinha um pensamento lógico e uma aptidão natural para a matemática, era interessado em negócios e em como as companhias trabalhavam, era aberto e objetivo, fácil de conversar. E, mais importante do que tudo, tinha fome, muita, muita fome. Ali estava um rapaz com algo a provar.

O banco lhe ofereceu um trabalho como recepcionista. Harry, que não diferenciava um canto de Londres do outro, enfiou um alfinete num mapa e alugou um quarto em Crystal Palace. Tinha linóleo marrom, uma janela guilhotina que chacoalhava e uma cama com um colchão tão fino que era como se deitasse sobre papelão. Se voltasse do trabalho cedo o bastante para precisar descobrir onde comer, ia para o pequeno restaurante grego, dobrando a esquina. Suas especialidades eram folhas de uva recheadas e massa folhada cheia de queijo feta.

Numa noite de verão, encontrou Eva num ponto de ônibus, em Camberwell. O fundo de sua mochila de patchwork em veludo tinha caído e seus pertences estavam espalhados pela calçada cinzenta e suja. Harry recuperou uma corrente de prata da grade de metal na sarjeta. Segurou-a em triunfo e ela riu.

Algumas semanas depois, sentado à mesa da cozinha em Nunhead, quando a escuridão começava a diminuir lá fora e os primeiros lampejos de luz transformavam formas em arbustos e moitas, Harry disse: – Como é que você está sempre tão feliz?

Tinham passado a noite toda acordados, conversando e tomando chá. Ela o fazia se sentir seguro. Ele podia lhe contar qualquer coisa e nada que dissesse sairia dali. Ela havia prometido. Ficam comigo, disse. Seus segredos todos ficam comigo. Jamais vou falar sobre qualquer coisa que você me conte. Pra ninguém.

– Às vezes, eu fico triste. Principalmente quando chove.

Não era a isso que Harry se referia: – Seus pais estão pouco ligando, mas você não tem raiva deles, nunca diz uma palavra ruim a respeito deles.

Eva pensou sobre aquilo: – Porque não mudaria nada.

– Não?

Ela sacudiu a cabeça.

Ele olhou para a mesa: – Às vezes, não consigo dormir à noite, de tão bravo que fico.

Eva olhou para ele com os olhos cheios de simpatia.

– Começo a pensar e parece que vou explodir.

– Você precisa deixar disso.

– Como?

– Não sei. Imagine que vá flutuando pra longe.

Harry não pareceu convencido.

– Você não pode controlar o que as outras pessoas fazem. A única coisa que pode controlar é como você pensa a respeito disso.

– Eles que se virem? – ele tocou na cicatriz acima do olho direito.

– Eles que vivam a vida deles. Você vive a sua.

Harry ficou calado.

Eva parecia triste: – Talvez seja por eu não ser muito corajosa. Não gosto de enfrentar as coisas. Então, se acontece algo muito ruim, tento não pensar a respeito. Ou fico bêbada, ou drogada. Vou pra algum lugar na minha mente onde a coisa não tenha importância. Só penso: isto me incomoda mesmo? É tão importante?

– Até quando outras pessoas sacaneiam?

– Principalmente nesse caso. Às vezes, você precisa pensar que as pessoas são só estranhas, têm seus motivos pra fazer certas coisas, mas escondem as razões bem no fundo. Ou fecham os olhos para o que estão fazendo, porque é triste, ou faz com que se sintam sós ou com medo. Então, aparentemente, nada tem sentido. Nem mesmo pra elas. E se as coisas forem difíceis de entender, só resta a você deixá-las ir.

– Você consegue mesmo fazer isso?

– Você pode tentar – Eva sorriu. – Viva e deixe viver.

– Faça amor, não faça a guerra.

– Ligue-se, interaja, desapegue-se.[10]

Harry riu: – Você é muito hippie.

Ela gostava de falar sobre o Verão do Amor, 1967. Cem mil pessoas encontrando-se em São Francisco, todas tentando descobrir alguma coisa diferente, fartas do conformismo, de uma sociedade voltada ao dinheiro. Tudo começou com o Monterey Pop Festival: Janis Joplin, Jefferson Airplane, Jimi Hendrix, The Mamas and the Papas, The Byrds. A primeira vez que Otis Redding tocou para uma plateia cheia de brancos. Depois, passado o festival, todo um longo verão ouvindo música, criando arte, conversando sobre política, usando drogas. A classe média norte-americana ficou apavorada. O que eles queriam? Por que estavam fazendo aquilo? O que significava aquilo tudo?

Às vezes, conversando com Eva, Harry tinha a sensação desconfortável de que ele teria sido um dos espectadores perplexos. Talvez seja mais fácil rejeitar

---

10 O original: *Turn on, turn in, drop out*, referência à famosa frase popularizada por Timothy Leary que propunha maior sensibilidade aos diversos níveis da consciência, por meio do uso de drogas, da interação harmoniosa com o mundo e do abandono de convenções e hierarquias. (N.T.)

uma coisa quando você sempre a teve, Harry pensou. Quero dinheiro. Quero o respeito que ele traz. Quero ganhar tanto dinheiro que me sinta para sempre seguro e poderoso.

Eva tocou a mão dele por sobre a mesa: – Sabe o Killian? Aquele de Dublin, com os *dreadlocks*? Ele frequenta uma academia, um centro de boxe. Ele disse que ajuda.

– Ajuda o quê?

– Quando ele está bravo. Centraliza sua energia. Talvez você devesse ir dar uma olhada, pra ver o que acha.

À noite, quando me deito enlouquecido de raiva, tenho fantasias de bater em John White, de quebrar seu nariz, arrebentar o osso, sangue por todo aquele rosto gordo e sarcástico.

Eva disse, com delicadeza: – Você passou por uma má fase, Harry. Não é de espantar que às vezes se sinta um pouco perdido.

Por um momento, ele não conseguiu falar. Estava tudo encerrado em sua mente, mas podia sentir a pressão daquilo, como um armário lotado de casacos velhos que alguém fechou à força. Às vezes, o esforço de manter aquilo fechado deixava-o exausto. – Não conheço ninguém lá.

– E daí? Você fica conhecendo.

– Você vem comigo?

– Você é um bebezinho mesmo – os olhos dela sorriram para ele.

Harry abaixou os olhos para as mãos deles sobre a mesa, os dedos entrelaçados. Lá fora, ecoavam os primeiros trinados misteriosos dos passarinhos, como se o mundo fosse um imenso espaço vazio que nunca pudesse ser preenchido. Era um som solitário. Mas quando estou com Eva, pensou ele, sei que tudo vai acabar dando certo. Sei que estou num lugar muito mais agradável do que aquele que imaginei ser possível.

– Vamos ficar juntos pra sempre, não vamos?

– Você mal me conhece.

– Pouco importa. Vou conhecer você pra sempre.

– Pra sempre é muito tempo.

Eles ficaram sentados, sorrindo um para o outro. Ele disse: – Preciso ir.

– Volte mais tarde e conheça minha irmãzinha.

– Como ela se chama?

– Kim.

– Eu poderia comprar um sorvete pra ela.

– Ela tem 13 anos.

– Enrolar um baseado?

Eva riu: – Ela não é como eu. Tem planos. Vai mudar o mundo.

– Como?

– Não sei. Assumir o poder. Entrar na política. Começar uma revolução. Preste atenção. Um dia ela vai ser famosa.

À porta, ele se voltou para olhar para ela. O sol do começo da manhã, entrando pela janela, dava-lhe ao cabelo um brilho dourado: – A gente se vê.

A maneira como ela sorriu para ele foi de tirar o fôlego.

Kim tinha passado horas resolvendo o que vestir em seu primeiro dia de trabalho. Após três anos como estudante, a maioria de suas roupas tinha buracos. Para a entrevista, pegou um casaco emprestado com Damaris e o manteve bem abotoado, suando o tempo todo. Mas isto não funcionaria como estratégia regular.

– Pegue alguma coisa minha emprestada – disse Eva.

Um vestido indiano com espelhinhos minúsculos costurados no corpinho? Uma saia até o chão de veludo vermelho? Jeans com borboletas e margaridas dançando ao longo da boca de sino? Por fim, Kim optou por um *jumper* de veludo azul-marinho que Izzie havia comprado na loja da Mind, em East Dulwich, porque achou que poderia funcionar como um bom anteparo.

– Ele me faz parecer grávida? – perguntou, na frente do espelho de corpo inteiro.

– Não – disse Eva, cuja barriga se projetava, agora, de maneira alarmante. – Uma grávida tem esta aparência.

No entanto, a caminho do trabalho, um idoso com muletas tentou lhe dar o assento, no ônibus.

Os escritórios da assistência à moradia ficavam em Vauxhall, ao sul do Tâmisa.

– Lugar dos antigos jardins de entretenimento – disse Jake. Tinha o cabelo volumoso e claro, espetado como palha num chalé de sapé. – Mencionados por Pepys e visitados por milhares, durante duzentos anos. Concertos, fogos de artifícios, funâmbulos, balões de ar quente, representação da Batalha de Waterloo, em 1817. Finalmente fechados, em 1859. – Estava sentado em uma grande cadeira cinza de escritório, que rolou para trás com um gemido. – Imagino que você saiba disso.

Kim, que tinha vivido em Londres a vida toda, e nunca tinha ouvido falar dos jardins de entretenimento de Vauxhall, olhou para ele, muda.

– Você vai ficar na minha cola durante uma semana, pra poder ver o que a gente faz. Vai observar todos os meus movimentos. – Jake fez uma careta de susto, como alguém que tivesse acabado de ver um cadáver putrefato. – Vai me seguir.

Kim engoliu em seco: – Espero que eu não seja um grande incômodo.

Ele olhou para ela: – Vai ser. Muito incômodo. Mas é a única maneira de aprender.

Ele é esquisito, pensou Kim. Repentinamente, desejou-se num escritório normal e aberto, com várias pessoas, saudáveis vasos com plantas e um bebedouro de água gelada. Não tinha certeza se grudar em Jake num cubículo seria uma ideia tão boa.

– E aí, onde você trabalhava antes?

– Eu não trabalhava – disse Kim. – Acabei de me formar.

Jake recostou-se na cadeira. Tinha coxas musculosas como um jogador de rúgbi. Ou talvez fosse só o efeito do jeans *baggy*. – No quê?

– Assistência social.

– Interessante. – Pegou um maço de papéis e deu umas batidas para que ficasse bem alinhado. – Onde?

– Edimburgo.

Ele levantou as sobrancelhas, mas ela não soube por quê. – Então, esta é a sua mesa, de frente pra minha. Vou lhe dar uma senha e acesso ao sistema – sua voz era ligeiramente fanhosa, como se estivesse com um resfriado permanente. – Nossa prioridade, nas próximas semanas, é o Relatório dos Sem-Teto, em Londres. Verificar todos os números antes de soltar na mídia. Provavelmente, eles lhe disseram isso na entrevista.

Ela assentiu.

– E, ao que parece, seu contrato é de seis meses. Uma espécie de estágio pago. Embora, se fosse eu, não me preocuparia muito com isso. Provavelmente, você vai ter o contrato renovado. Atualmente, estamos em pleno caos. Uma nova diretora executiva. Livrou-se de toda a equipe e trouxe a própria. Rostos novos. Novo sistema de informação tecnológica. Ninguém faz ideia do que acontece. Só eu.

Jake distraiu-se, momentaneamente, com alguma coisa em sua tela, então ela se sentou em sua nova mesa e se ocupou em abrir a gaveta mais próxima. Estava vazia, exceto por dois lápis e o que parecia os restos enrugados de um miolo de maçã mumificado. Ao levantar os olhos, ele estava olhando para ela: – Por que moradia?

– Não entendi.

– O que fez você querer trabalhar com moradia?

Seu olhar era intenso. Os olhos, azul-claros.

– Injustiça social. Não dá pra uma pessoa fazer alguma coisa, a não ser que tenha onde morar.

Contra a vontade, sentiu um nó na garganta. Era algo que costumava acontecer nesses dias. Só restavam dois meses para que elas tivessem de se mudar. Ela e Izzie já tinham pago o depósito de uma quitinete malcheirosa em New Cross, com manchas inquietantes no tapete e um mofo preto crescendo ao redor do chuveiro. A cozinha consistia em dois círculos elétricos no canto da sala, portanto não comeriam nada mais complicado do que um cozido. O único consolo era que ficava a menos de dez minutos de ônibus do minúsculo apartamento novo de Eva, que dava para Peckham Rye. Assim, sempre vou poder cuidar do bebê. Sempre que ela precisar de mim.

– Isto me pareceu sincero. Você e seu namorado acabaram de terminar?

Aquilo foi totalmente fora de propósito e ela ignorou a pergunta. Mas alguma coisa em sua rudeza simples a estava fazendo relaxar: – Há quanto tempo você trabalha aqui?

– Neste Natal, faz cinco anos.

– Então, você gosta.

– Bom, eu não ficaria se não gostasse, ficaria?

Isto a irritou: – Não sei. Você poderia precisar do dinheiro, ou ser preguiçoso demais pra procurar outra coisa.

– Você fala tudo na lata, né? – ele sorriu. Seus dentes da frente eram encavalados. Aquilo era simpático, de uma maneira que ela não entendia muito bem. – Então, vamos lá. Se a gente vai trabalhar juntos, diga tudo a seu respeito.

– Você, primeiro.

– Vinte e oito anos, nascido em Aylesbury, universidade de Bristol, vim pra Londres, trabalhei pro Lambeth Council, consegui este trabalho, moro em Stockwell, gosto de gatos, toco trombone, nos fins de semana sou voluntário, restauro moinhos de vento.

Eva gosta de uma música da década de 1960 sobre moinhos de vento, pensou Kim. Algo a ver com círculos e sua mente.

– Onde eles ficam?

– O quê?

– Os moinhos.

– Por toda a Inglaterra. Dos três tipos. Sua vez.

Kim pensou um pouco: – Vinte e um anos, nascida em Londres, formada no verão passado, prestes a me mudar pra New Cross. Gosto de publicações independentes, da KT Tunstall e de Guinness. E minha irmã vai ter um bebê.

– O que explica o vestido de grávida. A não ser que você também esteja esperando.

Kim abriu a boca para protestar e a fechou novamente.

– E aí, onde ela mora, essa irmã?

– Peckham Rye.

– Na parte boa?

Kim confirmou com a cabeça.

– Com um marido legal?

– Não.

Ele levantou as sobrancelhas: – Solta.

– O namorado dela está pagando o apartamento.

– Mas não mora lá.

Kim sacudiu a cabeça.

– Que coisa mais moderna – disse Jake.

Para seu grande espanto, olhando para este homem estranho e desajeitado, com cabelo de palha e coxas grossas, Kim se viu tomada de desejo.

Harry saiu da academia e ficou ali por um tempo, reajustando os olhos às sombras. A cidade estava agora imersa num inverno cinza e monótono. Eis o motivo pelo qual os londrinos ficam tão fora de si quando o sol começa a brilhar em março, pensou Harry. Ficam tão aliviados de que a cidade tenha voltado às cores, que não se lembram de ser reservados, e começam a saltitar como carneiros na primavera.

Levou um tempo para perceber que havia alguém mais com ele, encostado na parede, encolhido num agasalho com capuz. Ethan tinha 7 ou 8 anos, mas era tão pequeno e magro que poderia ser muito mais novo. Estava frequentando as aulas infantis na academia, há cerca de seis meses. Nunca olhava a pessoa nos olhos, caso pudesse evitar. Apenas uma rápida olhada em sua direção, às vezes, dando uma avaliada.

– Esperando alguém?

Ethan concordou com a cabeça. Ou poderia ter sido um estremecimento involuntário. Harry pousou a sacola de treino e se encostou à parede, como se também tivesse todo o tempo do mundo. Tirou seu celular e fingiu estar verificando as mensagens. Não queria ir embora até saber que Ethan estava seguro. Não havia outros meninos por perto. Normalmente, eles ficavam lá dentro, até que alguém viesse buscá-los. O que ele fazia ali, na rua? Só pela maneira como se posicionava, dava para ver que estava nervoso.

Acima deles, um trem suburbano chacoalhou para Victoria.

Do outro lado da rua, parou um carro cinza. Ethan ficou tenso tão repentinamente que seu corpo pareceu quicar de volta contra a parede. Harry se obrigou a ficar muito quieto. Levantou os olhos. Uma moça desceu do carro, rindo, acenou e virou-se, em direção à estação. O carro ganhou velocidade.

Ethan se largou de volta contra a parede de tijolos.

Estava escurecendo. Era como se alguém tivesse diminuído o botão do *dimmer*. A porta da academia abriu-se. Um homem enorme, com quase dois metros e cem quilos saiu gingando, fez um aceno de cabeça para os dois, e desapareceu na escuridão.

Do outro lado da rua, um carro diminuiu a marcha, depois acelerou, novamente. Ethan encolheu-se ainda mais dentro do capuz.

Um arco de luzes dobrou a esquina, cegando-os temporariamente. Uma Toyota azul, amassada, surgiu na contramão e parou bem à frente deles. No carro, só havia a motorista. Ela se esticou sobre o assento até a porta traseira do outro lado e a abriu. Harry olhou para Ethan. À luz do carro, o rosto de Ethan estava feliz, tomado de alívio.

O que está havendo? Por que ele estava com tanto medo? Quem ele achava que poderia estar no carro?

Harry disse: – Vejo você na semana que vem.

Por um momento, os olhos deles se encontraram. Então, Ethan se enfiou no carro, batendo a porta, e Harry o viu partir em velocidade, entrando abruptamente no fluxo do tráfego que se aproximava.

Não é preciso muito, Harry pensou, para se lembrar de qual é a sensação de ser pequeno e viver apavorado.

Abaixou-se e pegou sua sacola. Mas agora sou um adulto, pensou, com uma onda de alegria. E sei como lutar.

Alisha parecia nervosa: – Infelizmente, por uma emergência, nossa diretora executiva não poderá estar com a gente pessoalmente, hoje.

Jake franziu a testa.

– Então, ela me pediu que apresentasse vocês ao Jake e... – Alisha estudou as anotações – ... desse as boas-vindas como os mais novos membros da equipe, nesta fase excitante de avanço do futuro desenvolvimento assistencial.

Eles eram cinco, sentados num círculo compacto, ao lado da escada de incêndio. Os escritórios ficavam no último andar de um edifício de concreto, próximo à rua principal. Uma das janelas de vidro duplo, atrás deles, tinha um escorrido de condensação entre as duas placas. O tapete marrom fino sob seus pés estava empretecido com o que pareciam marcas de queimado e as folhas da palmeira do escritório eram marrom-amareladas, como bananas velhas.

Mas isto é uma instituição de caridade, pensou Kim. Não se iria querer desperdiçar dinheiro com supérfluos.

– Assim, como exercício para formação de equipe, Louisa gostaria que a gente se apresentasse em sequência e que cada um dissesse o motivo de querer trabalhar aqui – Alisha levantou a cabeça, o olhar ansioso. – E, depois, temos de apresentar um fato interessante sobre nós.

Kim sentiu calor e desconforto. Não tinha certeza de que algo em sua vida fosse interessante. Você é a única pessoa que conheço, Izzie dissera recentemente, que lida com o cansaço trabalhando ainda mais.

– Então, eu começo, tudo bem? Meu nome é Alisha e sou assistente pessoal executiva da Louisa.

– Por quê? – perguntou Jake.

Alisha piscou. Tinha a pele marrom muito macia, óculos com aros dourados e um batom vermelho brilhante.

– Você tem de dizer por que quis trabalhar aqui – disse Jake.

Alisha pareceu se encolher na cadeira.

– Talvez seja melhor a gente seguir em frente e voltar pra você daqui a pouco – disse Jake.

À esquerda de Alisha, estava um homem magro com cabelos grisalhos e espessos. Seu rosto era marcado por vincos profundos, como se tivesse passado a maior parte da vida num deserto. – Sou Brian, o novo supervisor de informação tecnológica. Um passo à frente do último emprego. Meu fato interessante é que, uma vez, tomei chá com a Keira Knightley.

Alisha recobrou a vida: – Como é possível?

– Eu era um extra, em *Orgulho e preconceito*.

– Não – suspirou Alisha.

Kim, ciente de que Jake olhava para ela, franziu o cenho como se não se importasse com o nome citado.

– Você pode me ver em uma das cenas de grupos. De calça pelos joelhos e colete vermelho.

– Amei Keira em *Piratas do Caribe* – disse Alisha. – Fiquei torcendo pra ela terminar com Johnny Depp.

Jake olhou para o relógio: – Vamos em frente?

– Sou Steve – disse o grandalhão sentado ao lado de Brian. Tinha a testa coberta por uma camada de suor. – Gerente de comunicações.

– E por que você quis trabalhar aqui?

Jake assumiu o controle, pensou Kim. Deve ser daqueles que gostam de reuniões.

– Parecia ser uma coisa na qual eu me envolveria. Uma boa oportunidade, progressão de carreira.

– Então, Kim – disse Jake, voltando-se para ela. – Com você.

Todos olhavam para ela. Respirou fundo. – Sou Kim, assistente de pesquisa. Quis trabalhar aqui porque acho errado que existam pessoas sem-teto na Inglaterra, em 2006. Uma casa não é só um teto sobre a cabeça. É o lugar onde você se sente segura e protegida, onde pode fincar raízes e se sentir parte da comunidade. Quero fazer diferença. Quero falar em nome de pessoas que não têm voz.

Teve consciência de que todos olhavam para ela. Ah, não, pensou, coração na boca. Fiz de novo. Interpretei mal o clima. Fiz *Hamlet* quando todos queriam *Wallace & Gromit*.[11]

– E o fato interessante? – perguntou Jake.

Kim olhou para ele, em desespero.

Jake sorriu: – Voltaremos a você quando se sentir pronta. Sou Jake. Diretor de pesquisa. Entrei no trabalho assistencial, há alguns anos. Mas estamos numa fase muito animadora. Com Louisa como diretora executiva, vamos mudar a maneira como vemos os sem-teto neste país.

11 Personagens de animação feitos com massinha de modelar, com os quais foram feitos filmes muito populares entre os britânicos, três deles vencedores do Oscar, sendo dois de curta-metragem. (N.T.)

Era uma resposta brilhante, pensou Kim, desejando ter dito algo parecido.

– E qual é seu fato interessante? – perguntou Alisha.

– Sou primo da Catherine Zeta-Jones – disse Jake, casualmente.

Depois do final da reunião, quando os outros já tinham voltado para suas mesas, Kim disse, com alguma surpresa: – Eu não fazia ideia.

– Do quê?

– De que você era parente da Catherine Zeta-Jones.

Jake lhe deu uma rápida olhada, com seus olhos azul-claros: – Ah! – disse – Era pra gente dizer a verdade?

Sentado na plateia do Royal Opera House, na noite de abertura de uma nova produção de *Carmen*, de Bizet, Harry verificou se seu celular estava no vibratório. Obviamente, era muito cedo. Um mês de antecedência. Nessas ocasiões, no entanto, não queria estar fora de contato. Ela não tinha pedido que ele estivesse no parto, mas queria estar disponível, por precaução.

Precaução de quê? Não sabia. O que só piorava as coisas. Às vezes, a ideia de Eva enfrentar um perigo que ele não conhecia fazia com que ficasse com a cabeça zonza de medo.

Olhou de esguelha. Aquele cliente em particular – um administrador de fundos que lhe dava regularmente muito trabalho e sempre o escolhia como o melhor analista nas pesquisas da Extel e do *Institutional Investor* – gostava de cultura. Assim, Harry tinha feito a lição de casa. Nos drinques que tomaram antes, discutiram a entrega do prêmio Turner a Tomma Abts e a próxima produção de *Giselle*, no Coliseum. Deveriam comprar entradas para Gilbert e George, na Tate, em fevereiro? Serei quem você quiser que eu seja, pensou Harry. Discutirei sopranos italianas, primeiras bailarinas e retrospectivas de carreira. Serei tão educado, culto e sofisticado quanto você.

– Você é uma fraude completa – Eva havia-lhe dito, os olhos cheios de carinho.

– Você poderia pensar de outra maneira. É como se eu fosse seu melhor reflexo num espelho, fazendo com que você se sinta bem a respeito de si mesma. Dando esperança. Quem sabe? Eu poderia ser o anjo invisível do centro financeiro. O raiozinho de sol que mantém as pessoas em ação.

– Você? Um raiozinho de sol?

– Algumas pessoas gostam muito de mim, sabe? – disse Harry, fingindo ter se ofendido.

No assento ao lado, seu cliente aguardava recostado com um ar de animada antecipação. – Acho que vamos assistir a uma apresentação incrível, não é?

– Não vejo a hora de ouvir Anna Caterina Antonacci – disse Harry. – Que voz incrivelmente versátil!

– Poder, paixão e sensualidade.

As luzes arrefeceram. Harry dobrou os dedos ao redor do celular.

– Então, é isto – disse Jake. – Checado, documentado e legalizado. O Relatório dos Sem-Teto Londrinos.

– Pronto para ser solto na mídia.

– E que nossa querida chefa vai entregar no mês que vem.

Kim recostou-se na cadeira. – Nós vamos poder ir?

– Pra Câmara dos Comuns? Com certeza.

– Nunca estive lá. Não lá dentro.

Jake sorriu: – Não é tão grandiosa quando você poderia pensar. Só umas salas grandes com umas janelas bonitas de pedra. E você precisa passar horas na fila, por causa da segurança.

– Eu não pareço uma terrorista, pareço?

– Ninguém parece terrorista – disse Jake. – Aí é que está o problema.

Ele parou de sorrir. Por um momento, nenhum dos dois conseguiu desviar os olhos.

Jake voltou-se para sua tela: – Certo. Chega. Vamos encerrar e dar o fora daqui.

Eram oito da noite. Os escritórios já estavam desertos. Kim, mantendo a voz tranquila, disse: – Você tem tempo para um drinque?

– Um drinque? – Jake olhava para seu teclado.

– Se não tiver compromisso.

– Você não tem de voltar para aquela sua irmã, estourando de grávida?

– Ela está bem. Um amigo dela vai jantar lá – Harry faria isso. – De qualquer modo, não moro com ela. Moro com a Izzie.

– Ah, é! – disse Jake. – Aquela que tem uma vida amorosa secreta.

– Bom, não sei se ela tem uma vida amorosa secreta. Simplesmente, nunca está em casa. – Casa? Enganando quem? Uma quitinete fedida.

– Aposto que ele é lindo – disse Jake, com os olhos esquadrinhando além da tela. – Uma mistura de Brad Pitt e Will Smith.

Kim riu.

– E você? – sua voz veio de algum lugar escuro, atrás do monitor.

– O que tem?

– Você tem uma vida amorosa secreta?

Ela ouviu o som de uma gaveta sendo fechada. Depois de um tempo, disse: – Não tenho nenhum tipo de vida amorosa.

Jake afastou a cadeira de modo que ficasse no facho de luz que vinha da lâmpada da escrivaninha: – É difícil de acreditar.

– Verdade.

– Alguém bonita como você.

O coração dela deu um pulinho de prazer. As pessoas consideram-na durona, inflexível. Ninguém jamais dissera que era bonita. – Acho a maioria dos homens um tédio.

Depois de uma longa pausa, durante a qual cada um examinou a expressão do outro, Jake disse: – Eu também?

– Não – disse Kim, com a voz clara. – Não acho você um tédio, de jeito nenhum.

– Agora, sente-se aqui, Eva – disse Christine. – Tem espaço sobrando.

Era mentira. Era sempre mentira. Nunca havia qualquer espaço na cozinha de Christine. Ela tinha quatro filhos e nove netos, além de primos, primos em segundo grau e amigos da família por todo o sudeste de Londres. Acreditava ser seu dever alimentar todos. Comida jamaicana, é claro: frango apimentado, arroz com feijão ensopado no leite de coco, peixe curado no sal com couve. E também se sentia à vontade com rosbife, porco agridoce, espaguete à bolonhesa e curry tailandês. Christine sempre estava junto ao fogão. Mexia as panelas de uma boca para outra como um malabarista rodando pratos, repreendendo aquelas que ainda não tinham fervido e cumprimentando as que cozinhavam em fogo brando. Persuadia sua comida. Incitava-as a se superarem. Fazia o mesmo com as pessoas. Bastava ficar um tempo na cozinha de Christine para se descobrir com objetivos que você nem sabia que existiam. Trabalhar numa loja? Não, você quer ter uma loja. Ter uma loja? Não, você quer uma cadeia nacional. Uma cadeia nacional? O que há de errado com você? Tem o mundo todo lá fora. Tudo o que você precisa é trabalho duro e determinação. Não ouviu falar de Lady Scotland? Andrea Levy? *Sir* Trevor McDonald?

Até então, Christine tinha produzido um consultor em informação tecnológica, uma professora, uma assistente social e um médico-residente. Poupava os netos mais novos, mas o membro mais novo da família, que tinha só 6 meses, tinha mãos grandes o bastante para ser um concertista de piano.

– E aí, Eva, como você está? Pronta pro nascimento do bebê?

– Ah, estou – disse Eva, com paixão. Era difícil acreditar que alguém tão frágil conseguisse carregar uma barriga tão enorme. A imensa protuberância do abdome destacava-se em ângulos retos. Parecia que só por força de vontade ela conseguia se sustentar na vertical. – A natureza é muito sábia. Perto do fim, você nem mesmo se preocupa com a dor. Fica tão desesperada pra ele sair que até se pendura de cabeça pra baixo no teto, se alguém mandar fazer isso.

O barulho na cozinha era incrível. Era tarde da véspera de Natal e Christine cuidava de alguns dos netos, enquanto descascava batatas, fazia molho de pão e recheava o peru para o almoço do dia seguinte. Enquanto lidava com panelas e facas, um menininho rodava um carro de bombeiros com uma sirene aguda em torno das pernas da mesa, um bebê num cadeirão batia na porta da geladeira com uma colher de metal e alguém no corredor tocava flauta.

Na porta dos fundos, aparentemente alheio ao pandemônio, Lewis estava sentado, lendo o jornal. Uma vez, anos antes, Kim perguntara a Damaris – sua melhor amiga na escola e filha mais nova de Christine – se seu pai se incomodava de morar numa casa sempre tão cheia de gente. Damaris, franzindo a testa, havia dito que achava que ele nem notava.

Kim nunca tinha ouvido Lewis falar. Como Christine sempre dizia, era um homem de poucas palavras. Quando Damaris recebeu a carta que a aceitava na faculdade de medicina – e Kim dançou pela cozinha, gritando: você conseguiu! Você conseguiu! –, ele levantou os olhos do jornal e sorriu.

– E aí, meninas, prontas pro Natal?

Nunca teríamos nos virado sem Christine, pensou Kim. Nos primeiros dias depois que papai foi embora, quando mamãe estava em algum lugar tomando coquetéis, ela aparecia na porta da frente – pequena, redonda, e enérgica, óculos caindo pelo nariz – e, de alguma maneira, com algumas exclamações de reprovação, levava-nos de nossa casa fria e vazia para o caos da vida familiar da casa ao lado. Depois do jantar, Damaris e eu éramos mandadas para o andar de cima, para fazer a lição, e Eva ficava à mesa da cozinha, aquecendo-se aos poucos no calor da atenção de Christine.

Eva fez uma careta: – Na verdade, não. Não aguento multidões.

O bebê jogou a colher no chão. Não são as compras que a gente não suporta, pensou Kim, inclinando-se para pegá-la. É o próprio Natal. Vai ser o primeiro que não vamos passar na casa ao lado de Christine. Embora o apartamento de Eva, em Peckham Rye, pareça igualmente festivo, com seus enfeites vermelhos e suas luzinhas brancas.

– E quando é que sua mãe chega?

Kim e Eva se entreolharam.

– Ela não vem – disse Kim. – Ficaremos somente nós duas.

Christine nunca tinha criticado Grace, nem nos primeiros dias, quando percebeu que Kim e Eva tinham sido deixadas sozinhas, sem comida na casa. Agora, porém, Kim podia ver, pelo contrair da boca, que Christine estava se esforçando para entender.

– Ela não vem pra casa no Natal?

Para profundo alívio das três, o menininho pegou seu carro de bombeiros aceso e saiu correndo pelo corredor, até a porta da frente.

– Foi convidada pra passar com uns amigos.

Um amigo, para ser mais específica. Um viúvo, chamado Jean-Marc. Que morava em uma vila com oliveiras, limoeiros e oleandros.

– Então, venham pra cá pro Natal – disse Christine – Tem espaço sobrando.

– Já compramos o peru – disse Kim, com rapidez. Não era totalmente verdade, mas a caminho de casa, depois do trabalho, ela se lembrara de comprar um franguinho, um saco de batatas e uma caixa de tortinhas de frutas.[12] Não havia a menor chance de ela e Eva deixarem os convidados de Christine mais espremidos do que o normal – ainda que fosse um convite sincero e que, de alguma maneira, todos conseguiriam espaço.

---

12 No original: *mince pies*, tradicionais tortas de Natal inglesas que, antes, eram feitas com carne moída, xerez, frutas secas e condimentos, e que, hoje, são predominantemente doces, compostas de frutas secas e frescas (maçãs, damascos, gengibre, uvas-passas, limão, laranja), noz-moscada e canela. (N.T.)

Christine olhou fixamente para elas, por cima dos óculos. – Mas ela vai estar aqui na hora do bebê, não vai?

– Ah, vai – disse Kim, sabendo que a mãe também não viria para o nascimento. *Não sou boa com bebês, querida. Eles são tão... Desagradáveis!*

A campainha tocou.

– Deve ser Damaris – disse Christine, com orgulho –, de volta do hospital.

Elas ouviram um burburinho no hall. Kim, que estava parada na entrada da cozinha, virou-se com um sorriso e se viu cara a cara com Harry.

– Feliz Natal – ele disse, inclinando-se para beijá-la.

Ela se desviou.

– Harry! – disse Christine, acenando uma colher de pau para ele. – Cada vez que eu o vejo está mais bonito.

– Tome – ele estendeu uma garrafa enrolada num papel de seda vermelho. – Pra amanhã.

– O que você acha, Eva? Ele não é um gato?

– Se eu não a conhecesse bem – disse Harry –, poderia achar que está tentando juntar a gente.

– Eu não me atreveria. Vocês, jovens, que decidam.

Harry sorriu: – Não é isto que você acha, de verdade.

– O que eu acho é que ninguém entende o que se passa entre vocês dois.

– Estou surpresa que eles tenham lhe dado o dia de folga – disse Kim, louca para mudar de assunto. – O mercado de ações não para sem você?

– Construiu alguns apartamentos, ultimamente?

– Somos ativistas assistenciais – disse Kim, com frieza. – Pressionamos o governo central para comprometer fundos nacionalmente para a crise dos sem-teto.

– Se me desse cinco minutos, eu poderia levantar todo o dinheiro de que você precisa para os próximos cinco anos – disse Harry.

Kim, fervendo de raiva, estava abrindo a boca para retaliar, quando Eva disse:

– Você sabia, Harry? A Kim arrumou um novo namorado.

O bebê jogou a colher no chão, outra vez.

Ah, Eva, gemeu Kim, interiormente. Não era pra você dizer pra ninguém.

– Ele não é um namorado.

– É mesmo? – disse Harry, curvando-se para pegar o talher. – Qual é o nome dele?

– Jake – disse Eva.

– Você precisa trazer ele aqui – disse Christine –, pra gente conhecer.

– Há quanto tempo vocês estão juntos?

– Não é...

– Ela o conheceu no trabalho – disse Eva.

– Ah – disse Harry. – Não é ótimo? Vocês devem ter muitas coisas em comum. E onde é que mora esse Jack?

– Jake – corrigiu Kim.

– Ele é muito mais velho do que ela – disse Eva. – Um homem feito.

– Mais velho quanto? – perguntou Harry.

– No mínimo, dez anos.

– Está no começo – disse Kim, desesperada – e pode ser que não dê certo. Então, acho que a gente não deve falar mais sobre esse assunto.

– Sei – disse Harry. – Por que a gente não dá uma festa de *réveillon*, Eva? Seu último dia em casa. A gente podia convidar o Jock.

– Jake – disse Kim.

– Pode ser que eu esteja parindo – disse Eva.

– É mesmo? – disse Harry.

Os dois riram.

– Não dê bola pra eles – disse Christine, percebendo a expressão de Kim. – Estão sendo muito idiotas.

É assim que eles são sempre, pensou Kim, deprimida. Eles conversam entre si de um jeito que exclui todos os outros.

– Por falar nisso – disse Eva –, tenho de voltar antes que fique escuro e as calçadas fiquem com gelo. Ando muito preocupada em cair, ultimamente.

– Não me espanta – disse Harry.

– Espere pra ver. Depois do Ano-Novo, vou estar leve como uma pluma.

– Eu levo você pra casa. Estou de carro.

– Com o Porsche? Porque só aceito caronas em Porsches. – Eva lhe deu o sorriso luminoso que levava os homens mais velhos a se lembrarem de casos de amor há muito esquecidos. – Kim? Você vem?

– Vou ficar pra ver Damaris.

– Posso voltar e pegar você – disse Harry.

– Você não tem de ir pra algum lugar, no Natal?

Harry sorriu: – Sei que você está desesperada pra que eu fique em Londres, mas simplesmente não posso, sinto muito.

Por um segundo, Kim se perguntou para onde ele iria. Mas abafou sua curiosidade. Não queria pensar em Harry mais do que o necessário.

Depois que Harry e Eva se foram, Christine tirou o bebê do cadeirão e o aninhou, colocando a face sobre a cabecinha macia: – Não sei se você tem razão, Kim. Parece que eles são só bons amigos. E se fosse filho do Harry, acho que ela teria dito.

Kim deu de ombros. Sentia-se cansada e irritada: – Sabe-se lá.

– Hoje em dia, parece que os rapazes não querem estar por perto quando os bebês chegam – disse Christine, com tristeza.

Muito mais tarde, no ônibus de volta para Pechkam Rye, Kim pensou em seu pai em Leicester, com a nova esposa glamorosa.

Enquanto interessa, eles estão por perto, pensou, com amargura, e dão o fora quando recebem uma oferta melhor.

Harry olhou mais uma vez para a lista à frente. – O Musigny – disse.

O garçom inclinou-se e saiu.

Titânia olhou-o, demoradamente. – Tenho certeza de que você pode me dizer tudo sobre ele.

– Domaine Jacques Prieur. Grand Cru. Uva Pinot. Ano clássico.

– E você está esperando...

– Fruta negra e longa persistência.

Ela riu: – Aposto que você poderia falar a lista de todos os vinhedos da Borgonha.

Harry sorriu: – Tem razão. Poderia.

Era Natal. Ele e Titânia estavam ficando bêbados, num hotel cinco estrelas, exclusivo, em Cotswolds. Ele ficava pensando em Eva e Kim, no apartamento de Peckham Rye. Venha pro Natal, Eva havia dito. Não posso, disse Harry. Por quê? Eva perguntou. Você sabe, respondeu Harry.

– Não são muitos os que podem fazer isso – disse Titânia.

O hotel tinha fama de boa comida e excelente vinho. Harry havia reservado um quarto com uma cama king-size, com dossel. Dirigindo seu Porsche cinza – Titânia recendendo a perfume caro, enrodilhada no banco da frente ao lado –, ficava se lembrando de que não ter um Natal em família tinha suas compensações.

– É mesmo uma habilidade – disse Titânia. – Admiro isso.

Harry obrigou-se a voltar para o presente: – Admira o quê?

– Quando não sabe uma coisa, você vai a fundo, torna-se um expert.

Ele estreitou os olhos: – Está parecendo uma crítica.

– De jeito nenhum. É só a maneira como você funciona.

– Então, por que estou me sentindo desconfortável?

Titânia alisou a extremidade do garfo, espetando o dedo nos dentes afiados de prata. – É só que, às vezes, eu me pergunto se seria como um ator decorando as falas.

– O que você quer dizer?

– Representando um papel.

– Que papel?

O olhar dela era claro e direto: – Pelo menos você gosta de vinho tinto?

Houve uma súbita mudança no clima. Cauteloso, ele perguntou: – Tem alguma coisa errada?

– Não.

Ficaram em silêncio, ouvindo o murmúrio das conversas ao redor. Na mesa ao lado, um homem muito gordo, cabelo grisalho oleoso, soltou uma gargalhada que se transformou numa tosse prolongada. Em algum lugar, alguém tiniu um copo de água e o som ressoou na tranquilidade dos murmúrios de um restaurante sofisticado, como um minúsculo sino de fadas. Quando Titânia finalmente levantou os olhos, o coração de Harry veio à boca.

– Não tenho certeza de que a coisa esteja funcionando pra mim, Harry.

– Você não acha isso.

– Acho.

Ele se sentiu incrivelmente triste. A querida, bondosa e inteligente Titânia. – Tem certeza?

Ela aquiesceu.

Depois de um bom tempo, ele disse: – Há algo que eu possa dizer pra você mudar de ideia?

Ela pareceu irritada: – Ah, tenha dó, Harry.

Ele se sentiu envergonhado. Para fazer alguma coisa, alinhou os talheres. Ao olhar para Titânia, ficou chocado ao ver que ela tinha lágrimas nos olhos. Estendeu a mão por sobre a mesa, mas ela sacudiu a cabeça. Disse: – Muitas vezes, eu me perguntei se existiria mais alguém.

Ele não disse nada.

– Alguém proibido?

– Titânia...

– Tudo bem, não é da minha conta. Só queria saber.

Ele olhou para ela, com tristeza.

– Você fica na esperança, não é? Até quando não tem nenhuma chance. – Titânia tocou os olhos com um guardanapo do restaurante, empunhando o linho branco num gesto furtivo e elegante. Depois, empertigou-se na cadeira, endireitando os ombros. – Onde está aquele maldito burgundy? Preciso beber alguma coisa.

Todos os homens que dançavam em cima da mesa estavam com as calças em volta dos tornozelos. Por causa disso, tropeçavam. Algumas das mulheres tinham se despido, mantendo o sutiã e uma delas havia prendido o rabo de cavalo com uma gravata-borboleta preta. Uma faixa de smoking de veludo azul pendia do lustre. Próximo à janela, um jovem obeso com lábios vermelhos e úmidos chacoalhava outra garrafa de champanhe. Aquele tinha sido o tema do jantar: borrifar Dom Pérignon em qualquer coisa que se mexesse. Harry, cansado, deprimido, e totalmente sóbrio, abaixou-se quando um *stiletto* passou voando por sua orelha, seguido por um pãozinho redondo e um bocado de queijo Stilton. Houve um barulho de vidro quebrado quando taças de licor caíram no chão.

– Festa, festa, festa! – gritou Syed.

Alguém pegou um extintor de incêndio.

– Que horas são? – gritou uma loira de busto grande, sombra verde cintilante nos olhos.

Faltavam dez para meia-noite. Logo, logo, pensou Harry, vamos ouvir o Big Ben. E, depois, vai haver a maior beijação.

– Festa, festa, festa! – gritou Syed, outra vez, inclinando-se em sua direção, perdendo o equilíbrio e desmoronando sobre a toalha.

Harry endireitou-o: – Você está bem?

– Sabe de uma coisa? – disse Syed com expressão de surpresa – Acho que, talvez, eu tenha bebido demais.

– Impossível.

– Você vai até o clube?

Harry sacudiu a cabeça em negação:

– Por quê?

– Não gosto de subornar mulheres com notas de cinquenta libras pra tirarem as calcinhas.

– Eu sei. É abusivo.

Subitamente, Syed pareceu deprimido: – Alguma vez eu lhe contei sobre meu cunhado?

– Não – disse Harry.

– Ele é um merda.

– Ah.

– Perdeu todo o dinheiro que tinha.

– Não é só um merda, é um merda estúpido.

– E sabe de uma coisa?

– O quê?

– Minha mãe quer que eu acerte com ele.

– Que você lhe dê umas porradas?

– Não! – gritou Syed. – Não, não! Ela quer que eu dê para aquele puto toda a porra do dinheiro que ele perdeu.

– Pelo que sei de sua mãe, é melhor você fazer o que ela diz – disse Harry.

A boca de Syed fez um biquinho, como se ele fosse chorar: – Mas eu não tenho.

– Você não tem o dinheiro?

Syed sacudiu a cabeça.

Harry suspirou: – Eu arrumo pra você.

– Obrigado, meu caro – disse Syed, concordando seriamente com a cabeça. – Mas você também não tem.

– Como é que você sabe?

– Ele perdeu mais dinheiro nos últimos seis meses do que eu ganhei a vida toda.

Harry franziu o cenho: – Isso não é possível.

– Ah, é, meu caro. É possível. Porque foi o que ele fez. O idiota do meu cunhado simplesmente fodeu com tudo.

– Ele joga?

– É um empresário, Harry. O que é muito, muito pior. Um jogo é respeitável. E minha mãe – seu lábio inferior tremeu –, minha mãe acha que eu posso dar um jeito nisso.

– Diga pra ela. Diga pra ela que ninguém tem tanto dinheiro. Nem você.

Syed pareceu desanimado: – Ela não acreditaria em mim.

– Cinco minutos! – gritou a loira peituda.

– Trata-se da honra da família – disse Syed. – Se não fosse pela família, eu diria: vai se foder! Mas é o puto do marido da minha irmã. Então, não posso.

Alguém abriu a janela guilhotina. Uma lufada de ar gelada os atingiu. De fora, na rua, eles ouviram o som de foliões indo em direção a Trafalgar Square.

Harry disse: – Eu vou embora.

Syed franziu o rosto: – O quê?

– Eu vou embora. Nesse ano.

– Dois minutos!

– Embora pra onde?

– Não sei.

– De férias? Uma ilha do Caribe? Barbados?

– Não decidi.

– Então, por que vai embora?

– Porque ela não me ama.

Syed estreitou os olhos, tentando se concentrar.

– Ela não me ama e nunca vai me amar. E eu não aguento mais. Não dá.

Syed, cambaleando, piscou: – Titânia?

DEZ, NOVE, OITO, SETE, SEIS, CINCO, QUATRO...

Harry fechou os olhos.

TRÊS, DOIS...

O celular vibrou em sua mão.

FELIZ ANO-NOVO!

2007

– CHERYL COLE, FLOR DE NEWSCASTLE. Uma tatuagem de rosa no traseiro. Eu também queria uma, mas eles só tinham feito o contorno quando ficaram sem tinta. Agora, faz seis meses que eu vivo em Londres. Numa quitinete em New Cross. Não é tão ruim. Tenho um namorado. Ele é muito educado. Diz obrigado, depois do sexo. Exatamente como nas vias expressas, quando a gente está em fila única por causa de obras e pensa, se continuar assim por muito tempo, eu me mato, e aí, de uma hora pra outra, aquilo para e tem uma grande tabuleta dizendo: "Agradecemos por sua paciência". E ele é bom com cumprimentos. Sempre que a gente sai, ele diz: "Você está ótima, meu bem". E eu penso, eu sei. *Aí é que está*. Como é que eu poderia não estar ótima? Passei três horas me arrumando. Se você passa três horas fazendo alguma coisa, o resultado é muito bom. Uma pintura, o interior do seu carro, o banheiro. Eu gostaria de um pouco mais de paixão. Sabe, você é a mulher mais bonita que eu já vi. Como Leonardo DiCaprio em *Titanic*. Homens do jeito que a gente gostaria que fossem. É por isso que as mulheres parecem tão deprimidas ao sair do cinema. Elas olham pro namorado e a realidade atinge o rosto delas. Então, ele diz: "Você está ótima, meu bem", e eu só penso em quanto tempo leva pra ser uma mulher. Não estou dizendo biologicamente, é óbvio. Hoje em dia, você começa a ter buracos negros de desespero hormonal por volta dos 10 anos. A escrever notas suicidas com lápis de cera. Não, estou dizendo em quanto tempo leva só pra parecer normal. Normal o bastante pra não provocar comentários negativos ao escolher pizzas congeladas no Sainsbury's. "Olhe ali! Por que aquele homem de peruca está levando tanto tempo pra escolher uma margherita?" Sei, sei. Você olha pra mim e pensa, bom, é claro, ela só levou cinco minutos. Mas não levei. Provavelmente, levei mais tempo me arrumando para hoje à noite do que noivos no dia de seu casamento. Quero dizer, tem um motivo pra se chamar "make-up".[13] Você se produz. Se você quiser parecer uma mulher "normal", tem de se tornar uma obra de ficção. E isso não é o pior. Todas nós temos de parecer naturais. Lindas, sem nem ao menos nos esforçarmos. Como Lily Allen, ou uma ninfa, ou uma dessas mulheres realmente surpreendentes dos anúncios da Garnier. E eu fico arrasada, porque o que isso na verdade significa é pôr maquiagem pra parecer natural. Um pouco como Tony Blair sorrindo para o Iraque, pra esconder o fato de que ele está rindo do Iraque. E eu acho isso ridículo. Vai levar muito tempo. Na hora em que eu estiver pronta pra subir ao palco, todos vocês vão ter desistido e ido pra casa. O que teria economizado uma porção de tempo, em todos os aspectos. Muito obrigada, damas e cavalheiros. Vocês foram espectadores encantadores. Sou conhecida como Izzie, de Newcastle.

– Então, foi tudo por causa do George Clooney?

Damaris pareceu ofendida: – Não.

– Você acabou de dizer que resolveu ser médica por causa das caixas de temporadas do *ER*.

– Não disse que foi por causa do George Clooney.

– Eriq La Salle?

Damaris sacudiu a cabeça.

– Então, quem?

Damaris mordeu o lábio: – Noah Wyle?

13 Jogo de palavras impossível de ser vertido. *Make-up* pode ser traduzido como o substantivo maquiagem, mas também como os verbos fantasiar e inventar, entre outras opções. (N.T.)

– Claro! – disse Kim. – O superinteligente, super-rico, super-reprimido John Carter.

– Você está querendo dizer que só me atraem homens com uma carteira de ações?

– Sei lá – disse Kim –, é isso?

Damaris riu. A risada iluminou seu rosto. Dava para ver os dentes brancos, perfeitos. Kim gostava de imaginar Damaris como clínica geral. Você vai fazer com que as pessoas melhorem, só de sorrir para elas, pensou. Elas vão entrar no consultório sentindo-se doentes e cansadas, pressionadas pela conta de gás, pelo aumento da umidade no ar, pelo motor do carro que não quer mais dar partida, e você vai estar sentada ali, com seu estetoscópio, os dedos finos, os olhos cheios de simpatia, e, de repente, a vida não vai mais lhes parecer tão ruim, afinal de contas.

No entanto, não se via muito o sorriso de Damaris. Nem se ouvia sua risada. Ela levava sua formação muito a sério. O hábito de trabalhar duro, iniciado na infância, estava tão arraigado que raramente ela parava para olhar em torno e ver o quanto tinha avançado. Damaris sempre tinha se esforçado. Christine podia estar empurrando por trás, mas era Damaris quem estabelecia o ritmo. Na escola, ela e Kim eram rotuladas de "As nerds". Enquanto suas amigas estavam fora, divertindo-se, elas se sentavam lado a lado na biblioteca, horas a fio. Damaris precisava das notas. Um pouco dessa seriedade perdurava, desde então, na conversa entre elas. Sempre que vocês se encontram, dizia Eva, são como uma dupla de professores velhos com paletó de *tweed*, cheirando a livros antigos e tabaco.

Às vezes, eu me preocupo, pensou Kim, de que a gente tenha se esquecido de como se divertir.

– Então, vamos lá – disse Damaris. – Conta pra mim sobre o Jake.

– Não tem nada pra contar.

Era uma noite de quinta-feira, no final de fevereiro. Lá fora, a noite estava gelada e calma, cintilando com uma brancura impressionante. Peckham Rye parecia algo saído de Nárnia. Dentro do apartamento, porém, decorado com macacõezinhos azuis estendidos sobre os radiadores, estava aconchegante e quentinho. Eva tinha ido para sua aula de yoga pós-parto. Não é vaidade, disse. Só quero poder ter de volta um número suficiente de músculos no estômago pra poder sair da cama.

Damaris tinha ido ajudar a cuidar do bebê. – Se você não for me contar nada de interessante sobre o Jake, é melhor eu ir pra casa.

– Ah, por favor, não vá – disse Kim. – Pode haver alguma emergência.

– Que tipo de emergência?

– Sei lá. Os bebês fazem um monte de coisas estranhas.

– Ainda não fiz pediatria. Provavelmente, você saiba mais do que eu.

O que devia ser verdade. Kim tinha praticamente se mudado para lá, depois do nascimento. Otis, ainda na confusão desagradável do desconforto de recém-nascido, detestava ficar longe de Eva. Mas Kim era uma boa substituta. À noite, enquanto Eva tomava banho, ficava sentada com ele no colo, cantando músicas de Otis Redding e contando fatos interessantes sobre a carência de moradias em Londres.

– É a primeira vez que eu vejo você, desde o Natal – disse Damaris – Então, não precisa me contar muito. Qualquer coisa serve. Hobbies? Hábitos alimentares? Inclinações políticas?

Entretanto, Kim não conseguia falar sobre Jake. Ainda não. Não tinha entendido o que ela própria sentia. Sua única certeza era de que nunca tinha conhecido ninguém como ele. Era um poço de contradições. Por um lado, era excêntrico, autocentrado e sentimental, franco a ponto de ser grosseiro. Por outro, era inteligente, gentil, informado e ansioso por compartilhar seu conhecimento enciclopédico com qualquer pessoa que precisasse disso.

Às vezes, ele só parecia esquisito. Atraía-se por qualquer coisa excêntrica: cachorros que parecessem Yoda, o melão africano kiwano, Borat, uma avaliação de Empédocles. Uma vez, no ônibus, teve uma longa conversa com alguém que usava um chapéu de bruxa feito apenas de sacos de lixo pretos, falando animadamente sobre plásticos resistentes ao calor. Mas essa estranheza também fazia Kim rir. Ele amava o absurdo: erros em manchetes de jornal, chefes pretensiosos. Toda vez, maravilhava-se com os dois avisos em duas escadas idênticas, no metrô Angel, uma dizendo SUBIR e outra DESCER: – Quem resolveu qual era qual? – dizia, com os olhos brilhando de rir. – Quem tomou a decisão final?

Mas o mais importante, muito mais importante do que tudo isso, era que ele a fazia se sentir desejável. Fazia com que se sentisse bonita, importante. Sempre que a olhava com aquela expressão intensa em seus olhos azul-claros, ela sabia que tinha sua atenção total. Ninguém mais importava. Ela tivera outros namorados. Em Edimburgo, um relacionamento que ia e vinha, por quase um ano, com Rob, um estudante de geografia obcecado pelo Black Sabbath e pelos Vaselines. Agora, era diferente. A primeira vez em que Jake a beijou – quando ela sentiu a estranheza dele de se soltar, como um casaco pesado escorregando pelos ombros – Kim viveu, pela primeira vez, a excitação vertiginosa da gratidão de um amante. Jake estava surpreso com o fato de que ela gostasse dele. Parecia mortificado por seu interesse. Dizia que era o homem mais sortudo do mundo. E Kim, que detestava a masculinidade ultraconfiante e arrogante, achava isso completamente irresistível. Passou a perceber, pela primeira vez na vida, que o fato de ser pálida e ter o aspecto desleixado, sem interesse em roupas, maquiagem ou joias, era altamente erótico. Jake admirava suas mãos, seus olhos, seus ombros, sua cintura. Dizia que ela deveria servir de modelo para artistas, porque suas proporções eram perfeitas. É lógico que esse elogio extravagante era ridículo. Não levava nada daquilo a sério. Mas gostava. Gostava de sentir, por uma vez afinal, que sua aparência merecia ser comentada.

O que tornou isso mais excitante foi que Jake nunca teria sido considerado um herói romântico. Você não olharia para ele e veria um Rhett Butler, de Clark

Gable, ou um Maximus, de Russell Crowe, um James Bond, de Daniel Craig. Contudo, de alguma maneira, ao lado dela, ele se transformou. Kim vagava em um estado de perplexidade secreta, maravilhando-se com seus poderes recônditos.

Ficou surpresa ao descobrir que Jake tinha um peito bem cabeludo. Parecia altamente sexual em alguém tão visionário. Como Harry Potter com uma camisinha no bolso.

De início, ficou cautelosa. Não conseguia acreditar muito em sua adoração. Algo a ver com o fato de ter Eva como irmã mais velha – delicada, linda, etérea Eva – fez com que perdesse a confiança. Sentia-se comum, em comparação. As críticas constantes de sua mãe não tinham ajudado. *É claro que você puxou ao seu pai, mais do que a mim. Ombros quadrados e um queixo muito determinado. Se, pelo menos, você se esforçasse um pouco com a aparência! Um pouquinho de maquiagem, um bom corte de cabelo, e ficaria quase apresentável. É um dever para com as outras pessoas você fazer o melhor de si mesma. Todos nós temos como obrigação tornar o mundo um lugar mais bonito.*

Ela aguardou com ansiedade a primeira vez em que Jake encontraria sua irmã. Perceberia seu engano? De cara com a coisa real, será que daria meia-volta, veria Kim do jeito que ela realmente era e recuaria horrorizado? Ela notou que Eva e Jake gostaram um do outro. Afinal de contas, Eva era, à própria maneira, quase tão excêntrica quanto ele. Mas, curiosamente, depois de minutos nesse primeiro encontro, Kim pôde ver que Jake não olhava para Eva como a maioria dos homens. Não a encarava com um desejo desesperado, a boca aberta, a língua pendente.

Muito depois, deitada na cama dele, largada sobre seu peito cabeludo, Kim enrijeceu-se para fazer a pergunta: – E aí, o que você achou da minha irmã?

Jake franziu o cenho: – Ela é um tanto nervosa, né? Não se sente muito segura.

– O que mais?

– Você não vai gostar, se eu disser o que estou pensando. Você nunca gosta.

– Quero saber – disse Kim baixinho, preparando-se para o pior.

– Ela é branca demais. Você acha que ela pode estar anêmica?

O apartamento de Jake, em Stockwell, era um lugar estranho e desconcertante, uma loja de quinquilharias cheia de tralhas dispostas ao acaso, sem qualquer lógica. Todas as superfícies estavam cobertas com cartões postais, facas, carrinhos Matchbox, instrumentos médicos, binóculos, cachimbos de roseira-brava, porta-incensos chineses, escavadores de melão, limpadores de casco de cavalo e colheres de chá, decorativas. Seu acervo de livros tinha igual espectro: Kafka, *Alcorão*, C. S. Lewis, Toni Morrison, *Zen e a arte da manutenção de motocicletas*.

Em sua primeira visita, Kim tentou abrir um pouco de espaço em uma cadeira para seu casaco e sua bolsa. Levantou tanta poeira que ela não se preocupou mais com isso. Parecia fazer mais sentido seguir o exemplo de Jake e colocar em cima de tudo qualquer coisa da qual você pudesse necessitar com urgência em cima de todo o resto.

– Kim?

De repente, voltou para o presente, uma noite fria de fevereiro, no apartamento em Peckham Rye.

– Se eu perguntar sobre ele, você responde?

– Não sei – disse Kim. – Depende das perguntas.

Damaris riu: – Tudo bem, só coisa tranquila. É um problema vocês trabalharem juntos?

– Na verdade, não. Ele é muito disciplinado. É como se tivesse diversos compartimentos na cabeça. No trabalho, sou só sua assistente de pesquisa.

– E pra você?

Às vezes, eu me pego tendo desejo por ele, na copiadora. Tem algo a ver com suas coxas. – Acho que está tudo bem, porque temos nossa própria salinha. Então, não temos de fingir pras outras pessoas que não há nada rolando.

Damaris inclinou a cabeça de lado: – Você gosta mesmo dele, não é?

Kim começou a se sentir nervosa: – Por que você não aparece, na próxima vez que tirar uns dias de folga? Eu convido Jake pra jantar. Aí você pode conhecê-lo direito.

– Aqui ou em New Cross?

O sorriso de Kim se desmanchou. Quando ela se mudou, para ficar com Eva e Otis, tinha deixado Izzie para trás, na decadente quitinete. – Não tenho certeza.

Damaris levantou as sobrancelhas.

Kim, sempre sensível às críticas, ficou eriçada: – O quê?

– Só estava pensando em todos os escrúpulos que você costumava ter quanto a morar num apartamento pago por Harry.

– Eva precisa de mim. Isso é que é importante.

– E a Izzie não tem problemas com isso?

Kim pareceu culpada: – Não sei. Faz um tempão que não vejo a Izzie. E, quando a gente se encontra, ela está sempre muito apressada. – Na última vez, encontramo-nos em um bar, em Holborn, pensou. Izzie tinha acabado de terminar seu turno de limpeza, um prédio de escritórios com palmeiras no lobby, dobrando a esquina. Tomou meia cerveja, comeu um pacote de salgadinhos e disse que tinha de ir a algum lugar. Saiu com tanta pressa que esqueceu sua agenda, que parecia estar cheia de listas ao acaso de pessoas e eventos mundiais.

– Saiu pra encontrar seu amante secreto.

Ela franziu a testa. Sem dúvida, Izzie tinha um segredo, mas não parecia alguém na agonia de um caso de amor maduro. Na maior parte do tempo, parecia aterrorizada.

– E quanto ao locador? O homem que ganha mais em cinco minutos do que você poderia ganhar em cinco anos?

Kim deu de ombros: – Ele não vem muito aqui.

– Não? – Damaris pareceu surpresa.

Ou talvez escolha seus momentos, pensou Kim. Talvez ele venha ver Eva e Otis quando sabe que não estou aqui.

– Ele está o tempo todo na casa da mamãe – disse Damaris. – Sempre que vou lá, está sentado à mesa da cozinha, tomando chá.

Ela tentou fingir que já sabia disso. Por dentro, estava fervendo. Será que Harry também queria controlar Christine?

– Mamãe sempre amou o Harry – disse Damaris. – Acha que ele deveria ser o novo presidente do Banco da Inglaterra.

– A maioria dos *stand-ups* fala de sexo. Já repararam? Isso sempre provoca risadas. Para as comediantes mulheres é uma risada fácil. O tipo de risada nervosa que se consegue quando as pessoas têm um choque. Ou seu avô diz alguma coisa preconceituosa. Porque a maioria dos homens da plateia fica surpresa com o fato de que as mulheres tenham qualquer opinião sobre sexo. Eles acham que isso jamais passe pela nossa cabeça. Porque estamos muito ocupadas pensando em sapatos. Quanto a duas mulheres fazendo sexo, como é que isso poderia dar certo? Juro pra vocês que conversei sobre isso, uma vez. É como um homem que vai de férias pra Paris e fica parado perto da Torre Eiffel, pensando: como é que dois franceses conversam entre si, se nenhum deles sabe uma palavra de inglês? Tem um homem ali, na primeira fila, parecendo muito inquieto. Você anda pensando nisso há anos, não anda, meu bem? Então, o sexo consegue fazer rir porque é como comida: gratificante, mas com efeitos colaterais negativos. Como sair pra comer curry. Você vai se empanturrando, mastiga, engole, fica ali, estufada e cheia de gases, até acabar no banheiro. No todo, como experiência, sua nota poderia ser 90, mas não, por causa das partes do gás. A razão de todos nós rirmos sobre sexo é porque temos medo dele. Ele deixa a gente insegura. Porque a gente nunca sabe, de fato, se está fazendo o certo, sabe? Por mais tempo que tenha passado assistindo a pornôs escondida. Não dá pra passar por um teste, como a gente faz pra dirigir. (Se bem que isso poderia ser muito bom. Você poderia praticar sua parada de emergência.) E, quando você faz sexo com outra pessoa – ao contrário de quando o faz sozinha –, supõe-se que preste atenção, pra que a outra pessoa também se divirta. É como se, enquanto saboreasse seu frango *korma*, no restaurante indiano, você se preocupasse em saber se ele está satisfeito com o porco condimentado. O problema é que pode ser que ele não diga a verdade. Porque as pessoas nunca dizem a verdade nos relacionamentos, dizem? Então, você pode perguntar: "Está gostoso, meu bem?". E ele vai olhar pra você com os olhos lacrimejando e dizer: "Está". Ou vai fazer um carnaval e pedir tudo que tem no menu: *papadums*, camarão com curry, *paratha* recheada – e aí, quando a comida chega, ele acaba antes mesmo de você ter começado. Nas revistas femininas, afirma-se que o sexo tem a ver com comunicação. Não tenho tanta certeza. Acho que sexo tem a ver com guardar segredos. Tem de parecer que você está sendo arrebatada numa onda de paixão. Mas, por dentro, você está pensando, será que pelo menos eu gosto de curry?

Grace parecia furiosa. – Realmente, acho mesmo que você poderia tentar um pouco mais, Kim. Tudo bem você dizer que não pode interferir, mas deixar eles fazerem do jeito deles não está ajudando, está? Você parou pra pensar no pobrezinho do Otis?

Às vezes, quando sua mãe se punha a reclamar ao telefone, do sul da França, Kim tinha fantasias de fingir que o apartamento estava pegando fogo, que um cano havia estourado ou que um tigre tinha escapado do zoológico de Londres e estava rondando Peckham Rye à procura de almoço. É claro que, sendo uma mulher de 22 anos, independente, empregada e dividindo uma quitinete em New Cross (ainda que não estivesse morando lá e, em vez disso, passasse a maior parte do tempo em um apartamento pago por Harry), teria sido mais fácil falar para sua mãe: Olhe, não estou gostando desta conversa, não vai nos levar a nada e acho que chegou a hora de conversarmos de um jeito mais racional e adulto.

Porque Grace sempre a fazia se sentir com 5 anos, porém, Kim agarrou o fone com força, rezando para que tudo acabasse o mais rápido possível.

– O Otis está bem, mamãe.

– O pobrezinho não está bem. Ele não tem pai. Sei que é muito moderno fingir que as mulheres podem se virar sozinhas, mas não tem nada de errado em um pouco de ajuda financeira. Eu deveria saber. Os *anos* que tive de me virar com uma miséria.

– Mas o Harry está...

– Já que não posso estar aí, e não posso, simplesmente não posso, conto com você pra ter essa situação sob controle. Como já disse, está na cara que eles se adoram. Eles têm um filho juntos. Não existe, realmente, um motivo pra que toda essa situação insatisfatória não seja resolvida o mais rápido possível. Tudo o que é preciso, Kim, é um pouco de imaginação. Um pouco de *finesse*. Um pouco de pensamento criativo. E eu imagino, pelo menos pelo bem de sua irmã, que, no mínimo, você vá se esforçar para pensar como isso pode ser conseguido.

– Mas mamãe, eu não posso.

– Essas palavras não existem: "não posso". Não passa de um pensamento negativo. Todos os grandes homens do mundo tiveram sonhos que as pessoas diziam ser impossíveis: Martin Luther King, Laurence Olivier, Marlon Brando, o próprio Hitchcock. Concentre-se no objetivo e vá atrás dele. Se estivesse em Londres, eu mesma faria isso. Telefonaria para Harry. Diria pra ele: olhe aqui, isto tem de acabar. Não dá pra gente continuar deste jeito. Já chega. Mas minhas mãos estão amarradas. Estou aqui, com o Jean-Marc, numa vila mediterrânea, a milhas da Inglaterra. Não há nada que eu possa fazer. Então, tem de ser você, Kim. Tem de ser você.

– Mas...

– Você não pode ficar apenas aí, sentada, esperando que este pesadelo se resolva por si só. Porque o que você vai descobrir, quando ficar mais velha, é que os homens são muito superficiais. Eles perdem o interesse. Algo a ver com testosterona. Acredite em mim, já vi isso acontecer, muitas vezes. Num minuto, eles estão animadíssimos, no minuto seguinte, somem. Então, haja agora, antes que seja tarde demais. Se você não fizer isso, vai acordar um dia e descobrir que ele arrumou um trabalho em Nova York, ou decidiu que está apaixonado por outra mulher. É isso que acontece. Os homens são como pipas, você pensa que os têm sob controle e, de repente, eles voam pra longe e não tem jeito de pegá-los de volta. Kim? Kim? Você está me ouvindo?

Jake, com seu amplo conhecimento sobre um número enorme de assuntos, conseguia explicar qualquer coisa que ela não entendesse, podia ser a arte maia, Miles Davis ou alguma regra de futebol. Tinha os fatos nas pontas dos dedos.

Gostava de ensiná-la. Agora que, enfim, estavam morando juntos no apartamento dele, parecia menos tímido. Dava quase para dizer, pensou Kim, que era autoritário.

Porém, ponderou, tenho muito a aprender.

Numa noite, em setembro, Kim estava assistindo ao noticiário na TV. Longas filas haviam se formado do lado de fora das agências do banco Northern Rock, por todo o Reino Unido. Desde que correra a notícia de um empréstimo de emergência por parte do Banco da Inglaterra, os correntistas temiam que ele estivesse falindo. Queriam seu dinheiro de volta.

– E aí? É motivo pra eles se preocuparem? – perguntou Kim. Jake estava sentado numa cadeira dura da sala de jantar, mandando mensagem de texto. Às vezes, às voltas com o prazo limite de uma publicação, usava um fone acoplado ao ouvido para nunca perder uma ligação. Aquilo lhe dava uma aparência levemente robótica, como um leão de chácara ou um Cyberman.

– O quê? – perguntou, com os polegares ocupados.

– Todas essas pessoas fazendo fila pra recuperarem seu dinheiro.

Jake deu seu costumeiro sorriso reticente: – Não, segundo o presidente do Comitê Seleto do Tesouro.

– E ele tem razão?

– A Associação dos Banqueiros Britânicos diz que o Northern Rock é sólido.

Kim, sentindo-se cada vez mais como uma criancinha cujo picolé está derretendo, disse: – E por que está acontecendo isto?

Ele pareceu pensativo: – Não sei bem o quanto você sabe.

– Pra falar a verdade, nada.

Jake assentiu com a cabeça: – São os mercados financeiros globais.

Ela esperou por mais.

– A perspectiva internacional – disse Jake. – Bem complicado, na verdade.

– Ah – disse Kim.

– Às vezes, eu me preocupo por meus padrões serem tão altos.

Damaris parecia exausta. Estava com um novo corte de cabelo, mais batidinho, que lhe mostrava o belo formato da cabeça. E que também a deixava parecendo nua e indefesa. Christine estava ainda mais ansiosa do que o normal. Quando Kim apareceu na casa, em Nunhead, para uma xícara de chá, acabando por ficar para um frango assado e uma *trifle*,[14] Christine ficou perguntando se ela achava que Damaris estava trabalhando demais.

– Acho que os médicos têm de fazer isso.

Christine sacudiu a cabeça: – Ela está pele e osso. Quando é que você vai vê-la de novo? Eu fiz o pudim de pão dela e o bolo de gengibre.

Kim tinha uma horrível suspeita de que os pacotes de comida de Christine acabavam numa cozinha comunitária do hospital, abertos por qualquer um que passasse e reduzidos a uma pilha de migalhas em um único plantão noturno.

---

14 Sobremesa feita com massa de pão de ló, recheada com frutas ou geleia e coberta com creme inglês, creme de leite ou chocolate. (N.T.)

Era domingo à tarde, e elas estavam sentadas em um gramado nos jardins ornamentais de Peckham Rye. À volta delas, havia uma mistura acidental de londrinos: mães com carrinhos de bebê, pessoas levando cachorros para passear, *joggers*, um homem de branco, praticando Tai Chi, e uma senhora idosa, botas de borracha e um chapéu de lã, conversando sozinha, enquanto apanhava lixo. Kim sempre ficava um tanto perplexa por ver alamedas e pérgolas no meio de uma extensão natural de logradouro público, no sudeste de Londres. Mas Peckham Rye era cheia de segredos. O poeta William Blake viu anjos ali.

– Não há nada de errado com padrões altos.

Damaris parecia angustiada: – É quase como se eu achasse que a pessoa tem de ser perfeita, antes até de tomar um drinque com ela. E pessoas perfeitas não existem.

Jake é bem perfeito, pensou Kim, reclinando-se sobre as mãos, sentindo o calor do sol do final de setembro em seu rosto. Ocupado, obviamente. Às vezes, sinto que tenho de marcar um encontro com ele. Mas é isto o que acontece quando você escolhe um companheiro cuja carreira é uma vocação. – E aquele altão? Aquele que conheci no bar, no aniversário da sua amiga?

Damaris fez uma careta: – Ele tem pelos nas orelhas. Fico imaginando se todos os outros pontos macios dele também são cabeludos. Ninguém quer imagens desse tipo na cabeça.

– Você só não encontrou a pessoa certa ainda.

– Ou vai ver que eu encontrei e não percebi. Você sabe, tem gente que acaba com meninos que eram colegas de escola.

– Não os nossos colegas de escola.

– Imagine só, o homem ideal bem debaixo do seu nariz, mas você é estúpida demais pra perceber – ela suspirou e se deitou, fechando os olhos. – Tem uma solução: corações solitários on-line.

– Ou ir pro sul da França – disse Kim – e ficar andando pra cima e pra baixo no passeio público, procurando alguém que pareça bastante rico pra levar você pra almoçar.

Damaris riu. Kim deitou-se ao lado dela e as duas ficaram quietas por um tempo, escutando os barulhos de domingo no Rye. Damaris perguntou: – E a Eva?

– O que tem ela?

– Está saindo com alguém?

Kim ficou séria: – Ela não parece precisar de alguém. Tem um montão de amigos, e ninguém especial. Ela diz que agora tem o Otis. Ele é o amor da vida dela.

– Você acha que ela sente falta do Harry?

Kim sentiu uma pontada de culpa. Parecia tudo errado, Eva e Otis num apartamento no sul de Londres, Harry no outro lado do mundo, em um apartamento em Manhattan. Agora, fazia seis meses que ele tinha ido embora. Uma decisão repentina, Eva tinha dito. Uma boa mudança na carreira. Às vezes, porém, Kim se perguntava se era tudo culpa sua. Talvez, por fim, toda sua intolerância e críticas tivessem feito com que ele se afastasse. E, embora continuasse convencida de que Eva fosse boa demais para Harry, será que tinha mesmo o direito de controlar a vida da irmã?

– Ela nunca toca no nome dele.

Damaris virou a cabeça e abriu os olhos: – É mesmo?

Kim confirmou com a cabeça.

– Sempre achei que eles iam terminar juntos.

Eu sei, pensou Kim. Todos nós achávamos.

Damaris virou-se de volta para o sol: – Ficar deitada aqui é fatal. Vou acabar pegando no sono.

– Acho que você tem esse direito, pelas horas que trabalha.

Damaris sorriu: – Por que não vamos visitá-lo em Nova York? Ver o que ele anda fazendo?

Kim apertou os olhos. Não, pensou. Não tenho a menor vontade de fazer isso.

— Num minuto, você está aproveitando a noite de sábado com sua amiga, alguém que você conhece há anos, com quem sempre riu, contou tudo, sentiu exatamente o mesmo a respeito de *Comer, rezar, amar*, e com quem se sente perfeitamente confortável de havaianas. Então, de uma hora pra outra, lá está ele, o novo namorado dela. Que minha avó teria chamado de pateta, lambão, um completo idiota. Você sabe o que quero dizer, não é, meu bem? A mulher na primeira fila. Aposto que sua amiga está saindo com alguém exatamente assim. Está? A mulher sentada ao seu lado? Mas você não contou isso pra ela. Ah. *Ichi.* Você vai ter uma noite divertida. Então, ela apresenta você pra esse homem e ele nem mesmo é um gato: o cabelo espetado pra tudo quanto é lado, e maluco, os olhos fixos como essas corujas da moda. E você tem de dar um sorrisinho e dizer: ah, muito prazer em conhecê-lo. Mas, por dentro, você está pensando, ele parece o Gollum de peruca. Você não tem critério? As semanas passam. Ele ainda está lá, num sábado à noite. E a coisa piora. Agora ela telefona várias vezes por dia, e à noite, pra ficar dizendo como ele é maravilhoso. E você pensa, minha amiga se transformou numa alienígena. Aí você se dá conta: ela acha que encontrou o príncipe. Ah, droga! Você não pode deixar isso acontecer. Não pode. Então, você faz o que qualquer um faria numa crise. Dá um Google. E lá está: *Vinte maneiras de se livrar do namorado da melhor amiga*. Da primeira à quinta é bem objetivo: mentir sobre o passado dela, herpes, esse tipo de coisa. Já a número seis é extraordinária. E você pensa, por que não? Por que não tentar? Tudo o que você precisa é um hashi e uma cereja cristalizada...

Aos dez meses, Otis tinha um enorme entusiasmo por comida, sempre agarrava a colher. Por causa disso, as refeições costumavam terminar num caos grudento de purê de cenoura e banana amassada subindo pelas paredes.

Mas ele nunca apresentava o aspecto rechonchudo e fofo dos outros bebês. Seus membros eram compridos como os de um velocista.

– Acho que ele vai ser alto como seu pai – disse Grace a Eva, em uma de suas breves e indesejadas visitas do sul da França. – Estava sempre batendo nos lustres.

Ninguém mencionou a altura de Harry.

Otis tinha pele morena, cabelos escuros, e olhos castanhos e sérios. Parecia analisar cada nova experiência com idêntico cuidado pensativo. Você podia sentá-lo no chão com um brinquedo desconhecido e ele o giraria nas mãos, olhando de diversos ângulos, antes de experimentar suas habilidades no tapete. Parecia que o mundo lhe era interessante, mas excessivo. Barulhos altos, temperaturas extremas ou extravagantes demonstrações de afeto, tudo isso fazia com que franzisse o cenho como um coronel idoso que avista uma moça com uma saia muito curta e não sabe se deve reclamar ou aplaudir.

Chorava raramente. Na maior parte do tempo, se queria alguma coisa, só olhava para Eva. Os dois conversavam com os olhos.

– Como é que você sabia que ele estava com sede? – perguntou Kim.

– Sei lá, eu sabia.

O clima no apartamento em Pechkam Rye era calmo e determinado. A luz do sol entrava pelas enormes janelas. Kim, morando agora com Jake no caos desanimador da loja de quinquilharias que era seu apartamento, visitava Eva nos finais de semana e se sentia como se tivesse entrado aos tropeços em uma igreja do campo, na metade da missa. Era bem-vinda, é claro, mas não sentia que fazia parte dali. Era a idiota no banco errado, com o hinário de cabeça para baixo.

Apesar disso, adorava ficar com o sobrinho. Numa tarde de sábado, em outubro, enquanto Eva foi às compras, Kim e Izzie levaram Otis a uma festa infantil – o primeiro aniversário de seu amiguinho, Ruby. Ainda na rua, hesitaram. Por detrás da porta de entrada, fechada, vinha um barulho como se fosse o uivar de um vento: gritos, choros, pancadas e batidas, brinquedos rangendo, sapos cantando e sirenes funcionando por baterias. Recebidas por uma mulher irritada, com um pouco de vômito no ombro, eles ficaram no hall, chocados. Era como se todos os sete andares de uma loja de brinquedos do West End entulhassem um único espaço minúsculo.

Otis, ainda no carrinho, olhava fixamente. Quando levantou os olhos, Kim caiu na gargalhada. Dava para ver escrito no rosto dele: que diabos é isto?

– Eu não sabia que os bebês eram tão engraçados – disse Kim mais tarde, enquanto ela e Izzie esperavam no ponto de ônibus. Kim estava indo para Stockwell; Izzie, voltando para a melancólica quitinete em New Cross. Kim, como sempre, sentia-se culpada. Izzie tinha sido atraída a Londres com falsos pretextos. Tinha imaginado *Friends*: Rachel e Mônica, em Manhattan. O que conseguiu em troca foi solidão no sul de Londres.

– Não acho que todos os bebês sejam divertidos – disse Izzie. – Acho que Otis é uma estrela.

Kim abriu um sorriso. – Eva sempre diz que os bebês são almas completas. Você os orienta ao longo da vida, mas não pode mudar suas personalidades. Eu costumava pensar que tudo não passava de bobagem hippie. – Ou, pensou, uma maneira de garantir que ninguém passasse tempo demais pensando no pai de Otis. – Mas agora me pergunto se ela tem razão, Otis sempre foi analítico, simplesmente é assim que ele é feito. – Estava prestes a explicar que achava que, provavelmente, Otis também era muito musical, o que explicaria sua sensibilidade para qualquer coisa que tocasse desafinada, quando percebeu que Izzie tinha o olhar perdido a meia distância, com uma expressão de extrema ansiedade. Por um momento, perguntou-se se estaria paralisada pelo Rottweiler com uma coleira cravejada que encarava as duas do outro lado da rua. Mas ela não olhava nada em particular, estava perdida em pensamentos.

– Tenho uma coisa pra contar a você.

Kim ficou chocada: – Você está grávida?

Izzie olhou-a como se fosse maluca. – Grávida?

Então, não é um amante secreto.

– Eu não tinha certeza se funcionaria, mas acontece que funcionou. Depois de muitas tentativas e erros. E fracassando miseravelmente, várias vezes.

Kim esperou.

Izzie respirou fundo. – Estou fazendo *stand-up*.

– O quê?

– Comédia *stand-up*.

Kim franziu a testa: – Você não pode estar.

Izzie pareceu arrasada.

– Você quer dizer, se apresentando? No palco? Fazendo as pessoas rirem? – Kim não conseguia acreditar no que estava ouvindo. – Quando? Onde?

– Só é preciso se inscrever – disse Izzie. – Acontece por Londres inteira. Eu costumava assistir o tempo todo e entrar em todos os clips do YouTube. Então, um dia, meti as caras e fiz. E as pessoas gostaram muito. Aí, fiz um pouco mais. Então, é isso que tenho feito. Faxina durante o dia e apresentações à noite. Cada vez com mais gente na plateia. E é por isso que estou lhe contando. Porque vou ter dez minutos em Deptford, no próximo sábado. Um lugarzinho simpático em cima do bar, pra cinquenta pessoas. E fiquei pensando se você gostaria de ir. Se você iria me assistir.

Kim debateu-se com um afluxo de pensamentos que tentavam impor-se em sua mente. Aquilo era impossível. Izzie detestava que olhassem para ela! Estava sempre preocupada com as coxas! Nunca se apresentaria em público! Também nunca tinha contado piadas! Por que eu não sabia? Tenho sido uma amiga horrorosa! Acima de tudo, como alguém detestável e repulsivo, havia a raiva de que Izzie, mantendo-a na escuridão, andara mentindo para ela.

– Estou dizendo, se você não estiver ocupada, é claro. Só se estiver livre. Se já não tiver feito planos.

Kim engoliu em seco. – No sábado, à noite?

Izzie concordou com a cabeça, os olhos brilhando: – É um material todo novo. Nada que eu tivesse feito antes. O tipo de coisa que eu quero fazer de verdade. Mais político. Tenho repassado esse material sem parar. E gostaria mesmo de saber o que você acha. Quero ver se ele faz você rir.

Kim ainda estava com a expressão de alguém que acabou de se sentar em um canteiro de cardos.

– Só se você quiser – disse Izzie, baixinho.

Kim se recompôs: – Claro que eu vou! Vou adorar ir.

– De verdade?

– Posso levar o Jake?

Izzie piscou: – Seria ótimo.

Era sábado, lá pelo final de novembro, quando Eva deixou escapar a bomba: – Vou fazer uma pequena viagem.

Kim levantou os olhos: – Viagem?

– No ano que vem.

As duas estavam largadas nas duas pontas do sofá, no apartamento em Peckham Rye, assistindo à TV. Otis dormia profundamente no berço, no quarto de Eva. Kim inclinou-se para frente, agarrou o controle remoto e abaixou o volume.

– O que você quer dizer com isso?

Eva parecia nervosa: – Só isso, de verdade. É uma coisa que venho querendo fazer há um bom tempo. Visitar algumas ecovilas, como voluntária. Começar em Sieben Linden, na Alemanha, e depois ir para a Dinamarca e a Lituânia. Se tudo der certo, posso me juntar com alguns dos músicos que conheci em Gales, anos atrás, e a gente vai pra Espanha, Portugal e Itália, durante o verão.

– E o Otis? – a voz de Kim estava um gelo.

– Esta é a hora certa pra fazer isso, antes que o Otis comece o maternal. E vai haver um monte de outras crianças pequenas por perto. Esses projetos são muito voltados para a comunidade. Uma porção de famílias morando juntas.

– Mas você vai viajar de um lugar pro outro.

– Vou. – Por um momento, parecia que Eva atenuaria isso, mas, sob o olhar duro de Kim, não disse nada.

– Quer minha opinião?

– É claro. – Embora, olhando para o seu rosto, parecesse mais provável que preferiria ser enterrada até o pescoço em uma cova de escorpiões.

– Acho que você está sendo totalmente irresponsável. Você tem um filho pra levar em conta.

– Mas eu estou levando em conta. Acho que pra ele vai ser ótimo.

– Ser arrastado de um lugar pro outro, cercado de pessoas que ele não conhece, com comida estranha, camas estranhas, climas diferentes, línguas diferentes...

– Eu vou estar lá. Não vou abandonar ele.

– Você está se pondo em primeiro lugar. Está fazendo o que quer e ajustando ele nisso.

– Como nossa mãe fez.

Kim mudou de posição, sentindo-se desconfortável: – Não estou dizendo isto.

– Mas é o que está pensando.

Como sempre, Kim estava começando a ferver de indignação, enquanto Eva permanecia perfeitamente calma. Isso a fazia ainda mais furiosa: – Bom, talvez tenha alguma verdade nisso. Talvez, você pense que ter um filho não deva fazer diferença em sua vida; que Otis não precise de estabilidade, nem de segurança. Que está tudo bem em sair por aí e esperar que ele aguente o que tiver de acontecer.

– Ele fica feliz com qualquer tipo de mudança, desde que eu esteja ali. Você sabe disso. Ele é mesmo uma criança fácil.

Kim olhou fixamente para ela. Quis chorar.

– Ele fica bem, desde que eu esteja com ele. E eu vou estar com ele. O tempo todo.

Em sua cabeça, Kim viu Otis dentro de uma mochila, a cabecinha macia apontando no alto, em meio ao cordão de fechar.

Eva disse: – Você não percebe? Existe uma diferença crucial entre levar Otis pra viajar comigo e fazer o que nossa mãe fez. Ela abandonou a gente. Não foi certo. Eu nunca faria isso com meu filho.

Uma vozinha dentro da cabeça de Kim gritava, e quanto a mim? Você também está me abandonando.

– Não vai ser pra sempre. Um ano. Talvez dois. E aí, a gente volta – Eva sorriu. – Um pouco mais velhos, um pouco mais sábios, mas, fora isso, iguaizinhos.

Kim recuperou a voz: – Não vou ver Otis durante meses.

– Você pode vir visitar a gente sempre que quiser. É só a Europa. E tem e-mails, Skype, Facebook...

– Mas você está indo pra ecovilas...

Eva ficou surpresa: – Todas elas têm internet. Posso lhe mostrar os sites – a ficha caiu. – Você não acreditou em toda a propaganda que o Harry fez, acreditou? Sobre estarem parados na Idade Média?

Harry, pensou Kim, com uma pontada de pesar. Se Harry estivesse aqui, não deixaria que ela fosse. Faria com que visse que aquilo era maluquice, que era perigoso e errado. – Você contou pra ele?

– Harry? – Eva assentiu com a cabeça. – Contei. Ele sabe.

A surpresa foi tão abrupta que pareceu uma lasca de gelo em seu estômago: – Então, você continua em contato com ele?

– É claro.

– Pensei que vocês não conversassem mais.

– Pensou?

Kim a encarou. Havia alguma coisa que Eva não estava contando. Kim sabia, por experiência, que era inútil tentar conseguir extrair aquilo dela. Ainda assim, fez uma última tentativa: – Achei que fosse um rompimento definitivo.

– Ah, não – disse Eva. – Eu sempre terei o Harry.

O que era tão ambíguo quanto totalmente inútil.

2010

– ENTÃO, VOCÊ VOLTOU! – Leon passou a perna por cima das costas da cadeira e se sentou. Parecia exatamente o mesmo. Harry ficou surpreso ao ver a profundidade da cicatriz do corte em seu rosto. Em sua lembrança, tinha se reduzido a nada. – Pra sempre?

– Sabe-se lá! – Harry sorriu. – O mundo está diferente.

– Pensei em você. Cada vez que via o noticiário, todos aqueles banqueiros na televisão.

– Foi um caos. Um colapso completo.

– Você sabe que todo mundo tem ódio de você? As pessoas falam de banqueiros e cospem.

– Não se acanhe. Diga a coisa na lata.

Leon riu: – E aí? Por que você voltou?

Uma oferta que não pude recusar, Harry pensou. Um importante banco de investimentos. Salário maior. Bônus maior. Equipe maior. – Senti sua falta.

Leon riu novamente, correndo a mão por sua cabeça raspada: – Tem treinado?

– Um pouco. – Em Nova York, as luvas de boxe de Harry tinham ficado fechadas em sua sacola de treino, debaixo da cama, durante um ano. Finalmente, ele arrumou tempo, encontrou uma boa academia de ginástica e um treinador simpático. Ninguém como Leon, no entanto. Harry recostou-se na parede pintada. – E aí, o que tem acontecido por aqui?

– Quanto tempo você ficou fora?

– Quase três anos.

– O aluguel subiu, o teto caiu.

Harry sorriu: – É como se eu nunca tivesse ido embora.

Leon olhou-o durante um longo tempo, com calma. – Então, a gente vai te ver bem mais.

– Tanto quanto eu puder.

Dava para apostar que Leon ficara satisfeito.

Harry pegou sua sacola de ginástica e a jogou sobre o ombro: – Feliz Ano-Novo.

– Bom ano.

Conversar com Leon era como mensagem de texto, a comunicação se reduzia ao essencial.

Lá fora, as ruas estavam duras de gelo. O Natal tinha sido estranho. Harry tinha vindo para casa, mas se sentia deslocado, um estranho num ambiente estranho. Seus novos empregadores tinham alugado para ele um apartamento temporário em Mile End, na parte leste do centro financeiro de Londres, que ele não conhecia bem. Eva ainda estava viajando – tinha passado várias semanas com ela e Otis, em Portugal, depois de deixar Nova York – e não planejava voltar à Inglaterra pelo menos até o próximo ano. Harry não sabia como contatar Kim. Mesmo que quisesse.

Londres tinha mudado sutilmente enquanto estivera fora, como um amigo com um novo corte de cabelo ou um colega que emagreceu. Algumas das ruas tinham se deteriorado com o fracasso dos negócios, as janelas fechadas com tábuas e cobertas por propagandas coladas. As Woolworths tinham desaparecido. E também havia as novas construções. Uma arquitetura de vidro e aço tinha irrompido no centro financeiro, como estalagmites ao acaso. Próximo à Ponte de Londres, os guindastes começavam a construção do Shard. Na Elephant and Castle, um edifício estranho e imensamente feio tinha sido erguido perto da Walworth Road, acabando com o horizonte quilômetros à volta.

Em certos aspectos, era bom estar de volta. Já tinha visitado os diretores financeiros e executivos de algumas das novas companhias de seu setor. Michael Adewale, o CEO da Medway, – que projetava e fabricava equipamento médico *high-tech* –, tinha feito com que a companhia passasse de modesta iniciante a uma das líderes de inovação na área, em apenas dez anos. A Medway não tinha sido afetada pela recessão, nem um pouco. É ganhar-ganhar – disse Michael, dando voltas pelo escritório, o pulso de uma mão na palma da outra. – Ganhamos dinheiro. Salvamos vidas. O que há pra não gostar?

Nunca consegui explicar isso para a Kim, pensou Harry, depois, ao ir para casa: como investir em companhias como a Medway pode beneficiar todo mundo. A face generosa do capitalismo. Como o centro financeiro nem sempre libera as forças tenebrosas de Sauron.

Com a aproximação do Natal, as festas diminuindo e as pessoas do escritório desaparecendo para comprar presentes para sobrinhos, namorados e esposas, Harry começou a se sentir sozinho. Telefonou para Syed, que agora trabalhava para um dos fundos multimercados, mas seu amigo pareceu disperso:

– É o imbecil do cunhado. Ele voltou a fazer.

– De novo?

– Perdeu uma porra de uma fortuna. E espera-se que eu dê uma força. Simples assim. Minha mãe diz: "Confio em você. Você sabe o que fazer". Ele suspirou. Dizem que família é uma bênção. Pra mim, não. Não é.

– Posso ajudar?

– Não, é Natal. Vá se divertir. Vejo você no ano que vem.

Harry tentou se divertir. Resolveu ser um turista e partir para conhecer sua vizinhança. Vagou pelas ruas estreitas do East End, imaginando as favelas da Londres de Dickens. Encontrou o Spitalfields Market, admirou o trabalho artesanal do exterior da Whitechapel Gallery e analisou a simplicidade huguenote da mesquita da Brick Lane. Comeu enguias gelatinosas e peixe ao curry, de Bangladesh. Nada funcionou. Quanto mais tentava se distrair, mais desolado se sentia. Procurou ser racional. Não dá para você sumir por alguns anos e esperar que todo mundo vá pular de alegria com sua volta. As pessoas seguem com suas vidas, preenchem o buraco que você deixou. Leva tempo para formar novamente um círculo de amigos.

Entretanto, lá no fundo, Harry estava preocupado. Taticamente, do ponto de vista profissional, voltar para Londres fora uma boa mudança. Desde o colapso econômico, nenhum trabalho era garantido e, como estrangeiro vindo da Europa ficara particularmente vulnerável nos Estados Unidos. Seus novos empregadores na Grã-Bretanha tinham oferecido mais dinheiro, mais responsabilidade e um departamento maior. Estavam tão ansiosos em tê-lo que até garantiram o bônus que teria recebido, caso tivesse permanecido.

Mas, pensou Harry, sentado sozinho no banco de um parque, no frio East End, amei Nova York. Na Inglaterra, não se admite estar feliz. Você tira prazer do tipo de humor que combina com céus cinzentos e uma chuva perene: autodepreciando-se, criticando o sucesso dos outros e, melancolicamente, prevendo o pior. É inteligente e divertido, uma maneira muito britânica de ver o mundo. Só que ele tinha se surpreendido com o quanto lhe fizera bem experimentar outra atitude. Em Nova York, todos eram otimistas, os sorrisos eram radiantes, as conquistas eram comemoradas. Você não apenas estabelecia objetivos ousados, como assumia que as pessoas à volta também os atingiriam.

– Você sempre tem a expressão de que este é o melhor dia de todos – disse seu novo patrão, numa manhã, enquanto os dois esperavam o elevador.

– E é – disse Harry, com um amplo sorriso.

Levou certo tempo para se ajustar à ética profissional. Em Nova York, não havia distinção entre particular e profissional. Harry estava a serviço as vinte e quatro horas, sete dias por semana. Até a ida a um bar, a um restaurante ou a um clube tinha a ver com contatos de trabalho, o que combinava com ele. Não queria qualquer relacionamento complicado, não queria que nenhuma mulher se aproximasse demais.

Sugerindo algum tipo de passado aristocrático, espelhava-se em todas as comédias românticas estreladas por Hugh Grant. É foda, dizia. Foda. Sinto muitíssimo. É foda. Culpava a educação em algum internato fictício, algo entre Hogwarts e Gordonstoun, pelo que chamava de sua repressão emocional. Você é tão cheia de vida, dizia, merece coisa melhor. Precisa de muito mais do que posso dar.

Às vezes, estava tão entretido com um desempenho digno de um Oscar, que não percebia estar no filme errado.

– Você é cheio de história, Harry! – Ela trabalhava no mesmo banco, no mesmo andar. Curvilínea, morena, rosto doce. Durante semanas, tinham se entreolhado pelos corredores.

Harry, recostado nos travesseiros, redobrou os esforços: – Eu poderia prometer mudar, mas não adianta. Acabaria voltando pros meus costumes antigos. Não sou bom o bastante pra você.

– Você não quer compromisso.

Harry suspirou fundo: – É melhor eu ir. Quanto mais ficar, pior pra nós dois. – Inclinou-se para frente, para o amontoado de roupa que tinha jogado no chão, na noite anterior. – Sinto muitíssimo. Simplesmente, não sinto como as outras pessoas. Às vezes, acho que falta um pedaço dentro de mim.

– Harry? – Ele se voltou. Ela estava deitada de bruços, olhando para ele. Ele analisou suas costas morenas, a profundidade de sua cintura, a saliência de suas nádegas. Os olhos dela brilhavam. Ria dele. – Quer que eu lhe ajude a encontrar?

A maior parte do tempo, a vida era tão agitada que ele não tinha tempo para pensar no que havia deixado para trás. Às vezes, lembrava-se. Havia uma menina com cabelo platinado, ou uma madeira nua sob a cortiça descascando, como os plátanos de Peckham Rye. Depois, sua cabeça se enchia brevemente de imagens do sudeste de Londres: os ônibus vermelhos arrastando-se para o Elephant and Castle, os bares escuros, as varandas sem-fim de casinhas vitorianas sob um amplo céu cinzento.

Manhattan era vertical. Você olhava para cima, por um funil de tijolos e vidros, para um retalho de azul minúsculo, bem lá no alto. Era uma maneira diferente de olhar.

No último minuto, na véspera de Natal, sem suportar nem mais um segundo de isolamento em meio às multidões de passageiros londrinos, Harry rendeu-se. Ligou para o celular de Titânia: – Como vai você?

– Vou bem, exceto pelos problemas terríveis.

O coração de Harry deu um pulo: – O que houve?

– Você é quem sabe. Partes de Manhattan estão isoladas há anos. Sem sinal de telefone, sem internet. Deve ter sido muito difícil, pra você, trabalhar. Na verdade, pensando nisso, foi essa a razão de toda a crise financeira? As pessoas de Nova York completamente impedidas de contatar quem quer que fosse no mundo todo?

– Sinto muito. Só achei que você poderia não querer falar comigo por um tempo.

– Teria sido mais simpático me perguntar, do que decidir por mim.

– Você ia querer falar comigo?

– Não.

– Quer falar comigo agora?

– É possível. Não tenho certeza. Vou ter de pensar a respeito.

– O que você vai fazer esta noite?

– Ah, tenha dó, Harry.

– O quê?

– É véspera de Natal. Não vou largar tudo e sair correndo pra ver você, só porque me telefonou pela primeira vez, em mais de dois anos.

– Só pensei que se você não tivesse ocupada...

– Além do quê, estou grávida de seis meses.

Houve uma ligeira pausa: – Parabéns.

– Você parece chocado.

– Não, de jeito nenhum. Talvez, surpreso.

– Você não achava que eu fosse do tipo maternal?

– Só não pensava que você quisesse filhos tão cedo.

– Não – Titânia pareceu resignada. – A vida tem o costume de se revelar diferente do que a gente espera.

– E tem...?

– Algum homem envolvido? – ela hesitou. – Você não vai gostar. É o Giles.

Não, pensou Harry. Não. Ele tinha uma nítida imagem mental do tiro ao alvo em Gales, com Giles, rosto vermelho, barrigudo, prematuramente calvo, explodindo de animação: – Sempre gostei do Giles.

– Mentiroso.

Harry limpou a garganta: – Então, vocês conseguiram alguma maravilhosa propriedade cercada com fosso, em Sulfolk?

– Sevenoaks – disse Titânia. – Achamos que em Kent o acesso seria mais fácil.

Subitamente, Harry se viu tomado pela tristeza: – Bom, foi ótimo saber das novidades. Mande lembranças pro Giles.

– Então é isso?

Ele sabia o que ela queria dizer. Ele tinha telefonado para restabelecer contato, mas queria o velho relacionamento, não uma amizade esquisita, reprimida, entre um casal querido e o velho namorado.

Titânia falou com voz calma: – Feliz Natal, Harry.

Pouco provável, ele pensou, desligando.

Jake gostava de fingir que sabia cozinhar. Na prática, isso significava que convidaria pessoas para jantar e depois descobriria uma receita complicada que achava que as impressionaria. Por nunca tentar o mesmo prato regional duas vezes, os armários da cozinha estavam cheios de acompanhantes improváveis – nam plá, cúrcuma, pesto, pimenta-da-jamaica – como um trem suburbano que viesse a Londres num sábado à tarde. Kim olhou para aquilo tudo, com certa desconfiança. Gostava de vagar pelo Borough Market e era conhecida por pagar caro pelos queijos de cabra, mas achava o esnobismo com comida irritante. O que havia de errado com um bom frango assado?

– Se você tem de perguntar – disse Jake –, é porque não pensamos igual.

Kim se questionou se os convidados de Jake, secretamente, estavam tão pouco impressionados quanto ela. Num sábado à noite, ele terminou uma mousse de pato, bafejando-a com fumaça de madeira, técnica que afirmava ser usada em todos os melhores restaurantes. (Embora estivesse aberto para debate se os *chefs top* acendiam gravetos úmidos, reduziam-nos a cinzas e desligavam o alarme de fumaça.) Todos aplaudiram, mas ninguém comeu mais do que uma garfada.

– Colombiano – disse Jake. – Chouriço, arepa e *chicharrón*.

– Que tal um simples prato italiano, como o risoto? – perguntou Kim. – Você pode ter tudo o que precisa no La Dolce Vita, virando a esquina.

– Ou alguma coisa da região Kakheti, Geórgia, seguida por um doce *churchkhela*, acompanhado por um magnífico Saperavi.

Desisto, pensou Kim.

No começo de fevereiro, Jake convidou alguns de seus contatos políticos para jantar em sua casa. Era um grupo de pessoas cuja opinião tinha importância. Estava quase nervoso. Querendo causar certa impressão, abriu um espaço no meio do apartamento e arrumou a mesa com talheres antigos e um candelabro de prata. Por causa da poeira e das teias de aranha, o efeito era levemente fantasmagórico, mais para a senhorita Havisham[15] do que para um lar aristocrático. Pelo menos, as luzes trêmulas das velas fizeram com que a maior parte da sujeira ficasse escondida nas sombras.

Jake era, agora, o chefe das campanhas assistenciais. (Kim tinha assumido a pesquisa e o desenvolvimento, e já tinha seu próprio estagiário trabalhando com

15 Personagem de Charles Dickens, em *Grandes Esperanças*. Trata-se de uma solteirona, abandonada pelo noivo no dia do casamento, que vive numa mansão – com seu eterno vestido de noiva –, esquelética e desgrenhada. (N.T.)

ela, no cubículo.) Ele apreciava o novo papel. Dizia que tinha grande significado político. Gostava, particularmente, da familiaridade com lobistas, blogueiros e jornalistas que andavam por Westminster. Tanto quanto Kim podia perceber, era um mundo que vivia de fofocas. Um vago rumor pela manhã podia se transformar num escândalo enorme, à hora do chá. O fato de vê-lo crescer fazia seus observadores sentirem-se ocupados e importantes, como alguém cujos twitters são retuitados.

Quando os convidados já haviam se sentado e estavam comendo a entrada (lascas de coelho e hadoque defumado com purê de erva-doce, em molho de groselha preta), Kim estava se sentindo um peixe fora d'água. As regras do jogo pareciam ser que você tinha de apregoar sua importância (– Bom, é claro, foi isso o que eu previ semanas antes que acontecesse de verdade), soltar nomes de pessoas importantes (– Gordon acabava de dizer, outro dia...) ou exceder a todos com uma brincadeira agressiva (– Então, eu disse pra ele, tomara que você tenha câncer). Ela tentou exibir várias expressões, que iam da admiração deslumbrada para um intenso interesse. Todos a ignoraram. Estava fora da bolha. Sua única função era recolher os pratos.

Quase no final da noite, uma das convidadas saiu da linha.

– Então, Kim, o que você faz? – perguntou uma mulher com óculos de aro dourado e cabelo grisalho curto, vestida com uma espécie de túnica roxa.

– Eu dirijo a pesquisa, na instituição.

– Meu velho cargo – disse Jake.

– Ah – disse a mulher –, seguindo os passos do mestre.

– Jake gosta das estagiárias – disse um homem de meia-idade na ponta da mesa. Tinha olhos vermelhos e empapados de um cão sabujo.

– Ichi – disse a mulher de cabelo grisalho, os olhos faiscando por detrás dos óculos.

Kim olhou para Jake.

– A última estagiária – disse Jake –, sua antecessora, está trabalhando agora na Câmara dos Comuns. É pesquisadora política.

Kim continuou com o olhar fixo nele. Jake, porém, olhava para seus dedos que tiravam a casca de um camarão com imenso vagar, como se algum minúsculo fragmento perolado pudesse sufocá-lo.

Muito mais tarde, quando o último convidado, por fim, foi embora – após muitas despedidas exageradas no hall – Jake voltou lentamente para a sala de visitas e se sentou. Pegou o celular: – Acho que correu tudo bem. Alguns favores retribuídos.

Kim não disse nada.

– Uma conversa interessante sobre Elliot Morley e o escândalo das despesas dos membros do parlamento.

Kim continuou sem dizer nada.

Jake pousou o telefone: – Vamos lá – parecia triste, mas resignado. – Põe pra fora.

– Você dorme com todas as estagiárias?

Ele aparentava completa tranquilidade: – Eles são venenosos. Você sabe disso. Gostam de provocar.

– Então, não é verdade?

– Não da maneira como você colocou.

– Então, como é que eu deveria ter colocado?

Ele deu de ombros: – Ela foi minha namorada. Por um tempo.

– Quanto tempo?

– Kim, não gosto disso. Parece que você está me acusando de alguma coisa.

Até aquele instante, aquele tom de tédio teria sido o suficiente para fazê-la se calar. Repetidas vezes, nos últimos dois anos, ele a tinha feito perceber o quanto sabia pouco. Ele estava ali para ensiná-la. Ajudá-la. Para apoiá-la em seu lento desenvolvimento em sua carreira. Às vezes, quando ela estava sendo particularmente ingênua, ele não conseguia deixar de suspirar, revelando certo cansaço por sua falta de experiência. Mas não fazia isso com frequência. Na maior parte do tempo, como um tio bondoso, esperava até que ela entendesse. Um homem generoso. Um bom professor.

Kim tinha tomado cuidado para não abusar de sua paciência. Tinha mordido a língua em inúmeras ocasiões. Agora, precisava de uma resposta.

– Por quanto tempo vocês estiveram juntos?

– Eu já falei: não gosto dessa implicação de que eu tenha feito alguma coisa errada.

Kim pensou um pouco. Então, levantou-se e pegou seu casaco.

Jake pareceu surpreso: – Aonde você vai?

– Não sei.

– Você não pode sair assim pela noite. Não é seguro.

– Então, diga o que quero saber.

– Se você prometer se sentar.

Kim sentou-se.

Jake disse: – Ficamos juntos cerca de um ano.

Kim olhou fixamente para ele.

– Três anos. Ficamos juntos por três anos. Terminamos quando ela arrumou o emprego novo.

– Pouco antes de eu começar a trabalhar pra você.

– É. Naquela época, a instituição estava sendo amplamente reorganizada, como você sabe. Ela resolveu que seu futuro era em outro lugar.

– E você nunca me contou.

Jake sorriu como se ela fosse terna, mas bobinha: – Você nunca perguntou.

– Você não achou que era importante?

– Pensei que tivéssemos combinado que passado era passado. Concordamos que não íamos fuçar na vida um do outro. Você pareceu satisfeita com isso.

Kim sentiu-se confusa e ansiosa. Foi mesmo? Combinamos isso? Depois de um tempo, disse: – Você não acha estranho sair com duas estagiárias, uma logo em seguida da outra?

– Acho que você acaba conhecendo alguém quando trabalha com ela. Ainda mais num trabalho como o nosso, quando você se dedica, tem paixão, passa muitas horas trabalhando. Não acho que seja tão espantoso.

Talvez não seja, pensou Kim, o tom paciente da voz dele fazendo com que sentisse, como sempre, que estava fazendo um drama do nada.

Jake disse: – Vou lhe contar tudo sobre ela. Tudo que quiser saber. É só me perguntar. Eu teria lhe contado antes, mas não achei que fosse importante.

– Não é importante.

A expressão de Jake desanuviou-se: – Ótimo. Estou aliviado. Achei que nosso acordo fosse esse. Então, vamos esquecer esse assunto, riscar isso do mapa e seguir em frente.

Kim, em sua mente, viu Jake riscando uma linha grossa e preta em um pedaço branco de papel. Sentiu que ele levava a melhor. O que há de errado comigo? Por que deixo que ele faça de mim o que quiser?

Jake reprimiu um bocejo: – Você quer que eu dê uma mão pra arrumar isto ou posso ir pra cama?

Alguns dias depois de ter assinado o aluguel de um apartamento recém-construído, ao lado do rio, perto da Ponte de Londres, Harry se deu conta de que não tinha nenhum móvel. O apartamento em Mile End era totalmente equipado, até com máquina de *espresso*, assim como o de Manhattan. E este de agora estava vazio. Andando pela ampla área social aberta, com suas janelas do chão ao teto com vistas para o Tâmisa, Harry viu-se tentado a manter tudo aquilo completamente minimalista. Apenas uma cama, pensou. E um laptop. Não preciso de mais nada. No dia seguinte, porém, sentado em seu escritório, tarde da noite, sob o facho de luz do abajur de mesa, percebeu que não estava sendo prático. Era um trabalho puxado. Cansativo. Era preciso um pouco de conforto em casa. No mínimo, um sofá.

Assim, no sábado seguinte, foi até a Tottenham Court Road. Sentia-se inquieto. Tudo aquilo era novo para ele. Obviamente, tinha feito certa pesquisa de campo on-line – jamais entrava despreparado em qualquer situação, se pudesse evitar – e comprar um sofá não parecia tão difícil: tamanho, tecido, conforto, estilo, não era tão diferente de comprar um terno. No que ele era bom. Qual poderia ser a dificuldade?

Mas Harry tinha uma grande suspeita de que estava sendo ingênuo. Desde que morara em Nova York, onde aprendera a representar o papel de um cavalheiro inglês (angustiado, mas, basicamente, decente), tinha se tornado ainda mais sensível aos indícios mínimos de classe e *status*. De volta à Grã-Bretanha, percebeu o quanto ainda tinha de aprender, enfim. Recentemente, em uma das sextas-feiras informais do banco, outro analista – um antigo aluno de Eton – tinha vindo ao banco com calça de veludo rosa-salmão. Harry mal teve tempo de desfazer o ar de espanto do rosto, antes que qualquer outra pessoa notasse.

Talvez, pensou Harry, o sofá perfeito, o equivalente à calça rosa-salmão, estará bem diante do meu nariz e eu nem vá perceber isso. Pode ser que devesse pagar alguém para fazer essa compra. Um designer de interiores, um estilista, algum tipo de serviço de *concierge*.

– Posso ajudá-lo, senhor? – O rapaz tinha se barbeado com tanto empenho que o rosto estava quase em carne viva. A pele, agredida, estava muito irritada.

Harry sacudiu a cabeça, franzindo o cenho, esperando exprimir insatisfação. O rapaz recuou, apavorado.

Tanto quanto ele podia ver, havia sofás por toda a parte. Lisos, floridos, xadrezes, de couro, com dois assentos, três assentos, cinco assentos, sete assentos. Alguns tinham os braços curvos, outros, braços quadrados, alguns não tinham braços. Alguns traziam almofadas gigantes e fofas, como nuvens, outros se compunham de almofadas finas e discretas, como se a nova moda fosse se sentar em papelão. Por entre eles, havia cadeiras, banquinhos, mesas ocasionais, mesas de canto e de centro. Por um momento, Harry fantasiou sair e comprar um café *macchiato*. Resolveu endireitar os ombros. Posso fazer isto, pensou. Posso comprar o tipo de sofá que vai me rotular como culto, educado e com muito bom-gosto natural.

No final do primeiro showroom, Harry avistou um sofá desestruturado, tão imenso que parecia desaparecer, contornando a parede. Em formato de L, pensou, com o coração na boca do estômago. Então, quer dizer que também há opções geométricas?

Sentou-se, pesadamente. O sofá soltou um leve guincho de prazer e o envolveu. Harry fechou os olhos. Talvez algo parecido com este, pensou. Não seria preciso nem ir pra cama. Você viria do trabalho para casa, sentaria e apagaria. Era como estar num banho morno. Ou enrolado num acolchoado de plumas. Ao longe, da sala que ele não conseguia ver, de algum lugar na outra extremidade do formato em L, ouviu um celular tocar. Uma voz impaciente disse: – Sim?

Seus olhos se escancararam e cada músculo de seu corpo se contraiu.

– Eu já disse, estou olhando sofás... Conversamos sobre isso... Não, não estou tentando ser... Um sofá, Jake. Um simples móvel que não seja velho e empoeirado... Não é a Capela Sistina. Não vai ser profanado por um... Já expliquei isto. Significaria muito dar alguma opinião na maneira como mobiliamos... Azul? Você sempre gostou de azul, né...? Tenho certeza de que eles podem subi-lo um lance de escada... Não, não esqueci... Tudo bem... É... Tchau. Tchau.

Houve uma pausa.

– É só um sofá – a voz murmurou para si em um tom de irritada tristeza.

Kim, pensou Harry. Esforçou-se para ficar em pé, mas estava de alguma forma entalado. Um movimento violento não fez nada além do que desencadear um crescente de guinchos de algum lugar do fundo das almofadas, como porquinhos-da-índia pedindo pepinos. Explorou os lados com as mãos, esperando encontrar alguma coisa sólida em que se apoiar, mas seus braços simplesmente desapareceram até os cotovelos no nada, macio e emplumado.

– Kim? – ele disse.

Houve uma longa pausa. Então, a voz disse: – Harry?

– Eu teria me levantado – disse Harry –, mas não consigo.

– Nem eu.

Talvez seja inflado com alguma coisa, pensou Harry. Eu poderia achar alguma coisa pontuda e abrir um buraco nele.

Do outro canto da parede, Kim disse: – Isto é esquisito.

– Nem me diga.

– Não, estou dizendo sobre o fato de nós dois estarmos aqui. Pensei que você estivesse em Nova York.

– Eu estava.

– Então, por que está em Londres?

– Trabalho em Londres.

– Desde quando?

– Desde dezembro passado.

– Ah.

Harry balançou-se para frente e para trás. Os porquinhos-da-índia dispararam num coro frenético.

– Já tentei isso – disse a voz fantasmagórica de Kim. – Acho que só piora.

– Isto é ridículo. Como é que se espera que a gente saia deste troço?

– Não sei.

– Tem algum vendedor por perto, em algum lugar?

– Acho que ele está no horário de intervalo. Faz um tempo que não aparece.

Harry, rendido, recostou a cabeça para trás: – E aí, como vai você?

– Tudo bem.

– Pensei em ligar para você.

– Mas não ligou – a voz de Kim era neutra.

– Não. – Harry olhou por sobre o mar de sofás. Além de alguns clientes, ao longe, no outro lado do showroom, o lugar estava deserto. Era agosto. As pessoas deviam estar esperando a liquidação de verão.

– Eva está na Espanha.

– Eu sei – disse Harry.

– Ela disse que o Otis sabe pedir sorvete em cinco línguas, agora.

– Ele deve estar muito mudado.

– Mais alto, provavelmente – disse Kim.

Com um súbito ímpeto de irritação, Harry chutou os dois pés para cima e agarrou os tornozelos. Os porquinhos-da-índia, com um alarme frenético, tornaram a irromper num coro. E agora? Harry sentiu-se pior do que se não tivesse feito nada. Estava enrodilhado como um bebê no berço, segurando os próprios pés. Respirou fundo, enfiou a cabeça entre os joelhos e, com uma espécie de rugido, rolou para o lado. Como ele esperava, o impulso jogou-o de pé. Perdendo o equilíbrio, caiu para trás no chão duro do showroom, batendo a cabeça.

– Ai! – disse.

– Harry?

– Aguenta aí. – Ele se sentou e apalpou a parte de trás da cabeça. Nada. Só um hematoma. Levantou-se, bem devagar. Depois, girou o corpo, mancando.

Lá estava ela.

Seu primeiro pensamento, antes que tivesse tempo de pensar em coisa alguma racionalmente, antes mesmo que estivesse pronto para o inevitável duelo de inteligências, deixou-o sem fôlego. Ela é linda. É claro que ele sempre soubera disso. Desde o começo. Mas, por um momento, foi como se nunca a tivesse visto. Avaliou seu cabelo curto e loiro, suas delicadas maçãs do rosto, seu queixo determinado e foi como olhar uma fotografia de alguém que não conhecesse; como se ver diante da comprovação de algo óbvio, mas que sempre preferira ignorar. Contra os tentáculos avassaladores de um sofá, com os joelhos dentro do jeans preto, recolhidos, junto ao queixo, parecia uma criancinha entalada em uma cesta de papéis. Mas sua expressão era exatamente como ele se lembrava: desafiante, questionadora, pronta para brigar. Durante todo o tempo que estive fora, pensou Harry, nunca conheci ninguém como ela.

– O quê? – perguntou Kim.

– Nada.

– Você está me encarando.

– Estou?

– Estou com a cara suja ou coisa assim?

– Não – Mas Harry continuou ali, imóvel.

Depois de um tempo, Kim disse: – E aí, vai me ajudar?

– Vou, é claro.

Harry estendeu a mão para que ela pudesse se apoiar, enquanto puxasse. Ela ergueu as sobrancelhas. É claro, ele pensou. Isto não vai funcionar. Ela está muito afundada.

– Harry – ela disse –, você vai precisar me levantar daqui.

Por alguma razão, era uma possibilidade assustadora. Harry respirou fundo, inclinou-se para frente e enfiou os braços na fofura de *marshmallow*, tentando encontrar a cintura de Kim. Então, hesitou. Se não tomasse muito cuidado, acabaria se inclinando demais e o sofá o engoliria, de novo. Assim, concentrou seu peso nas pernas, abrindo as coxas como um lutador de sumô e apalpou atrás das costelas dela. Sua cabeça ficou encostada no ombro dela: – Quando eu contar.

– O que você é – ela perguntou –, um paramédico?

Ele a ignorou: – Foco. Toda a energia. Um, dois, três...

Mais uma vez, Harry se surpreendeu ao se descobrir caído de costas no chão do showroom. Agora, contudo, Kim estava em cima dele. Por um tenso momento, eles se encararam, nariz com nariz. Ele sentiu a respiração dela em seu rosto.

Depois, com um movimento repentino, ela rolou para o lado. Ficaram deitados lado a lado, chocados, como amantes saídos de uma maratona sexual.

Ouviu-se uma tossezinha nervosa.

Harry olhou para cima. Em seu campo de visão surgiu uma pele barbeada até o talo.

– Posso ser de alguma ajuda? – perguntou o vendedor. – Ou o senhor está só olhando?

Kim mexeu seu café. O gesto era completamente inútil, já que o café era puro e ela não punha açúcar. Mas ela se sentia agitada. Tinha de fazer alguma coisa.

À frente, do lado oposto da mesa minúscula, estava Harry. Fazia três anos e meio que ela não o via. Ele parecia, ao mesmo tempo, familiar e um completo estranho. Era como dar de encontro com alguma personalidade da televisão em Covent Garden, cumprimentar e, então, perceber (ai, que vergonha!) que vocês não se conheciam. Ele está quase igual, pensou, mas parece mais alto e, provavelmente, mais largo, como se seus ombros tivessem ficado maiores. Ou talvez sempre tenha sido assim, imenso, e eu o encolhia em minha mente para fazê-lo parecer menos importante.

O café estava cheio e barulhento. Ao fundo, ouvia-se alguma coisa dos Pretenders. As pessoas se espremiam em volta e Harry tinha tão pouco espaço que colocara as longas pernas dos dois lados da cadeira dela. Isso era embaraçoso. Ela manteve os joelhos bem quietos.

O que a constrangia ainda mais, fazendo com que abaixasse os olhos para sua xicrinha branca, era perceber que ele era bonito. O homem que ela odiara durante anos, desde que bloqueara o sol pela primeira vez no jardim, em Nunhead. Acostumou-se tanto a pensar nele com ódio que não teria se surpreendido se ele aparecesse, hoje, com cascos fendidos, chifres e uma cauda vermelha bifurcada. Mas o verdadeiro Harry, aquele Harry, parecia normal, parecia alguém com quem ela poderia conversar ou alguém de quem até pudesse gostar.

Kim ficou chocada com sua confusão. Era como se o tempo em que haviam ficado separados os houvesse colocado em território neutro. De alguma forma, ambos haviam deposto as armas, o que devia ser completamente errado. Não era o que eles faziam. Posso até entender o que Izzie tentou dizer, em todos aqueles anos, pensou Kim. Que ele era um partidão, que qualquer mulher podia querê-lo. Na época, eu achava que ela estava louca. É claro que ele é atraente. Qualquer um vê isso. Mais ainda quando sorri: o tipo de sorriso que faz o mundo todo parecer um lugar melhor.

Perplexa, Kim mexeu novamente seu café.

– Então, quais as novidades?

Kim deu de ombros, tentando parecer casual: – Nada demais.

– Você ainda trabalha com moradias?

– Ainda, na instituição.

– O mesmo cargo?

– Uma promoção. Sou chefe de pesquisa e desenvolvimento.

Ele pareceu realmente surpreso: – Você deve ter dado duro.

Não sei, pensou Kim, arrasada. Talvez fosse só porque dormi com o chefe.

– Ainda com... Quem era ele? Jack?

Por um instante, ela desconfiou, mas não lhe pareceu que ele estava querendo ganhar pontos: – Jake.

– Jake. Vocês continuam juntos?

Kim assentiu com a cabeça. Não queria conversar sobre Jake: – E você?

– Ninguém especial.

Ela notou que ele também não queria tocar no assunto: – Onde você está morando?

– Arrumei um apartamento novo. Perto da Ponte de Londres. Qualquer hora, você precisa conhecer.

Você diz isso, pensou Kim, da maneira como as pessoas educadas dizem "apareça pra jantar, um dia desses"; significando "jamais vou lhe convidar".

– Você foi visitar a Eva?

– Só uma vez, há um ano, quando fui embora de Nova York. Não tenho o tipo de trabalho que deixa muito tempo livre.

– Ainda no centro financeiro?

– Outro banco, o mesmo tipo de trabalho, o que demonstra uma completa falta de iniciativa de minha parte.

– Imagino que tenha suas compensações.

– Pode-se dizer que sim.

– Bônus estupendos.

Harry sorriu: – Somos odiados.

Ela não se deixaria seduzir: – Você ficou surpreso com o que aconteceu? Contribuintes comuns tendo de comprar um banco para evitar que falisse?

– Tem certeza de que você quer falar sobre isso?

– Um dos motivos do colapso foi o fato de ninguém querer falar sobre isso. Até pessoas muito inteligentes deram de ombros, pensando que a coisa se resolveria por si só. Mas não deu, não é? Porque os banqueiros tinham jogado com ações que não valiam nada. Portanto, agora estamos em recessão. Cortes profundos nas despesas públicas. O que significa que os banqueiros se safaram. Ficaram mais ricos e mais poderosos, enquanto os pobres foram esmagados.

Ela esperava que ele desse uma risada, o que não se sucedeu: – Tem um monte de gente como você furiosa com o que aconteceu.

– Não o suficiente.

Ele concordou.

Ela olhou para ele, chocada. Aquele era o Harry? O homem que sempre lhe voava à garganta quando ela fazia uma mínima crítica ao centro financeiro?

Harry disse: – Houve mudanças, um aumento na regulamentação. Não dá pra acontecer de novo.

– Talvez não a mesma coisa, mas é como colocar um obstáculo num rio. A água sempre encontra outro jeito. Nada foi feito, realmente, para impedir a falência dos grandes bancos.

– Sei que você não vai acreditar nisso – disse Harry –, mas eu também não gosto de ganância. O que me deixa feliz é descobrir investidores para companhias que precisam de dinheiro pra crescer.

Kim levantou as sobrancelhas.

– Eu disse que você não ia acreditar em mim.

– Parece santidade demais. Você está nisso pelo dinheiro, não? Como todo mundo.

Harry sorriu: – É claro que estou.

Não sei se ele está falando sério, pensou Kim.

A música tinha parado. Eles ficaram ouvindo todos os sons à volta: os gritos e as risadas, o movimento da máquina espumando o leite, o ressoar de xícaras e talheres.

Harry disse: – E você? Viajou pra visitar a Eva?

– Um monte de vezes. Pra Alemanha, duas vezes, depois Lituânia, Itália, Espanha, há alguns meses. Foi curioso. Uma aldeia medieval, nas montanhas, que tinha sido abandonada. Eles se reuniram e reconstruíram todas as casas antigas, montaram uma padaria, plantaram verduras e, agora, são completamente autossuficientes. Vivendo da terra. É tão lindo lá em cima. Dá pra entender por que quiseram fazer isso.

– E você não quis ficar?

– Em parte, quis. Em parte, quis voltar.

– Pro seu trabalho.

Mais uma vez, ela não soube se ele estava caçoando dela: – A pesquisa que eu faço é importante.

– E o Jake?

A mudança de assunto foi tão brusca que a pegou desprevenida: – O que tem ele?

– Essa foi outra razão pra você voltar?

Ficaram com o olhar preso um no outro.

– É claro.

– Ele era a pessoa com quem você falava ao telefone, na loja.

– Não me lembro.

– Você não parecia feliz.

– É sempre difícil saber exatamente o que está acontecendo, quando se ouve a conversa de outras pessoas – instigou Kim.

– Então, você está feliz.

Kim sentiu-se desconfortável: – Estou.

Harry sorriu. Foi um de seus velhos sorrisos, vazio e falso, que não incluía os olhos.

– É melhor eu voltar – disse Kim. – Não pretendia ficar fora tanto tempo. Alguns amigos vêm jantar em casa, hoje à noite.

– O que você vai fazer?

– Eu não cozinho. Quem faz isso é o Jake.

– Ele parece perfeito.

Kim abaixou os olhos.

– Eu acerto isso – disse Harry, estendendo o braço para pegar a conta.

– Tem certeza?

– Você não se lembra? Sou o banqueiro rico, aquele que paga.

Ah, ela pensou, cansada. Então, novamente nisso. Em sua mente, formou-se uma imagem de um soldado num uniforme imundo, inclinando-se para apanhar sua arma.

– O que você quer dizer com "ele não conversou sobre a Eva"?

– Bom, ele falou um pouquinho sobre ela. Perguntou como ela estava quando fui pra Espanha.

– Mais nada?

– Não.

O suspiro exagerado de Grace ao telefone foi tão imenso que para Kim foi como se uma ventania tivesse soprado em seu ouvido.

– Bom, então, é isso? Nada vai acontecer, então.

– No ano que vem, ela vai voltar. Aí, tenho certeza de que vão se encontrar mais.

– Não se trata de uma *amizade*, Kim. Não é uma espécie de *acordo social* vago, que eles podem retomar sempre que tiverem vontade. Eles têm um *filho* juntos, que agora tem 3 anos e meio. Praticamente *na escola*. Que nem ao menos sabe *como* é o pai.

– A gente não tem certeza...

– As crianças esquecem muito rápido, a não ser que você as veja regularmente.

– Quando foi sua última...

– Acho mesmo que você poderia ter feito mais. Do jeito que você falou, parece que foi bem ríspida com ele, no café. Quase belicosa.

– Foi sobre a...

– Os homens não gostam de conversar sobre trabalho em ocasiões sociais. Não querem sentir que estão o tempo todo trabalhando. Esperam que a gente seja graciosa, sedutora, levando-os por caminhos diferentes dos que estão acostumados. Uma variedade infinita. É pra isso que serve a arte e a literatura, Monet, Manet, Virginia Woolf. Pra variar da feia necessidade de ganhar dinheiro.

Kim ficou calada.

– Bem, o que está feito está feito – disse Grace. – Não adianta ficar falando sobre o que poderia ter sido. Existem duas coisas que acabam com a pele: o sol e o arrependimento. A decepção envelhece demais. Tudo o que eu queria é que você tivesse levado a coisa toda mais a sério, anos atrás, quando ele tinha acabado de ir pra Nova York. Aquela teria sido a hora pra agir. A esta altura, está tudo perdido. Não gosto de dizer isto, Kim, é duro criticar a própria filha, mas esta situação miserável é culpa sua.

Jake dirigia a carreira de Kim com muito cuidado. Prestava atenção para que ela mantivesse a diretora executiva informada de todas as conquistas (não basta fazer, você tem de contar a ela que fez, e fez bem feito) e a ajudava a rever suas metas e seus objetivos, a cada seis meses ("Saiba para onde você está indo e reveja sempre até onde chegou"). Para dar certo, dizia, você tem de ser tanto ágil quanto flexível, tirar vantagem de oportunidades, antes que outros as percebam, e estar disposta a se adaptar a novas circunstâncias quando elas surgirem. – É um mundo implacável – alertava. – Tenha certeza de estar preparada.

Kim ficava constantemente surpresa que alguém tão lúcido pudesse viver em tal desordem na própria casa. Pelo menos, pensou, afofando uma almofada no novo sofá azul, Jake agora tem um lugar confortável onde sentar.

No início de setembro, quando Londres sorria sob a luz do sol de final de verão, Jake entrou em casa num estado de excitação controlada: – Está sendo criado um novo cargo – desligou-se do celular. – Gerente de desenvolvimento regional, responsável por promover o perfil assistencial por toda a Grã-Bretanha. É um segredo, claro. Ninguém sabe, ainda. Não está nem no site interno.

Kim não se deu ao trabalho de perguntar como ele sabia disso. Às vezes, achava que Jake devia ter uma audição superapurada que funcionava através das paredes e até acima do som da chaleira do escritório. Ou, talvez, só invadisse os e-mails da diretora executiva.

– E aí, você vai tentar?

Jake pareceu surpreso: – Por que tentaria?

– Mas, eu pensei...

– Não, está muito abaixo do meu nível de salário. Júnior demais. Estava pensando em você.

– Eu?

– Por que não?

– Bom... – como sempre, falando com Jake, sentiu-se atrapalhada. – Bom, porque gosto do que estou fazendo no momento, imagino.

– Pesquisa.

– É. Acho que estamos fazendo um bom trabalho.

– E qual é o tamanho da equipe que você tem trabalhando pra você?

– Você sabe.

– Dê-me o prazer.

– Só o Rhodri. Meu estagiário.

Jake sacudiu a cabeça: – Então, não dá pra ser descrita, de fato, como uma posição de gerência, dá?

Eu não disse que era, pensou Kim. O que não a impede de ser útil.

Jake, ainda com a maleta na mão, sentou-se no braço do sofá novo, enrugando o tecido: – Já conversamos sobre isto. Um progresso lento e contínuo. Dirigir uma equipe cada vez maior. Você tem de mostrar um potencial de liderança, ou vai ser deixada pra trás.

Tinha o tom de voz hipnótico que sempre usava quando afirmava o óbvio. Kim, atenta, concordou com a cabeça.

– É claro que é uma maneira fantástica de ver como a instituição funciona no nível operacional. De ter uma visão de trezentos e sessenta graus do que significa ser sem-teto por toda a Grã-Bretanha. Depois que você passar por essa experiência, vai poder escolher qualquer trabalho nesse setor, em qualquer lugar do país. Estará aumentando seu valor no mercado, tornando-se mais atraente.

Kim engoliu em seco. Sentia-se envergonhada por ele precisar ter sido tão didático: – Você acha que eles me considerariam?

Ele sorriu: – Por que você acha que eu sempre insisto tanto em enfatizar suas conquistas pra CEO? Você está numa situação perfeita. Eles vão ter de anunciar externamente, é verdade, mas não há nada que os impeça de oferecer o cargo pra uma candidata interna, se ela for a melhor. Coisa que você vai ser.

Jake parecia tão certo disso que Kim sentiu uma ligeira sensação de alerta. Teve uma visão de uma cabeça de cavalo na cama da diretora executiva.

– Tem alguma desvantagem?

– Nesse trabalho? Nenhuma.

– E vai envolver viagens?

– Ah, vai – disse Jake. – Aos centros regionais. Uma semana aqui, outra ali. Mas você vai ter dinheiro para despesas, refeições e hotéis.

Kim imaginou-se sentada sozinha, num restaurante mal iluminado.

Ele inclinou-se e abriu sua maleta: – Baixei o formulário de inscrição pra você. É bem comprido, porque precisa ser meticulosamente justo pra todos os candidatos. Preenchi as seções de "Capacidade e experiência" e "Que habilidades você pode trazer para este trabalho?" e esbocei a seção de "Informações adicionais". Provavelmente, você só vai levar umas duas horas pra completar. Depois, assim que for anunciado publicamente, você pode entrar com ele, com bastante vantagem.

Kim olhou para a pilha de papéis impressos.

– Você vai ser minha referência?

Jake franziu a testa: – Não acho que isso seria muito ético, seria?

Normalmente, não era fácil fazer as coisas no cubículo. Confinada o dia todo com seu interno, sentia-se culpada. Rhodri era uma das poucas pessoas no trabalho com quem ela realmente se importava. Tendo crescido em uma aldeia minúscula, em Anglesey, tinha passado a vida toda no norte de Gales, inclusive os três anos na universidade Bangor, antes de vir para Londres. Era inteligente, esforçado e idealista, com o tipo de expressão franca que ela associava aos meninos do coro das catedrais. Será que ela o estava abandonando? Estaria pronto para assumir como chefe de pesquisa, caso ela fosse promovida? Ele só tinha 23 anos e não parecia ter uma pele grossa o bastante para o tipo de política de escritório com o qual ela estava acostumada. Se não estivesse ali para protegê-lo, Jake provavelmente o engoliria.

A ansiedade a atormentou. Antes de tudo, não tinha certeza de estar pronta para aquela promoção. Estava ciente de que esse era um estereótipo de reação feminina à chance de um salto na carreira. Os homens pensam: tenho 50% do que eles procuram, posso dar uma enrolada. As mulheres pensam: não sei, só marquei 99% dos quadradinhos, será que sou boa o bastante?

Após uma séria reflexão, concluiu que o que a estava realmente incomodando era a ideia de passar tanto tempo longe de casa. Acostumara-se a se apoiar em Jake quando precisava de algum conselho isento sobre problemas no trabalho. Na maioria das noites, sentava-se à mesa da cozinha, enquanto ele enchia a pia de panelas e vasilhas sujas, dizendo-lhe exatamente como ela deveria reagir diante de situações difíceis. É claro que há inúmeras maneiras de conversar, quando não se está na mesma sala, mas será que ele conseguiria orientá-la com tanta eficiência por mensagens de texto, Skype ou e-mails?

Alguns dias depois de o trabalho ter sido anunciado publicamente e de ela ter mandado sua inscrição, Kim percebeu que também estava triste com relação à época. Eva poderia estar em casa, no Natal. Portanto, se Kim conseguisse o trabalho para assumir o departamento regional, estaria indo para Leeds, Newcastle, Manchester e Bristol, exatamente quando Eva e Otis estivessem de volta a Londres.

Por causa desse turbilhão mental, Kim sentia-se bem feliz de passar quase o dia todo fora da linha de visão de Rhodri. Como as telas planas e grandes dos computadores formavam uma barreira entre eles, tinham se acostumado a interagir como vozes incorpóreas. Por sorte, como a maioria dos nativos de Gales, Rhodri articulava cada consoante com muita clareza, fazendo com que Kim nunca tivesse de lhe pedir para repetir o que havia dito.

– Você vai ao Congresso do Partido Trabalhista?

– Não – disse Kim, vagamente. – Por quê?

– Não sei, na verdade. Talvez, porque Jake vá. Achei que vocês poderiam tirar uma semana, por conta disso.

– Divertindo-se com ativistas do partido, em Manchester.

– Bom, se é pra encarar assim, talvez não.

– Parece que você nem tem tempo de ver a cidade.

– Nunca estive em Manchester – disse Rhodri. – Se bem que nunca estive em muitos lugares. Além de Dublin – acrescentou, depois de uma pausa –, e Corfu. Pra ser bem sincero, estávamos tão acabados na maioria das noites, que não me lembro de grande coisa.

Kim mexeu a cabeça de um lado para o outro, sentindo a tensão nos ombros.

– Não tem muita gente daqui indo ao Congresso, tem?

– Acho que não. Só o Jake e a Zofia.

– Não sabia que a Zofia ia.

– Bom, faz sentido, não faz? Provavelmente, eles estão pensando que seria mais eficiente trabalhar como equipe. E dar a ela mais experiência como estagiária. Se você fosse, não ia me deixar aqui, ia?

Eram tantos os possíveis mal-entendidos que Kim ficou na dúvida de como responder.

– No Congresso, eles vão ter os resultados da eleição de liderança, não vão? Miliband *versus* Miliband. Aposto no David. Mas não acho que, na verdade, algum deles vá sair vencedor, vai? Os dois vão sair perdendo numa situação dessas.

Mais tarde, na cozinha, enquanto Jake tostava frango numa wok, Kim disse:

– Eu não sabia que a Zofia ia com você, ao Congresso.

– Pra ela, é muito estimulante – disse Jake, acrescentando cebolinhas que espirraram de volta. – Vinda de Gdansk, terra do Lech Walesa. Solidariedade. E, afinal, eleito presidente da Polônia, em 1990.

O cheiro pungente do molho de peixe encheu o cômodo.

Sempre que Harry encontrava Syed, ficava impressionado de como seu amigo parecia bem tratado. Era como se a riqueza estivesse polindo sua pele. Trabalhar para um fundo multimercado combinava com Syed. Ele gostava de jogar, de transações feitas de impulso, num negócio que valia milhões, e tinha a autoconfiança arrogante que fazia dele um jogador de sucesso.

Tinha se livrado dos ternos. Quem trabalha para fundos multimercados não tem de se esforçar tanto. Eles se vestem informalmente, todos os dias.

– E aí, como vai o cunhado? – Harry disse, recostando-se em uma das cadeiras do escritório de Syed, em Mayfair. Na parede oposta, havia uma gravura de Lichtenstein em amarelo, vermelho e azul. Ou, talvez, fosse um Lichtenstein original.

Syed, como um maestro levando uma sinfonia a um *gran finale*, fez um gesto com ambas as mãos para mostrar que estava tudo acabado: – Sou um gênio. Encontro soluções para todos os problemas.

– E se ele fizer de novo?

– Até um empresário ruim como meu cunhado não pode foder tudo pela terceira vez.

– O triunfo da esperança sobre a experiência.

– O que você está tentando fazer? Vai me levar pra beber? – Syed levantou-se. – Vamos. Reservei uma mesa, dobrando a esquina. O ceviche é incrível.

Na rua, no luminoso sol de outubro – vento gelado, céu azul-claro – Harry olhou em torno para as graciosas *townhouses*, os Jaguares estacionados, toda a prosperidade elegante de um dos bairros residenciais mais caros do mundo e sentiu uma ligeira onda de prazer. A prosperidade o acolhia. Sentia-se seguro.

– Tenho ouvido boas coisas a seu respeito.

– Tem? – Harry tentou soar casual.

– Um dos analistas mais afiados do mercado financeiro. Tanto que poderia se cortar.

– E você ainda não valoriza a gente.

Syed sorriu: – Vocês fazem o seu trabalho, nós fazemos o nosso. – Afastou-se com uma reverência para abrir espaço na calçada para uma loira de óculos escuros e botas pretas na altura das coxas. – Você ainda sente falta de Nova York?

– Às vezes. Mas acho que, se estivesse em Nova York, sentiria falta de Londres.

Syed riu: – A condição humana. Perpétua insatisfação – deu uma olhada em Harry. – Soube que ela teve um filho.

– É – disse Harry, perguntando-se como Syed tinha sabido a respeito de Otis.

– É claro que ele não chega aos pés dela. Nunca gostei dele.

Harry ficou perdido.

– É o velho charme de Eton. Elas caem por isso, toda vez.

Caminharam em silêncio. Harry tinha acabado de perceber que Syed se referia a Titânia, quando ouviu: – Esse é o problema do nosso trabalho. Falta de tempo pra relacionamentos. É tudo tão superficial: férias de luxo, restaurantes bons, carros velozes. Largaríamos isso tudo, na hora, se tivéssemos uma chance real de um amor duradouro.

– Largaríamos?

Os olhos de Syed brilharam: – Não.

Harry riu: – Se bem que você está com... Quantos? Trinta e dois? Trinta e três? Vai ver que está na hora de encontrar uma boa mulher e se acalmar.

O sorriso de Syed desapareceu: – Está parecendo minha mãe – disse, desanimado.

– Onde você está?

– Na França. Numa vila muito bonita, perto de Nice.

– Está na casa da mamãe?

– Na casa de Jean-Marc. Ele insistiu. Otis está um pouquinho acanhado, nunca viu tanto mármore.

– Então, o Jean-Marc é rico, de verdade?

– Grandeza decadente. Velha aristocracia. Não sei se ele tem mesmo algum dinheiro, mas a mamãe está feliz. Está flutuando em linho branco, tentando fingir que não acha as crianças com 3 anos chatas.

– E aí, quando é que você vai voltar?

– É por isso que estou ligando. Bem a tempo do Natal.

– Quando?

– Dia 15.

– Ai, Eva! Que maravilha! Devo ir buscar vocês? É no Gatwick ou no Heatrow?

– Vamos de trem. St. Pancras.

– Vou estar lá. Juro. E vou ajudar com toda a bagagem. Você vai ficar aqui em casa? Jake adoraria. Ele poderia mostrar sua coleção de Matchbox pro Otis.

– Mas não teria espaço, teria? Num apartamento de um dormitório.

– Eu teria de dar uma arrumada, mas seria bom.

– Agradeço muito. De verdade. Mas não acho que seja uma boa ideia. Criança com 3 anos é um pouco agitada. Aqui, já está difícil. Se bem que a mamãe não pode reclamar, porque já está tudo trincado e lascado. Mas o Jake coleciona coisas. Coisas valiosas. O Otis destruiria tudo, em cinco minutos.

– Mas...

– Só acho que a gente ia deixar o Jake puto, se ficássemos aí. E eu não conseguiria relaxar um segundo. Ficaria correndo atrás do Otis, tentando impedi-lo de se matar com adagas cerimoniais.

– Então, onde você vai ficar?

– Harry se ofereceu pra hospedar a gente.

– Harry?

– Ele não arrumou tempo pra comprar muitos móveis, então, é só um espaço vazio, o que é perfeito. Otis pode correr por lá, gritando tanto quanto quiser. Kim?

– O quê?

– Você não fica chateada, fica?

– Não.

– Parece que sim.

– Você é minha irmã.

– É só por uns dois meses, até que a gente resolva onde quer ficar. Minha ideia é de me juntar a algum tipo de comunidade, não longe demais. Kim? Diga alguma coisa.

– Consegui aquele trabalho.

– Gerente de desenvolvimento regional? Ah, você é tão inteligente! Que notícia boa!

– Acho que sim.

– Qual é o problema?

– Nunca estarei em Londres. Você volta e eu vou.

– As coisas vão se acalmar, depois que você tiver tudo organizado. Quando começa?

– Fevereiro.

– Então, tem um tempinho, antes disso.

– Só que você vai estar na casa do Harry.

– Ele diz que você é bem-vinda, a qualquer hora.

– Ah, ele diz.

– Vocês não continuam em pé de guerra, continuam?

– Não faço ideia, nunca o vejo.

– E no Natal?

– Não sei. Pode ser que eu viaje com o Jake.

– Kim? Por favor?

2011

O CASAMENTO FOI MARCADO PARA JUNHO, A MELHOR ÉPOCA DO ANO, INSISTIU GRACE, QUANDO OS VENTOS DESAGRADÁVEIS JÁ SE FORAM E O VERÃO SÓ COMEÇOU. Eva falava sobre flores silvestres. Mas as rosas são tão elegantes, vocês não acham? Tão inglesas!

– Estou impressionada – disse Izzie. – Pensei que estaria espumando pela boca.

– Virei uma página – disse Kim. – De agora em diante, vou ser calma e tranquila.

– Só acredito vendo.

– É verdade. Andei lendo livros sobre consciência plena. Decidi que ficar brava faz mal pra minha saúde.

Izzie inclinou a cabeça de lado: – Pensei que você fosse dizer que isso tudo é ridículo. Principalmente, porque eles já estão vivendo juntos.

– Eles devem fazer aquilo que os deixam felizes.

Izzie riu.

– O quê?

– Parece que você acabou de chupar um limão.

Kim mudou de expressão, rapidamente.

– Você vai ser dama de honra?

Ela se esqueceu de ser calma e tranquila: – Por que eu ia querer ser dama de honra?

– Sabe – disse Izzie – que você se infla como um sapo cor-de-rosa, quando fica irritada?

Kim respirou fundo: – Só estou dizendo que não acho que seria muito boa nisso.

– Você não precisa usar camadas de tule com uma fita em volta da cintura.

– Não vai ser esse tipo de casamento. Ela diz que quer fazer uma coisa simples.

– Todo mundo diz isso. Quantos convidados virão?

Kim desmoronou, derrotada: – Perdi a conta.

– Bom, suponho que ele possa arcar com isso.

Kim pareceu ainda mais deprimida.

– E seu pai? Ela vai convidá-lo?

– Por que faria isso? Faz anos que ela não o vê.

– Sei lá. Como um jeito de dizer que todas as coisas ruins ficaram no passado e vamos todos ter um novo começo.

– Você assiste a muitas comédias românticas.

Izzie riu: – Encare desta forma, pelo menos você vai ter uma folga, no sul da França.

Kim encarou-a com um olhar maligno: – Posso garantir que estar perto da minha mãe, enquanto ela planeja seu casamento com Jean-Marc, não vai ser uma folga.

– O Jake vai?

A pergunta ficou suspensa no ar. Kim não sabia. Quando lhe perguntou, no fim de semana, ele disse: – Por que sua mãe ia me querer lá?

– Porque você é meu companheiro?

– Mas sua mãe nem me conhece.

Vocês passaram o Natal juntos, Kim pensou, arrasada. Em sua memória, ainda estava vívido como uma destacada cicatriz vermelha. O enorme apartamento branco de Harry dando para o Tâmisa. Almoço do Harrods Food Hall, com alguns acréscimos cuidadosamente escolhidos da Fortnum & Mason. Várias garrafas de champanhe. O chão coberto de papel de presente prateado amassado. O céu lá fora, azul-claro.

Fazia anos desde que elas haviam tido o Natal na casa de Nunhead, com todos os enfeites antigos: o anjo careca faltando tiara, a rena de papel machê com três pernas e estrábica, as cadeias de papel vermelho que caíam do teto porque papai nunca as colocava direito. A opulência saborosa da versão natalina de Harry fez Kim sentir uma falta imensa de toda a porcaria festiva de sua infância. O Natal não deveria ser apresentado num cesto de vime, pensou. O que Otis se lembrará de hoje? Como é que a cobertura num bolo de Natal comprado é tão perfeita que parece um friso decorativo numa mansão aristocrática?

– Amanhã vai nevar?

O almoço tinha terminado. O pudim de Natal tinha sido comido. Todos estavam largados nos sofás supernovos, quase empanzinados demais para se mexer. Harry, o magnânimo anfitrião, segurava uma dose de conhaque.

– É possível – disse Eva.

Otis tentou de novo. Virou para Harry seus olhos castanhos sérios: – Vai nevar, amanhã?

– Pode ser.

Olhou para Jake, mas pensou melhor e se virou para Kim: – Vai nevar, amanhã?

– Você quer que neve?

Ele concordou com a cabeça.

– Então, temos de esperar que faça muito frio – disse Kim. – Zero grau.

– Se bem que, na verdade, é um engano comum – disse Jake. – A temperatura precisa estar abaixo de dois graus, não de zero. Acima disso, é geada ou chuva.

Harry parecia estar tentando não rir.

– Ah, chuva não, tenha dó – disse Grace, revoltada, arregalando os olhos. – Londres fica tão desanimada quando chove! – Ela estremeceu: uma pétala de rosa tocada pelo vento.

– Vo-vó – disse Otis.

– Ah, me chame de Grace, querido. Vovó envelhece muito.

– Vo-vó, amanhã vai nevar?

– Espero que não. Meu voo está marcado para dia 27. Não posso deixar Jean-Marc abandonado por muito mais tempo. Sabe, tive muita sorte de conseguir chegar aqui, com todas as tempestades de neve. Heathrow estava praticamente fechado.

– Soube que tiveram de fechar a Torre Eiffel mais cedo neste mês, por causa disso – falou Harry.

– Ah, Harry – disse Eva com carinho, como se ele estivesse sendo muito bobo.

Harry pareceu ofendido: – É verdade. Li no *Telegraph*.

– O clima está ficando cada vez mais extremo – disse Kim. – É preciso tentar descobrir o motivo.

– E teve aquele terremoto, no Lake District – disse Harry. – Assustador. Isso nunca tinha acontecido antes.

– Não? – perguntou Eva.

– Bom, talvez – disse Harry. – Algumas vezes. Todos os anos, na verdade. Na Grã-Bretanha, são comuns terremotos desse tamanho. Ainda assim, acho que devemos continuar muito, mas muito atentos.

– Você acha divertida a mudança climática, não acha? – perguntou Kim.

– E aí, Jake? A Kim me disse que você costumava restaurar moinhos – disse Eva.

O rosto de Harry foi tomado pelo prazer. Jogou uma longa perna sobre a outra – o conhaque quase derramando na beirada do copo – e se inclinou na direção de Jake com uma expressão de profundo interesse.

– Costumava – disse Kim, em voz alta –, costumava restaurar moinhos. Você não tem mais tempo, não é? Agora, é chefe de campanhas.

– Fazer o quê? – disse Jake. – Não sobra tempo. Vinte e quatro horas, sete dias por semana.

– Como um bombeiro – disse Harry.

Era excruciante. Kim escapou para o banheiro ultramoderno, branco e cromo, e pousou a testa contra o espelho do armário, acima da pia. Abaixo dela, três escovas de dente estavam alinhadas no mesmo suporte de aço inoxidável, uma azul, uma rosa e uma pequena, vermelha, com rosto do Mickey Mouse. Harry está aproveitando cada minuto do Natal, pensou. Só que quanto mais ele ri, mais eu morro por dentro. Sinto-me como uma velha ameixa seca insípida.

– Vira quase um vício, trabalhar no centro do governo – Jake dizia, quando ela voltou para a sala. – Eles fazem qualquer coisa pra continuar no poder. O principal objetivo de qualquer político é ser reeleito.

– Com certeza – disse Harry. – Que visão interessante.

– E quanto à Rainha? – perguntou Grace.

– Bom, se estivermos falando de poder – disse Jake –, ela, de fato, não tem espaço nesta discussão. Porque é uma pessoa representativa, seu papel é mais cerimonial, na verdade.

– Estou falando da mensagem da Rainha – disse Grace, olhando para Jake como se ele fosse estúpido. – Às três horas. Em Nice, somos todos monarquistas fanáticos, sabe? A gente costuma se reunir em volta da TV, acenando as bandeiras inglesas.

– E eu sou mais republicano – disse Jake.

– Que interessante! – disse Grace.

Kim encolheu-se, de constrangimento.

– Falando em monarquia – disse Grace –, vi que a filha da princesa Anne ficou noiva daquele jogador de rúgbi.

– Mike Tindall – disse Eva.

– Acho que ela deveria tomar cuidado. Os padrões são muito importantes.

– Que padrões? – perguntou Kim.

– Os padrões de comportamento.

– Com certeza – disse Harry, sorrindo. – Concordo totalmente. Onde estaríamos sem padrões de comportamento?

Era um comentário malicioso demais. O dia todo, aquilo estava se avolumando, a sensação de que Harry caçoava deles, que eram brinquedos dispostos para sua diversão. Como uma bebida morna efervescente, Kim subitamente explodiu: – O que você sabe a respeito de padrões de comportamento? – exclamou, a voz trêmula de aversão. – Você não tem nenhum. Só se preocupa com você mesmo.

Houve um silêncio perplexo. Kim olhou o círculo de rostos abalados. Sua mãe tinha a mão na testa, como se fosse desmaiar. Eva parecia nervosa. Até Jake não conseguiu olhá-la nos olhos, mirando o chão entre as pernas.

Naquela noite, deitada ao lado de um Jake que roncava baixinho, ela pensou: Chega! Isto tem de acabar. Como diz a Christine, o que importa é a família. E eu pareço empenhada em destruí-la.

Teve um lado bom. De acordo com Grace, Jean-Marc ficou tão horrorizado quando ela lhe contou sobre o desabafo desagradável (*o auge da incivilidade: ser rude com seu anfitrião*), que insistiu em que eles se casassem imediatamente, para poder protegê-la de futuras explosões.

– Kim?

Kim, cujo coração disparara com as lembranças indesejáveis do Natal, piscou.

Izzie repetiu a pergunta: – E aí, o Jake vai? No casamento de sua mãe?

Kim respirou fundo: – Ele não tem certeza se vai poder tirar um tempo do trabalho.

Izzie fez uma careta.

– É verdade – disse Kim. – Está muito ocupado.

– Muito ocupado.

– O que você está tentando dizer? – disse Kim, levantando a voz.

Izzie arregalou os olhos, fingindo estar chocada: – Pensei que você tivesse virado a página. Pensei que, de agora em diante, seria calma e tranquila.

Kim abriu a boca para protestar, voltando a fechá-la numa linha fina e comprimida.

Assistindo à aula das crianças, na Academia de Tommy, Harry não reconheceu Ethan de imediato. Tinha mudado muito, em quatro anos. Trazia, agora, a cabeça raspada, o que fazia seu pescoço parecer exposto e vulnerável. Seu rosto estava mais anguloso. Mas ainda era pequeno. Não tinha nem começado aquele estirão de adolescência que transforma os meninos em pedaços de barbante. Deve estar no curso secundário, pensou Harry. Deve ser um dos mais novos, espantado com os gigantes que começam a ter barba e parecem velhos demais para se sentar em salas de aula.

Ethan ainda não olhava a pessoa nos olhos, dava apenas uma rápida e ocasional olhada, quando achava que ninguém o veria.

Harry realizou seus exercícios costumeiros: pular corda, agachamentos, flexões de braço, trabalho com saco pesado e, depois, respirando com dificuldade, foi até onde Leon estava sentado, seu lugar costumeiro, uma perna de cada lado de uma cadeira virada ao contrário, os braços apoiados no encosto de madeira. A aula das crianças estava terminando. O treinador fazia com que realizassem alguns alongamentos básicos, enquanto desaceleravam.

– O Natal foi bom? – perguntou Leon.

– Cheio de bem-estar e alegria – disse Harry.

Leon riu.

Um dos outros treinadores veio fazer uma pergunta sobre a escala da equipe, de modo que Leon se virou e não viu o que aconteceu em seguida.

Quando Ethan dobrou o corpo na cintura, com os braços em direção ao chão, sua camiseta caiu em direção às orelhas, revelando-lhe as costas. Estavam cheias de hematomas escuros. O tipo de hematomas que se ganha, Harry conhecia bem, ao ser empurrado contra uma parede ou chutado com tanta força que se cai escada abaixo.

Quando Kim sugeriu uma ida até o rinque de patinação de inverno, na Torre de Londres, para comemorar o quarto aniversário de Otis, tinha se imaginado deslizando pelo gelo cintilante do Ano-Novo, como Kate Beckinsale, em *Serendipity*. A realidade foi muito diferente. Agarrando-se desesperadamente à borda, percorreu o contorno como alguém que estivesse se recuperando de uma cirurgia abdominal. Enquanto isso, Harry passou por ela, acenando alegremente. Típico, pensou. Típico. Ele tem de se exibir até no rinque de patinação.

Refreou-se bem a tempo e, rapidamente, eliminou o pensamento. Não vou voltar para pensamentos negativos. Vou mudar a maneira como vejo Harry e tudo o que ele faz, enfatizando sua bondade e generosidade. Como o fato de segurar as duas mãos de Otis e patinar para trás, bem devagar, para que ele goste de deslizar no ar frio de janeiro. Foi *simpático* Harry ter comprado os ingressos, recusando-se a que qualquer um pagasse. É mesmo *incrível* estar aqui, num dia claro, cercada pelo som de risadas animadas, com músicas bonitas tilintando nos alto-falantes. É *impressionante* estar parada à sombra da Torre de Londres, onde o rei Henry, de olho numa esposa melhor, decapitou Ana Bolena. Segurando firme na borda, Kim observou quando Eva – hesitante, mas perfeitamente equilibrada – juntou-se a Harry e segurou uma das mãos de Otis. Para o mundo externo, uma família perfeita. Mas é uma mentira. Ele tem todos os *benefícios*, mas nenhuma *responsabilidade*. Representa um papel, como um ator no palco, mas sua vida arrogante, egocêntrica, autocentrada continua igual.

Kim fechou os olhos com força e se obrigou a limpar a mente. É isso, eles têm um acordo não convencional, todos vivendo no mesmo apartamento, ainda que Eva continue insistindo em que não formam um casal. Quem sou eu para julgar? Eu deveria estar contente que Eva e Otis tenham um teto sobre a cabeça. Deveria estar encantada que não tenham preocupação com dinheiro, porque Harry é tão rico que poderia usar notas de cinquenta libras como papel higiênico. Deveria estar feliz que ele sempre me receba bem, insista para que eu apareça a qualquer hora, fique para jantar, passe o fim de semana todo com eles, se eu quiser. O que é completamente ridículo. Não posso fazer isso. E o Jake?

– Você está sempre dizendo o quanto ele é ocupado. Achei que preferiria estar com a Eva e o Otis, em vez de confinada, esperando por ele.

O pior de tudo, prosseguiu Kim, é que Jake está sempre em reuniões em que tem de desligar o celular, de modo que eu nem posso enviar mensagem de texto para ele, para saber o que está acontecendo: – Eu não fico simplesmente sentada, esperando por ele. Faço minhas coisas, quando ele não está. Trabalho, leio e respondo e-mails.

Harry assentiu: – Desculpe-me. Tem razão, é claro.

Ele estava se esforçando muito nesses dias. Kim percebia isso. Cada vez que ela sugeria um passeio juntos, que Otis poderia gostar – o Museu de História Natural, para ver os dicionários, ou Covent Garden, para ver os artistas de rua –, Harry reagia com entusiasmo. Talvez também não tivesse gostado de sua explosão maluca, no Natal. Embora ninguém tivesse mencionado isso, desde então. Tinha sido caridosamente esquecido, como uma transgressão de adolescente.

Com um súbito ruído de raspagem no gelo, Harry fez uma parada perfeita à frente.

– Precisa de ajuda?

– O quê? – disse Kim, surpreendida em seus pensamentos. – Não, estou bem, só indo devagar.

Ao longe, do outro lado do rinque, Eva e Otis, de mãos dadas, faziam parte do movimento circular dos patinadores, dando voltas e mais voltas sob as fortificações.

Harry sorriu: – Aquilo é ir devagar. E isso é estar completamente parada.

– De verdade, não tem problema.

– Você nunca patinou?

Ela sacudiu a cabeça.

– Você precisa ganhar confiança – disse Harry. – É como andar de bicicleta. A única maneira de aprender é fazendo.

Atrás dela, outros novatos, igualmente apavorados, tinham parado de forma brusca, como sonâmbulos tropeçando de encontro a uma parede. Ela olhou para o centro da pista. Um menino de membros compridos, com um chapéu de lã cinza, tateava como um avestruz, tentando fazer *spagat*.

– Kim?

Por um momento, pensou que Harry fosse passar o braço ao redor e levá-la para junto do grupo de patinadores. Encolheu-se contra a borda. – Estou bem. Vá ajudar o Otis.

Ele olhou para ela com a velha expressão indecifrável que ela já conhecia. Por algum motivo, sentiu-se envergonhada.

– Tudo bem – ele disse.

E foi embora.

Na fila atrás dela, entre todas as outras pessoas agarradas à borda, ouviu um suspiro exagerado: – Por favor – disse um rapaz, com um tom entediado e desdenhoso –, alguma hora você vai sair daí?

– Não – disse Kim. – Quero ficar parada aqui e ver você passar patinando.

Michael Adewale estava na faixa dos 40 anos. Tinha o tipo de expressão agradável – atenta e divertida – que sugeria não levar a vida a sério demais. Apesar de ser CEO de uma companhia que estava se desenvolvendo com tal rapidez que tinha recentemente aberto novos escritórios e dobrado sua força de trabalho, parecia em boa forma, saudável e relaxado – olhos claros, um sorriso bem branco, e uma óbvia ausência de qualquer tipo de barriga de meia-idade. Harry, certa vez, perguntou qual o segredo de seu sucesso. Ele riu: – Não vou lhe contar, vou? Ou vão me imitar.

O restaurante estava vazio quando Harry chegou. Michael não gostava de esperar por nada, refeições, táxis, auditorias – e sempre propunha um encontro antes do pico do almoço. Talvez seja este o segredo, pensou Harry, vendo-o cumprimentar o *maître* e passar a passos largos por entre as mesas. Ele resolve mais coisas em vinte e quatro horas do que a maioria das pessoas em uma semana.

– Dez milhões e oitocentas mil libras – disse Michael, acenando um exemplar do *Telegraph*. – A Christie's teve sorte. Mas é Andy Warhol, e cobre bastante parede. Vermelho e branco. Eu teria comprado.

– Não sabia que você era colecionador de arte.

– Não sou – Michael sorriu. – Só gosto de me exibir.

Os interesses de Michael eram amplos e variados. Por uma hora, a conversa variou da proposta orçamentária do presidente Obama à Grande Sociedade de David Cameron, Colin Firth sendo cotado para ganhar como melhor ator pelo *Discurso do rei*, e o novo gato de Downing Street,[16] Larry.

– Controle de pragas – disse Michael, enchendo o copo de água.

– Era para se pensar que usariam veneno.

– Ah, mas você está esquecendo o amor que os britânicos têm pela caça.

Michael tinha quatro filhos homens. Seus olhos se iluminavam quando falava deles. Fingia se indignar com o caos que causavam – o barulho, a confusão, as despesas –, mas era fácil perceber que se alimentava disso. Aposto que você é um bom pai, pensou Harry. Bom, generoso, incentivador. Sentiu uma pequena pontada de perda, o que, obviamente, não fazia sentido. Não se pode perder o que nunca se teve.

Na hora do café, conversaram sobre as últimas transações da Medway e as matérias na imprensa sobre a nova fábrica, em Rochester. Michael disse: – Não posso lhe dizer nada em específico, é claro, porque ainda não foi divulgado publicamente, mas as pesquisas e o andamento vão indo bem. Estamos concentrados num equipamento para diagnóstico do câncer cervical. É por aí que vejo o caminho da Medway. Aparelhos a preço razoável que possam ser

16 Rua onde ficam a residência e o escritório oficiais do primeiro-ministro do Reino Unido. (N.T.)

usados em qualquer lugar, de clínicas do Serviço Nacional de Saúde a hospitais de campo, em Uganda.

– Você vai acabar sendo condecorado sagrado cavaleiro.

Michael sorriu: – Por que outro motivo estaria fazendo isso? – Deu uma olhada no relógio. Era precisamente uma e meia. – Tenho de ir. Obrigado pelo almoço.

– Foi um prazer.

– Vou lhe mandar aquele livro do Shapiro. – Ao se levantar, Michael completou: – Alguma vez você já pensou em entrar nesse negócio? Sei que vai virar diretor-gerente este ano, então, provavelmente, não vai querer mudar, mas acho que você gostaria.

Seria um convite? Antes que Harry pudesse responder, Michael já tinha vestido o paletó, acenado com a mão em despedida e disparado pelo restaurante afora, passando a passos largos por todos os clientes que acabariam comendo demais e se demorando além da conta.

Era ligeiro, o CEO da Medway.

Harry pediu a conta. Gosto do meu trabalho, pensou. Mas quem determina o ritmo são pessoas como Michael. O restante apenas agarra firme e sobrevive.

Enquanto o inverno transformava-se em primavera, Kim ficou firme em sua decisão e se obrigou a ver Harry sob uma nova luz. Não era apenas para manter a paz. Às vezes, nas tardes chuvosas de domingo, tudo o que Otis queria fazer era deitar de bruços e brincar com seu conjunto de trem. Otis morava no apartamento de Harry, beirando o rio. Sendo assim, se quisesse vê-lo, teria de se acostumar a passar um tempo com Harry.

Num final de semana em março, Kim apareceu no apartamento e encontrou Harry e Otis pintando grandes telas na mesa da sala de jantar. Otis parecia tender para alguma coisa no estilo Jackson Pollock e havia uma grande quantidade de tinta vermelha no chão. Harry não parecia se importar ou não tinha percebido.

A antiga Kim teria visto isso como uma prova da extrema riqueza de Harry. Obviamente, ele não precisava cuidar de seus pertences. (Não se preocupe em consertar, jogue fora e compre um novo.) A nova Kim decidiu que Harry estava mais interessado em que Otis estivesse se divertindo do que se havia a inesperada mancha escarlate no assoalho de madeira.

– Olhe meu leão! – disse Harry.

Kim abriu a boca para dizer que mais parecia uma tartaruga, quando se lembrou de sua decisão de ser simpática: – Parece muito feroz.

– Que barulho um leão faz? – perguntou Otis.

– Eles rugem – disse Kim.

– Você sabe rugir?

– Ela ruge o tempo todo – disse Harry, que estava sorrindo de maneira amigável. Então, Kim resolveu não reagir indignada.

Eva estava deitada no sofá, de costas para eles, o *laptop* de Harry aberto à frente: – Tem uma fazenda em Devon – disse – com macieiras e uma prensa de cidra.

Ainda não tinha decidido onde ela e Otis iam morar. Visitara várias comunidades em Essex, Kent e Dorset, conversara pelo telefone com grandes grupos que administravam fazendas e pequenas cooperativas, perto de Leeds e Oxford. Todos pareciam bons, mas nenhum a incitava a uma escolha final.

Kim tirou o casaco e o colocou sobre o encosto do sofá: – É muito longe de Londres.

Eva olhou para a irmã: – Eu sei. É que todos os lugares parecem ter alguma coisa errada – fez uma careta. – Não sei por que estou complicando tanto. A gente andou por toda a Europa sem essa preocupação.

– Você não estava pensando em ficar – disse Kim. – Esta é uma decisão mais importante.

– É que você gosta de ser sustentada – disse Harry.

Eva pegou uma almofadinha azul e a jogou para trás, por cima da cabeça, na direção dele: – Quem diz é o homem que chega em casa e tem comidinha pronta, toda noite.

Às vezes, olhando os dois, Kim cismava se Eva havia lhe contado a verdade, desde sempre. Ela e Harry não se comportavam como amantes ou ex-amantes. Eram íntimos. Eles se provocavam e se cutucavam com relação à política, ao gosto musical e aos hábitos pessoais desagradáveis. Eram como brincadeiras entre irmão e irmã. Tinham um enorme respeito um pelo outro, mas não parecia haver paixão entre eles.

Embora nunca se possa afirmar em relação a Harry, pensou Kim, olhando-o dar os toques finais em seu leão-tartaruga. É um manipulador. Faz joguinhos. Seria capaz de deixar tudo leve e casual só para ter certeza de que Eva não vai embora.

– Talvez não seja o momento certo – disse Eva. – Talvez eu devesse parar de tentar forçar isso.

Talvez Eva não consiga decidir aonde ir porque, lá no fundo, quer que as coisas fiquem como estão, pensou Kim. Ela gosta de viver como uma família, com Harry e Otis. O que é profundamente deprimente. Ainda resta uma lasquinha de esperança. Talvez esteja realmente escolhendo ficar com Harry. Talvez só queira ficar por aqui até suas opções ficarem claras. Porque nunca foi boa em decidir coisa nenhuma.

– As estrelas não estão alinhadas? – perguntou Harry.

– Não estou falando num sentido místico. Estou falando que tem alguma coisa me prendendo.

– Como a ideia de pagar aluguel?

– Pode caçoar – Eva fechou o *laptop* com um ar decidido. – Mas nem sempre a gente sabe por que as coisas acontecem, quando acontecem. Neste exato momento, estou me sentindo como se estivesse encostada em uma porta trancada, tentando abri-la com um empurrão. Talvez eu devesse desistir e deixar por conta do destino.

Kim estremeceu.

– Está frio, não está? – perguntou Eva. Ela rodou as pernas para o chão e se levantou. – É o segredinho de Harry. Estamos quase no verão, aí ele fica abaixando o termostato.

Dando uma rápida olhada, você não desconfiaria que alguma coisa estava errada. Qualquer observador casual não notaria nada de anormal, apenas dois amigos tomando um drinque, depois do trabalho. Seria preciso conhecer Harry muito bem para perceber que ele não estava nem um pouco relaxado. Estava recostado para trás na cadeira, sorrindo para Syed, no lado oposto da mesa. Mas seus olhos não tinham expressão, como se alguém tivesse abaixado uma cortina e apagado a luz.

Seu copo de vinho estava intocado.

O bar, uma velha estalagem para carruagens no centro financeiro, estendia-se da rua até um minúsculo pátio, nos fundos. Estava cheio de salas interligadas, iluminadas por abajures com cúpulas vermelhas, que davam a tudo a cor de sangue velho. Pinturas a óleo, rachadas, em molduras douradas, pendiam no revestimento escuro de madeira. O piso de tábuas estava grudento de cerveja derramada. Harry e Syed estavam sentados em uma alcova, debaixo de um grande retrato do duque de Wellington. O duque usava um casaco militar escarlate, com dragonas douradas franjadas e uma echarpe enrolada até o queixo, como uma espécie de colarinho cervical.

Syed estava bêbado. Tinha bebido a tarde toda. De início, Harry não havia notado. Ele parecia estar com seu jeito normal, barulhento, talvez falando um pouco mais alto, as brincadeiras um pouco mais grosseiras. Agora, depois de uma hora juntos, Syed estava se afundando num lago negro de embriaguez.

– Ninguém suspeitaria de nada. Acontece o tempo todo. Num piscar de olhos.

Harry não disse nada.

– O quê?

– Precisa que eu lhe diga?

Syed parecia agressivo: – Preciso do dinheiro.

O cunhado de Syed, como era de se esperar, tinha mais uma vez ido à falência. (Não é possível, disse Harry. De novo, não. Syed parecia sombrio. Ele só serve pra isso, disse.) Na noite anterior, a casa da família tinha se enchido de lamentos e recriminações. Syed tentara manter-se firme. Qual o sentido de socorrê-lo novamente? Ele vai perder tudo. É como jogar um fósforo em uma pilha de notas de cinquenta libras. Mas sua mãe não queria ouvir. Você tem de dar um jeito. Pense em sua irmã. Confio em você.

Provavelmente, ele não queira dizer nada disso, pensou Harry, tentando controlar sua irritação crescente. Amanhã, vai ter esquecido tudo. Não seria tão estúpido a ponto de pôr em risco sua carreira.

– Seu setor é bom – disse Syed, tropeçando nas sílabas, como alguém caminhando numa praia de seixos. – Assistência médica.

– Você acha?

– Bom, uma coisa não consegue a aprovação do FDA e pronto. Despenca.

Harry sacudiu a cabeça: – Não é tão simples.

– Depende da pessoa pra quem você conta. Eles confiam em mim. Syed tem o toque mágico. Syed não pode falhar – tentou bater de leve no nariz, mas falhou.

Eu deveria mudar de assunto, pensou Harry, antes que minha oposição o deixe mais determinado.

– Conheço o mercado – disse Syed. – Se eu disser que é verdade, eles vão acreditar em mim.

– Por que não vamos embora comer alguma coisa?

– Só precisa disso.

– Tem um restaurante dobrando a esquina.

– Só uma palavrinha no ouvido certo.

Harry perdeu a paciência: – Você não está falando sério.

– É claro que estou, pra lá de sério.

– É ilegal, é imoral e você vai ser descoberto.

Syed fez um aceno com a mão como se espantasse uma ninhada de gatos: – Acontece o tempo todo.

– Se alguém descobrir que você espalhou informação falsa para influenciar o preço de uma ação, será processado. Você sabe disso.

– O que eu preciso é de uma companhia nova e brilhante. Com ótimas perspectivas. Que esteja crescendo rápido.

– Isto é uma piada, certo?

– Venda na alta, compra na baixa, trabalho feito.

Harry imaginou-se no trabalho, observando as telas. O preço das ações da Medway estava caindo. Uns dois fundos de pensões tinham vendido todos os seus interesses. Viu-se telefonando para antigos colegas, em Nova York. É, tinham ouvido boatos. Nada concreto. Dúvidas sobre a aprovação do FDA. Mas era suficiente para deixar as pessoas nervosas. Imaginou Michael Adewale andando de lá para cá, em seu novíssimo escritório. Pensou na pesquisa da Medway e em seu desdobramento em um equipamento inovador e economicamente acessível que poderia ser usado no mundo todo.

Harry inclinou-se para frente: – Não faça isto. Estou lhe dizendo, como amigo, que esta é uma má ideia.

– Você está me dizendo que ninguém nunca quebra as regras?

Harry teve fantasias de virar a mesa, agarrar Syed e prensá-lo contra a parede, gritando-lhe no rosto até que entendesse. Este não é um crime sem vítimas. Você vai afetar milhares de vidas, desde o idoso investidor, em Halifax, até a mulher com câncer, em Nairóbi. Você vai acabar preso. Nunca mais vai trabalhar no mercado financeiro. Tudo em nome de um parente que se afundou em dívidas: – Estou lhe dizendo pra não fazer isto.

– O que parece que você não entende é que não tenho escolha – disse Syed.

– É claro que tem.

Syed manteve o foco, com grande dificuldade: – É tarde demais.

Harry olhou fixamente.

– Já fiz.

Kim estava no vagão silencioso[17] no trem que voltava de Bristol. Tinha-o reservado de propósito, porque decidiu que usaria o tempo para desenvolver suas anotações. O novo trabalho era complicado. Não se tratava apenas de levantar o perfil da instituição nas diversas regiões. Também tinha sido encarregada de otimizar as operações e cortar custos. Jake dizia que a instituição não sobreviveria, a não ser que se tornasse uma organização mais enxuta.

No entanto, sentada ali, em total silêncio, não sentia vontade de trabalhar. Queria telefonar para Eva e discutir os últimos planos para o casamento. Queria conversar com Otis. Queria tocar clips bobos no YouTube. Gostaria muito de falar com Jake, pensou, olhando pela janela a vasta e verde área rural. Porque é como se não tivéssemos dito nada um para o outro, em semanas. Talvez o telefone ou a mensagem de texto seja a única forma de comunicação, nos dias de hoje. Ele parece achar que não vale a pena ouvir nada, a não ser que venha de um iPhone.

– É, estou no trem – disse uma voz no compartimento ao lado.

Kim levantou os olhos, surpresa.

– Falta pouco. Mais alguns segundos.

Ele não percebeu, pensou Kim. Ele não percebeu que está no vagão silencioso.

– Não faço ideia. Talvez por volta das sete.

17 Modalidade de vagão disponível em diversos trens do Reino Unido, onde se pede que as pessoas não falem alto, deixem o celular no vibratório e mantenham os fones de ouvido em volume que não incomode os outros passageiros. Esse tipo de vagão é autorregulamentado e se espera que os passageiros acatem suas regras. Vem devidamente sinalizado. (N.T.)

Ah, pensou Kim. É só uma chamada rápida para casa. Para dizer a que horas chega. Vai parar daqui a pouquinho.

– Ah, você é um anjo, boneca. Estou pra lá de acabado.

Se bem que é de se pensar que ele deveria ter visto todos os avisos.

– Falou um monte de babaquices. Veio com toda aquela puta história. Não deu pra fazê-lo calar a boca.

Kim tirou seu celular e deu uma olhada nas mensagens. Eu poderia mandar uma mensagem para Eva, pensou. É uma atividade silenciosa. Tenho certeza de que é permitido escrever para as pessoas. Isso não perturba ninguém.

– Não deu pra ninguém.

Kim fechou os olhos.

– Era de se pensar que a esta altura ele teria aprendido. Mas, depois que ele começou, não houve jeito de parar. Ninguém conseguiu interromper.

Será que ele percebia que estava gritando?

– Eu sei, boneca. Eu sei. Não dá pra acreditar.

É como se ele estivesse tentando contar pra todo o trem.

– Eu tentei. Eu disse: ouça cara, não estou interessado. Já deu.

No mais alto volume.

– Mas ele disse: você está se esquecendo de como isto começou. O que você...

Kim levantou-se. No compartimento vizinho, esparramado no assento, estava um homem de cerca de 30 anos, bem barbeado, cabelo escuro esticado para trás. Vestia terno azul-marinho, camisa branca, gravata estreita vermelha. Uma aparência bastante executiva, pensou Kim, surpresa.

– Com licença.

– Desculpe-me, boneca, espere um pouco – o homem cobriu o telefone com a mão. – Pois não?

– Provavelmente, o senhor não percebeu, mas este é um vagão silencioso.

– E?

– Isto significa que o senhor não deveria estar usando um celular.

– Está incomodando você?

– Está.

– Não vou demorar muito.

– É, acho bom, estou tentando trabalhar.

– Tentando trabalhar.

– É. Foi por isso que escolhi o vagão silencioso.

– Muito justo.

Kim sentou-se. É isso aí, disse para si. Sem confusão. Sem drama. Só um pedido educado, uma conversa razoável e uma solução rápida.

– Boneca? É, desculpe, preciso me mudar. Alguém está reclamando do meu celular. Espere um pouco.

Kim viu o homem acessando o compartimento de bagagem acima de sua cabeça, para descer uma maleta. Tentou não encarar. Piedade na vitória, afinal de contas.

Passando pela extremidade do compartimento de Kim, o homem parou, ainda com o telefone no ouvido: – Não faço a porra de uma ideia. Alguma vaca velha e triste quer ficar em silêncio.

O tempo todo se mexendo, coração aos saltos, cabeça escapando, cabeça abaixando. Dando socos, até os ouvidos ficarem zumbindo.

Quando Harry finalmente parou, incapaz de respirar, a pressão em seus ouvidos tinha chegado a tal extremo que estava surdo, como se o saco pesado, balançando, tivesse golpeado sua cabeça. As pernas estavam cansadas, os braços, tremendo. O suor cegava a vista.

Queria se sentar, mas seu corpo, em choque, só conseguia achar estranho que ainda estivesse vivo.

– Tudo bem? – perguntou Leon.

Harry assentiu com a cabeça. Recostou-se contra a parede, lutando para respirar.

Leon ficou a observá-lo. Gradualmente, Harry voltou a ouvir os sons da academia: gritos e baques, a batida da corda de pular, um corpo caindo no chão. O sangue bombeava por seu corpo, fazendo a pele se sentir gorda. Sua camiseta grudou no peito como filme plástico.

Leon disse: – Quer alguns rounds?

Harry concordou.

Muito mais tarde, em frente à academia, Harry parou para checar seu celular. A entrada estava agitada, porque a aula das crianças tinha acabado de terminar, o que fez Harry ir mais para perto da rua, longe da luz do poste, e ficar na sombra do arco da estrada de ferro. O boxe o tinha deixado sem peso, como se seus ossos tivessem derretido no ar.

Tinha demolido o choque. Todo o medo, toda a raiva e toda a angústia tinham sumido. Sentia-se vazio.

Era uma gostosa noite de maio. O clima estava ameno. Quando um carro deu uma freada em frente à academia, Harry olhou. Era uma Toyota azul, amassada. Foi quando reconheceu Ethan em pé, contra a parede. Não havia mais ninguém por perto. Todos os pais tinham buscado seus filhos. A rua estava vazia.

Um homem saiu do carro. Gritava. Ethan começou a sair de lado com pequenos movimentos, como se estivesse prestes a correr. Mas o sujeito diminuiu a distância entre eles em poucos passos. Aconteceu muito rápido. Ethan foi erguido e atirado contra a parede. Houve mais um empurrão, um tapa do lado da cabeça e, logo, o menino estava no chão, encolhido, levantando os braços para se defender.

Por um momento, Harry olhou fixamente. Depois, enfiou o celular de volta no bolso, pegou sua sacola, pendurou-a no ombro e voltou lentamente para a entrada da academia. Ethan tinha se levantado e ia aos tropeços atrás do homem até o carro, curvado como se tentasse ficar o menor possível.

Quando o menino estava prestes a entrar no banco de trás, Harry bateu no vidro do motorista. Ethan, segurando a porta, metade dentro e metade fora, olhou para ele, apavorado.

O homem abaixou o vidro.

Quem estivesse observando a cena, veria dois conhecidos se cumprimentando amistosamente diante de um clube de boxe do bairro. Uma conversa sul-londrina. Harry debruçou-se, relaxado e sorrindo, o braço apoiado sobre a capota do carro, acima do vidro aberto. Esperou, dando tempo para que o homem o avaliasse: sua altura, a estrutura de seus ombros e braços, a expressão de seus olhos. Esperou o suficiente para ficar claro. Depois, disse com clareza e lentamente: – Então, agora eu vi sua cara. Sei quem você é. E vou dizer só uma vez. Se, algum dia, eu vir mais um machucado nele, uma marca só que seja, em qualquer lugar, vou atrás de você e acabo com sua raça.

Houve um longo momento em que o tempo ficou congelado.

Só quando o carro saiu em velocidade, pneus cantando no asfalto, é que tudo voltou.

Naquela tarde. Sentado com Eva. Tudo o que havia sido dito. Harry – como alguém se distanciando da beirada de um precipício, horrorizado com a queda – afastou o pensamento da mente. Não se permitiria lembrar.

Isto não está acontecendo. Isto não está acontecendo.

Izzie sentou-se sobre os calcanhares: – Você não vai perdoá-lo, vai?

Não, pensou Kim. Não vou. Sentado ali, cheio de si, no casamento, sabendo segredos que não lhe pertenciam. Ele deve ter se sentido muito poderoso. Como um deus. Como o centro do universo.

– Eva contou a ele, em segredo.

– Eu sei.

– Ela não queria lhe contar, antes do casamento.

Mas contou ao Harry. Não posso perdoá-lo por saber antes de mim. Kim fechou os olhos. Cenas do casamento acumularam-se. Lembrou-se do desfile de carros cobertos de flores, balões e serpentinas, todos tocando buzina, abrindo caminho pelas ruas ensolaradas da cidadezinha próxima a Nice. Lembrou-se do lindo restaurante com seu toldo rosa e branco, oferecendo o *vin d'honneur* – a comemoração após a cerimônia civil – com champanhe, canapés minúsculos e limonada feita na hora para os netos de Jean-Marc.

Como era difícil não se sentir intimidada pela alta-costura, os saltos altos e as maquiagens perfeitas à volta. Por uma vez, afinal, Kim fizera um enorme esforço com sua aparência. Tinha cortado o cabelo e até engraxado os sapatos. Mas a elegância casual dos convidados franceses fez com que se sentisse desajeitada e incompleta.

Eva dissera que seu vestido, um *chemisier* azul-marinho, ressaltava o azul de seus olhos, mas Harry pareceu confuso quando a viu, o que disse tudo, na verdade.

Grace brilhou como uma estrela de cinema, elegante e reservada num vestido de renda branca, com gola alta e mangas compridas. Seu cabelo platinado estava afastado do rosto, exibindo sua linda estrutura óssea. Ela é a princesa Grace, pensou Kim. Transformou-se na mulher que sempre quis ser.

Jean-Marc, para surpresa de Kim – porque Grace o descrevera como absurdamente bonito – revelou-se um homem baixo, cabelo castanho salpicado de cinza, nariz adunco e um tantinho arqueado. Fez com que Kim pensasse em um falcão encapuzado encurvado contra o vento. Grace insistira para que ele se hospedasse com sua filha mais velha nos dias anteriores ao casamento (*Afinal, tem coisa demais pra ser feita. E os homens só atrapalham*), portanto, ainda não tinha tido nenhuma oportunidade para conhecê-lo. Depois da cerimônia, a conversa foi difícil, porque Jean-Marc não falava inglês e Kim não dominava francês. Harry, que também não o conhecia, veio com algumas frases formais, aprendidas a duras penas, e Jean-Marc inclinou a cabeça, como se demonstrasse sua satisfação por ele ter feito o esforço.

Mas foi Otis quem salvou o dia. Seu rosto iluminou-se ao ver Jean-Marc. Lembrava-se de ter se hospedado com ele, no ano anterior: – *Hola* – disse, estendendo a mão. – *Bom dia. Buon giorno. Guten Tag. Sveikas.*

Todos riram e Eva o abraçou: – Quase.

Jean-Marc inclinou-se bastante, pegou na mão de Otis, fitou-lhe direto nos olhos e respondeu: – *Hello*.

Ah, pensou Kim, ao ver como o rosto de Jean-Marc tinha se suavizado e se remoçado com o sorriso, acho que entendo o que minha mãe quis dizer.

Depois da recepção formal, eles voltaram ao desfile barulhento de carros e um grupo seleto – família e amigos íntimos – foi levado à antiga e majestosa *villa* de Jean-Marc, nas colinas. Uma longa mesa fora montada à sombra de uma pérgula entrelaçada de videiras. Foi servido um prato atrás do outro: melão, vieiras, frango com tomilho fresco, salada verde, queijos da região em uma travessa de vime, seguidos de uma *croquembouche*, uma grande pirâmide de bolinhas ocas de massa *choux*, entremeadas de caramelo e decoradas com amêndoas açucaradas. As taças de vinho eram constantemente renovadas.

Em algum momento, no final de sua terceira taça de um excelente Bellet rosé, Kim, que estava começando a se sentir inebriada e feliz, viu-se especulando como sua mãe teria conseguido fazer tudo aquilo acontecer. Jean-Marc pode não ser um Grimaldi, pensou, estendendo a vista para o luminoso céu azul além das oliveiras, mas isto está bem próximo do Palácio de Mônaco.

– E aí, o que você acha? – Harry sentou-se na cadeira vazia ao lado. Era a hora da refeição em que as pessoas mudam de lugar para se inteirar das fofocas. Mais tarde, as crianças poderiam nadar na piscina atrás da cerca de oleandros, ou brincar de pega-pega nos jardins geométricos, plantados com limoeiros e oliveiras.

– Acho que ela vai ser realmente feliz.

– Jean-Marc parece boa gente.

– Gosto dele – ela franziu o cenho. – Porque ele gosta do Otis. Gosto de todo mundo que gosta do Otis.

Harry sorriu como se ela tivesse dito alguma coisa engraçada.

– O quê?

– Eu gosto do Otis, mas você nunca gostou de mim – disse Harry.

Kim estava pronta para dizer, é, mas estou me esforçando muito ultimamente para não detestar você, mas percebeu que poderia soar grosseiro. Em vez disso, tomou um gole de água.

– Andei pensando se minha mãe merece isto.

– Merece o quê?

– Tudo isto. Ela foi tão extremamente egoísta a vida toda, e, agora, todos os sonhos se tornam realidade.

Ele pareceu se divertir: – Quer dizer que você acha que as coisas boas só deveriam acontecer pras pessoas boas?

Kim sentiu um lampejo de irritação. Deixar que ele agisse como se somente ele fosse adulto! – Você não?

– É completamente ao acaso. Acontecem coisas ruins às pessoas boas. E coisas boas para pessoas que cagam sobre todas as outras.

Bom, você pode dizer, pensou Kim.

– Não que Eva concorde, é claro – disse Harry. – Ela acredita em carma. Ações boas significam felicidade futura.

Ficaram em silêncio por um momento. Depois, Harry disse: – Lamento que Jake não possa estar aqui.

Kim lhe lançou um rápido olhar. Mas a observação soou sincera: – É o trabalho.

– Agitado?

– Muito agitado.

Ele inclinou-se para frente, hesitou e depois se recostou para trás, em sua cadeira.

– O quê? – perguntou Kim.

– Não é da minha conta, só que tenho me perguntado se você e o Jake estão bem. Você não tem falado muito nele, ultimamente.

Está tão óbvio? Kim estava prestes a dizer algo de uma neutralidade desconcertante e mudar de assunto. Porém, as palavras não vieram. Subitamente, viu-se cansada de mentir: – Ele seguiu em frente. Para a próxima.

– A próxima?

– A próxima estagiária.

Harry pareceu chocado: – Sinto muito.

Ela ficou surpresa. Parecia que ele estava sento honesto, que se importava com o que ela sentia: – Eu devia ter percebido. Faz parte de um padrão. É assim que ele age.

– Quando é que você descobriu?

– Ah – a voz de Kim tremeu contra sua vontade –, há três semanas. Quando voltei de Bristol.

– Você não precisa dizer...

– Não, tudo bem. Tinha uma carta me esperando. Dizendo que tinha sido uma verdadeira luta decidir entre as duas. No final, ele teve de escrever nossos nomes e listar os prós e contras debaixo de cada um. E meus contras foram até o fim da página. Portanto, não houve uma disputa, realmente.

Harry olhou para seus pés.

– Damaris ficou muito brava quando contei pra ela. Disse que ele parecia seu orientador no hospital. Todas as decisões têm de se basear em evidências.

Ele continuou calado.

– Não sei por que estou lhe contando tudo isso. – Não sei mesmo, pensou Kim. Deve ser o rosé.

Harry disse: – Então, você se mudou?

Ela concordou, com um meneio.

– Com quem você está morando agora?

– Com a Izzie.

– A Eva está sabendo?

Kim sacudiu a cabeça, olhando para Eva do outro lado da mesa: – Você não deve dizer pra ela. Ela vai ficar nervosa. Não vou dizer nada, até a gente voltar pra Londres. É o momento da mamãe. O casamento dela. Não quero que nada estrague isso.

– Você não é a única.

– O que você quer dizer?

– Nada. Só que é isto que todos nós queremos. Que sua mãe tenha um dia perfeito.

Entretanto, ele tinha aquele olhar vago e trancado, novamente. E Kim viu que estava escondendo alguma coisa. Estava prestes a fazer mais perguntas, chegar ao fundo do que estava acontecendo, quando Otis veio com um besouro verde fechado em suas mãos, dizendo que queria construir um chalé para ele e lhe dar o nome de Charlie.

Ali, o momento se perdeu. Eu devia ter escutado com mais atenção, pensou Kim, a autorrecriminação gritando em sua cabeça, enquanto as lembranças do casamento se esvaíam. Devia ter descoberto sozinha. Harry estava me contando que mais alguém tinha um segredo. E, é claro, a pessoa era Eva – Eva, que tinha se confidenciado com ele. Que tinha escolhido Harry, e não eu. Mais uma vez.

– De certa forma, você fez a mesma coisa – disse Izzie.

O apartamento de Izzie estava sempre ensolarado. Da *bay window* da frente, além de Sydenham, viam-se as folhas verdes de antigos carvalhos, últimos remanescentes do Great North Wood.

– Eu fiz?

– Você escondeu uma coisa de todo mundo. Não contou pra Eva sobre a separação de Jake, porque queria que sua mãe tivesse seu grande dia sem que ninguém ficasse nervoso.

Mas romper com alguém, pensou Kim, não é o mesmo que descobrir que você está com câncer.

Minha irmã está com câncer.

Em sua mente, como sempre, ouviu a voz de Grace: *É claro que eles têm uns tratamentos maravilhosos, hoje em dia.*

– Ele foi ao oncologista com ela. Sua primeira consulta.

– Você estava em Bristol.

Kim segurou as lágrimas: – Eu poderia ter voltado antes.

– Acho que ela só queria tirar aquilo da frente.

Não é esta a questão. Tinha de ter sido eu. Eu estaria sentada com Eva, fazendo perguntas, tomando notas. Não Harry. Não Harry.

O importante é permanecer positiva.

– E eu não acho – disse Izzie com cuidado, como se estivesse falando para uma criança – que a Eva deu a ele muita escolha.

É isto que Harry faz. Faz as pessoas ficarem do seu lado. Consegue todo um exército de defensores dos seus interesses. Kim ficou nervosa e se sentiu em desvantagem: – O que você está dizendo, que eu deveria seguir em frente? – E, usando a frase preferida de Jake, porque detestava a expressão e ela ainda a magoava (e, de certa forma, enfiá-la na conversa fazia com que sentisse que também conseguia magoar outras pessoas), disse: – Riscar isto do mapa?

Izzie abaixou os olhos para as pregas da saia vermelha. – Ela vai melhorar, Kim. Não é mais como antigamente.

Embora, é claro, ela tenha o tipo mais agressivo. Com as piores taxas de sobrevivência.

– O Harry fez um monte de pesquisas. Ele sabe o que o tratamento envolve.

Câncer é o crescimento descontrolado de células irregulares. Como a atividade bancária. Tenho certeza de que Harry entende perfeitamente disso.

– Não o ponha de fora. Ele quer fazer tudo que pode pra ajudar.

Harry fez com que ela confiasse nele. Tinha feito até com que contasse sobre Jake. E, o tempo todo, como um avarento agarrado no ouro, mantivera o câncer de Eva em segredo.

Não poderia perdoá-lo.

Parado em frente à Catedral St. Paul, Harry ficou olhando as barracas multicoloridas amontoadas sobre o calçamento, como xícaras de chá de cabeça para baixo. *Occupy London*.[18] Os números cresciam dia a dia. Segundo os jornais, as pessoas estavam confusas. O que elas querem, acampadas nas ruas, no final de outubro, no centro de Londres? Quais são suas reivindicações? Elas ainda não sabem, Eva havia dito na noite anterior. Estão formulando. No momento, tudo o que sabem é que não gostam da maneira como o mundo está organizado. Tudo o que fazemos dominado pelo dinheiro e controlado por quem tem dinheiro. Querem algo diferente. Querem que todos pensem em como as coisas poderiam mudar. Às vezes, é daí que temos de partir. Basta dizer não.

Parece o Verão do Amor, Harry havia dito, sorrindo. Um bando de hippies para lá e para cá, tentando mudar o mundo.

Acho que eles estão mais irritados do que na década de 1960, dissera Eva, os olhos azuis transmitindo seriedade.

Deve fazer frio aqui, à noite, pensou Harry, olhando a fachada branca de pedra da catedral. E deve ser barulhento, com o trânsito e o sino do relógio batendo as horas. Você não conseguiria dormir muito. Uma rajada de vento provavelmente levaria as tendas. Talvez eles não durmam, pensou. Talvez se revezem, fazen-

18 O *Occupy London* foi um movimento anticapitalista e contra a desigualdade econômica, iniciado em outubro de 2011, naquela região da cidade. (N.E.)

do turnos para organizar a chegada de novos adeptos ou para conversar com a imprensa. Faltava pouco para as sete da manhã e já havia pessoas se movimentando pelo acampamento. Alguém levava uma chaleira. É claro, pensou Harry. É assim que os ingleses protestam contra o capitalismo global, fazendo chá.

Eva tinha querido vir. Eu poderia cozinhar, disse. Ou cantar. Há mães com crianças sentadas nos degraus da St. Paul.

Você precisa descansar, ele respondeu.

Tem mais coisas pra fazer na vida do que descansar, ela retrucou.

Junto à entrada do acampamento havia uma grande faixa verde com CAPITALISMO EM CRISE escrito com letras rosa.

– Vivo esquecendo coisas – disse Eva.

– Então, nisso nada mudou.

Ela deu um leve cutucão em seu ombro: – É um efeito colateral conhecido da quimioterapia no cérebro.

– Talvez seja – disse Harry. – Mas não acho que você possa pôr a culpa nos remédios. Seu cérebro sempre foi uma peneira.

– Você sempre foi tão grosso?

Harry ergueu as sobrancelhas: – Você não se lembra?

Eva riu. Ela ainda ria muito.

Porém, havia dias em que estava tão cansada que ele os punha na cama, um depois do outro: Otis e, em seguida, Eva.

Depois, ficava sentado no sofá, no escuro, olhando as luzes no Tâmisa.

– Prometa que você não vai falar em lutas ou batalhas. Nunca. – O manifesto de Eva, logo no começo. Sentada ao sol, a luz em seu cabelo platinado.

Harry sorriu: – Faça amor, não faça a guerra.

– Quando foi que eu quis lutar contra alguma coisa? E, de qualquer modo, não é uma batalha. Simplesmente, é. Como chuva, ou mofo.

Quem luta é a Kim, e eu, pensou ele. A cada passo.

– Você precisa me ajudar. Não acho que ela tomou a atitude certa. – Um bar perto de Paddington, uma noite de terça-feira, antes de Kim pegar o trem de volta para Bristol. Irritada, no limite, o rosto rígido. – Não me importo com toda a homeopatia e os óleos essenciais, se isso faz com que ela se sinta melhor. Ninguém acha, a sério, que algo desse tipo faça qualquer diferença. Exercício, talvez. Nutrição. Existem estudos que apontam as vantagens de uma dieta vegana. Mas o mais importante é sua atitude. Ela tem de se comprometer. Tem de estar determinada a sair dessa.

– Não me parece que ela veja a coisa dessa maneira.

– Não se trata de você, Harry. Não se trata do que você acha. Trata-se da Eva.

O habitual tom cortante que ela sempre usava ao falar com ele, naqueles dias. O que ele esperava? Era assim que ela agia, quando pressionada. Extrema eficiência. Toda vez que Kim aparecia no apartamento, seus braços estavam cheios de livros, folhetos e pastas de arquivos estourando de informações. Harry percebia que as palavras deixavam Eva cansada, embora ela nunca demonstrasse isso. Sentava-se com Kim no sofá – que parecia tão minúsculo no canto do vasto apartamento de Harry – e ouvia com atenção suas explicações sobre os mais recentes tratamentos, os experimentos em curso, os estudos publicados nos periódicos acadêmicos.

Em certas ocasiões, enquanto Kim falava, Otis vinha e ficava ao lado de Eva, que passava o braço em volta dele e o puxava para perto. Eles nem mesmo se olhavam, mas dava para ver que se refugiavam, como sempre, na comunicação silenciosa que excluía todos os demais.

Otis tinha acabado de entrar na escola. Gostava de lá. Tinha um agasalho azul com um contorno do colégio na frente, destacando-se em branco. Sua mala também era azul. A escola ficava a apenas dez minutos de caminhada do apartamento. Na maioria das vezes, Eva conseguia ir. Noutros dias, se Harry chegava atrasado, um amigo, ou um dos outros pais, pegava Otis e o trazia de volta, no final da tarde.

Pareceu estranho acreditar que Eva nunca tivesse pensado em se mudar para lá. Essa seria sua casa. Teria encontrado sua comunidade no ar viciado e na sujeira do centro de Londres.

O "Great Tom", o sino da torre sudoeste, bateu a hora.

Pelo menos, posso contar para ela sobre isso, pensou Harry, olhando por sobre as barracas. Eva tinha gostado da ideia de um protesto pacífico contra o capitalismo. Resistência calma. E descrever o que vi: o acampamento nos degraus da St. Paul.

Virou as costas para seguir para o trabalho.

Um *jogger* passou por ele, com lycra colada na pele – *legging* vermelha e azul, camiseta branca de mangas compridas. Começou a abrir caminho por entre as barracas, usando o acampamento como uma corrida de obstáculos, parando apenas o bastante para gritar: – Por que vocês não arrumam uma porra de um trabalho?

Ninguém respondeu. Nem ao menos olhou para ele.

Ela fez a cirurgia. Está na metade da quimioterapia. Radioterapia em dezembro. Tudo terminado no Natal.

Na próxima primavera, vou levá-la para Monterey. Quero que veja o lugar onde eles cantaram: Jimi Hendrix, Otis Redding, The Mamas and the Papas.

Kim ficou na *bay window* do apartamento de Izzie, em Sydenham. Tinha se oferecido para ficar com Otis o dia todo. Vamos aproveitar muito, disse. Podemos ir ao parque Crystal Palace ver os dinossauros vitorianos, grandes modelos verdes surgindo em meio às campânulas. Parece que ninguém se espanta em vê-los ali. Vamos ao parque, tomamos sorvete e vemos alguns animais extintos! Bem, isto é o sudeste de Londres. Há bilionários passando sobre mendigos. Por que alguém se surpreenderia com um estegossauro?

– Estou realmente agradecida, disse Eva.

Muito educada, pensou Kim. Como se fosse uma amiga, prestando um favor.

Kim encostou a testa no vidro. Atrás dela, Otis, tendo esvaziado sua mochila no tapete, já estava lidando com um mundo fictício, onde um texugo lutava com um polvo gigante, um leão-marinho andava de carro de bombeiro e um foguete aterrissava de cabeça para baixo numa fazenda, afastando os carneiros.

Abaixo dela, na rua, Harry e Eva entravam no Porsche. A capota estava recolhida. Kim, o olho que tudo via, a câmera secreta, sentia-se como uma espiã, uma *voyeuse*. Viu Harry falar, mas estava muito distante para ouvir as palavras. Naquela manhã, Harry havia dado a Eva uma pulseira de prata com penduricalhos – antiga, pesada, tilintando como carrilhões de vento, sempre que ela se mexia. Ali em cima, bem no alto, Kim também não conseguia ouvir isso.

Eva tinha uma longa echarpe de gaze ao redor da cabeça. Azul-clara e branca. Não dava para ver que estava careca.

Então, Harry ligou o carro e houve um ribombar, como um rugido na garganta de um grande felino. Não partiram de imediato. Ficaram ali sentados, conversando e rindo, como se tivessem todo o tempo do mundo. Aí, ele saiu da vaga e o carro foi ganhando velocidade, rápido, aerodinâmico, descendo a monótona rua suburbana, até que tudo o que Kim podia ver era a echarpe de Eva adejando, como bandeirola ao vento.

Os terraços dos telhados dos bares de Londres ficam muito cheios, nas noites de sexta-feira. As pessoas gostam do contraste. Passaram a semana toda esmagadas por pressão e prazos. Livres do *bunker* do trabalho, desejam chegar o mais alto possível. Física e metaforicamente. Quanto mais o centro financeiro sobe, pensou Harry, mais importante é estar em meio às nuvens. Caso contrário, você pode acabar se sentindo uma formiga atarefada, fácil de ser esmagada.

Normalmente, caso se queira desfrutar vistas incríveis de Londres, é preciso fazer reserva. Ou ficar na fila. O garçom, porém, só fez um sinal para que entrassem.

– Eles me conhecem aqui – disse Syed.

Harry não percebeu que ele estava brincando, até chegarem ao outro lado das portas de vidro. Era novembro. O terraço do telhado, exposto aos elementos, cintilando ligeiramente com a chuva, estava gelado e deserto. Alguns meses antes, Harry teria dito: o que estamos fazendo aqui? Má ideia. Vamos entrar. No entanto, o antigo e fácil relacionamento entre eles havia desaparecido. A discussão no bar deixara marcas. Agora, sempre que Harry ouvia rumores do setor de assistência médica, via ações despencarem inesperadamente ou companhias se esforçando para explicar informações sobre flutuações de preço que, de algum modo, haviam vazado, especulava se Syed estaria por trás disso.

É preciso poder confiar nos amigos. Desconfiar do que eles lhe estão fazendo às costas não funciona.

Por alguns minutos, os dois ficaram mudos, só ali, parados, com suas garrafas de cerveja, olhando para fora, acima da barreira na altura da cintura, o centro financeiro que escurecia. Vendo a Torre de Londres, a Catedral St. Paul e os edifícios Shard e Gherkin. Todos os prédios de escritórios tinham listas horizontais de luz amarela, como tecido de espreguiçadeira. Se me debruçasse e espiasse na virada da beirada, pensou Harry, provavelmente acenaria para Otis. Ou, pelo menos, em sua direção.

– Pensei que talvez você não viesse – disse Syed.

Quase não vim, pensou Harry, olhando ao longe, acima da cinza linha do horizonte.

– Pensei que pudesse ter me incluído na lista de pessoas com quem não quisesse estar ligado.

Harry deu um gole na cerveja. Sentiu que Syed o observava.

Syed disse: – Não fiz. E não vou fazer.

Harry olhou para ele, de verdade, pela primeira vez: – Você disse que era tarde demais.

– Estava mentindo.

Harry refletiu por alguns segundos: – Por quê?

– Pra você pensar que não havia nada que pudesse fazer.

Eu deveria ter sabido, pensou Harry. Bravata típica: – O que aconteceu com o cunhado?

– Um tio. Um empréstimo sem juros. Então, ele está bem.

Ficaram em silêncio. Harry disse: – Você teria feito?

– Espalhar informação falsa? Provavelmente.

Acontece o tempo todo, pensou Harry. Como se fosse um jogo. Uma infração leve. Você esquece todas as vítimas no final do processo. Todas as pessoas insignificantes que investem seu dinheiro.

Syed disse: – A família está brava.

– Com você?

– Eles acham que sou rico. Acham que não há motivo para não pagar as dívidas do meu cunhado. Estou sendo egoísta. Cabeça dura.

– Sinto muito.

– Não se preocupe. Tinha de acontecer – Syed respirou fundo e soltou um suspiro. – Eu não poderia carregá-lo nas costas, eternamente.

Ficaram lado a lado, contemplando o horizonte. Syed disse: – De qualquer modo, estou feliz que tenha acontecido. Fez com que eu enfrentasse minha mãe. Ela me ama. Sou tudo pra ela. Nunca erro. Mas é um fardo duro de carregar, ser o orgulho e a alegria de alguém. Ela tem uma imagem na cabeça de quem pensa que eu sou. E, todos os dias, sinto que estou fracassando, porque não correspondo. Por mais que trabalhe duro, por mais que eu seja bem-sucedido, não sou o filho perfeito que ela carrega na mente, todos os minutos de todos os dias. Então, quando eu disse que não daria o dinheiro a ele, e ela não conseguiu me fazer mudar de ideia, alguma coisa mudou. Eu a decepcionei, já não era mais perfeito e me senti livre. Ela ficou repetindo: o que há de errado? O que aconteceu com você, Syed? Está doente? E eu disse: não, só não vou fazer isso – Syed ficou quieto por um tempo. Depois, disse. – E sabe de uma coisa? A sensação é boa.

Harry disse: – Você poderia se sentir ainda melhor.

– Como?

– Conte a ela sobre o jogo. E sobre os clubes de strip-tease.

Syed riu. O clima entre eles ficou, subitamente, mais leve. Ele disse: – Por que você fez isso?

– Isso o quê?

– Você me preveniu, não deixou que eu fizesse. A maioria das pessoas me deixaria seguir em frente pra eu me ferrar de vez.

Porque, uma vez ao menos, eu queria fazer alguma coisa certa: – Não achei que você gostaria da comida da prisão.

– Estou falando sério.

Harry disse: – Minha amiga Christine diz que a gente deve cuidar dos amigos. E eu sempre faço o que ela diz.

– Christine?

– Não faz seu tipo.

Syed sorriu. Uma rajada de vento agitou a grande dracena vermelha no canto do terraço. Ele estremeceu e virou as lapelas do paletó para cima: – Está danado de frio. Vamos entrar?

– Pensei que você quisesse sofrer – disse Harry. – Achei que fosse por isso que estávamos aqui fora.

– Só queria que você desse uma olhada na vista – Syed deu uma última admirada no horizonte londrino. – O centro financeiro. Motivo de festas e desespero.

A única coisa sobre a qual tenho algum controle, Harry imaginou.

Na maior parte do tempo, Kim conseguia esquecer que ela e Jake trabalhavam para a mesma organização. Afinal de contas, ele estava baseado no escritório central, em Vauxhall, e ocupado no Palácio de Westminster, enquanto ela percorria as regiões, provocando perturbações em Bristol, Leeds, Birmingham e Cardiff. Até quando era chamada para uma reunião com a diretora executiva, era pouco provável dar de encontro com ele. Jake estava sempre fora. Era esse tipo de pessoa. Ocupado demais para se sentar à frente de uma escrivaninha.

Rhodri não fora promovido a chefe de pesquisa, mas parecia extraordinariamente despreocupado: – Não era minha vez, era? – perguntou. – É isto que eu sempre penso. Às vezes, a pessoa tem sorte, às vezes, não.

– Quando foi que ficou tão sábio?

– Não sei se isso é ser sábio. É que é assim que acontece.

– Então, o que você vai fazer?

– Bom, não posso continuar trabalhando a troco de nada, que é tudo que eles têm pra me oferecer aqui, outro estágio. Então, preciso procurar outra coisa.

Kim, agora fazendo parte da equipe de direção, ficou num silêncio culpado.

De volta à sala – tendo escapado pela saída de incêndio e subido a escada de concreto, para evitar passar pela mesa de Zofia –, Kim checou seu celular, os e-mails importantes e deu para sua mesa uma aparência de ordem. Não gostava de deixar tudo bagunçado quando estava fora, parecia muito pouco profissional, e deveria voltar a Bristol pela manhã. Seu coração pesou com a ideia. Seu plano de reestruturação tinha se reduzido a cortar as horas dos empregados de meio-período, que precisavam do trabalho (pagando-lhes menos), aumentando as horas daqueles em período integral (pagando-lhes a mesma coisa). Amanhã, pensou, vou demitir duas pessoas, Tony e Catherine. Ambos com famílias. E hipotecas. Contas que não podem pagar e cartões de crédito esticados até o limite.

Nunca se deveria demitir ninguém às sextas-feiras; pode a pessoa voltar para um apartamento vazio e acabar sozinha, e suicida. Entretanto, faz-se isso o tempo todo. Assim, não é preciso testemunhar as consequências. E a equipe não fica nervosa.

Ah, pensou Kim, subitamente desolada. Eu costumava me consolar com a ideia de que era a melhor pessoa para o cargo. Seguia as regras, lidava com o processo de maneira adequada para minimizar dor e choque, e agora não tenho certeza. Agora, escondo-me por trás de palavras como consolidação e excedente da equipe.

Levantou os olhos. Lá estava Jake, parado na entrada.

– E aí? – ele perguntou, como se tivessem se visto alguns minutos antes e retomassem a conversa – Está indo pra casa?

Como era estranho vê-lo ali, parado, pensou Kim, o homem com quem vivi por três anos. Sei qual é a sensação de seu cabelo, o cheiro de sua pele, as manchas que surgem em seu pescoço, depois do sexo. Sei como você dorme, chutando chihuahuas imaginários. Sei o som que faz ao tomar chá. Sei que, se estivéssemos em uma sala cheia de gente, você furtivamente iria se inteirando de quem é quem, avaliando a importância, revendo o mérito; constantemente checando o celular, teclando quando achasse que ninguém estaria olhando; produzindo aquelas críticas inteligentes, disfarçadas de cumprimentos. A impaciência reformatada como simpatia.

Você fica aí, vestido, as coxas grossas na calça de gabardine baggy. E eu o vejo nu.

Ele sorriu: – Drinque?

Uma edição verbal grosseira. Deve estar passando tempo demais no Twitter: – Não, obrigada, preciso voltar.

Jake recostou-se no batente da porta. Parecia um movimento casual, mas nunca era casual, em se tratando de Jake, pensou Kim. Ele está bloqueando minha saída.

– Que pena. Queria saber as novidades – um olhar de preocupação. – Perguntar sobre a Eva.

Para ela, foi como se tivesse lhe agarrado ao redor da garganta, apertando com força.

– Estive conversando com Rhodri. Trágico. Deve ser muito difícil pra você e sua mãe!

Acho doença uma coisa muito esgotante, é claro.

– Particularmente difícil, por ela ser tão jovem – ele sacudiu a cabeça. – Não parece justo, né? Com toda a vida pela frente. E uma criança pequena, também.

– Está tudo bem. O tratamento está correndo muito bem. Estamos todos ansiosos pelo Natal.

– Não dá pra não pensar: por quê? Por que aconteceu isto? Por que ela? – Jake suspirou. – Tocando num assunto mais alegre, queria lhe dar os parabéns.

Kim olhou-o fixamente: – Por quê?

– Pelo trabalho excelente que você está fazendo em Bristol. Estive conversando com a Lulu – Kim levou alguns segundos para perceber que ele estava se referindo à CEO que, até onde sabia, só usava o nome Louisa –, e ela me contou que você aparou toda a gordura num tempo recorde. Reestruturação segundo o figurino. Redução administrativa. Diminuição de recursos. É claro que não quero ficar com todo o crédito, não seria justo. Você deu duro – ele sorriu. – Mas como você aprendeu muito comigo, acho que dá pra eu ter uma pequena ideia de como o professor de matemática de George Osborne deve ter se sentido.

O silêncio cresceu o suficiente para se tornar constrangedor.

Jake deu uma olhada no celular e levantou as sobrancelhas. Kim podia ver sua mente se deslocando para eventos grandes e importantes, que envolviam pessoas influentes que ela não conhecia e nunca ia conhecer.

– Bom – ele disse, fazendo um esforço, mas obviamente louco para estar em outro lugar –, vou deixá-la com seus afazeres. Da próxima vez que estiver em Londres, talvez a gente possa organizar as coisas um pouquinho melhor. Sei que a Zofia adoraria ver você. – Com os olhos no celular, sem nem ao menos olhar para ela, levantou a mão num gesto vago de despedida. – *Ciao*.

De uma hora para outra, a entrada da sala estava vazia.

Kim ficou imóvel até ter certeza de que podia respirar em segurança.

2012

– É COMO SE ELE QUISESSE FINGIR QUE NÃO ESTÁ ACONTECENDO.

– O que há de errado nisso?

Kim não tinha ideia de onde começar: – Não é real.

– Não tenho certeza – disse Grace, do outro lado da linha, do sul da França – de que um jantar no Le Caprice seja menos real do que o interior de uma enfermaria de pacientes com câncer.

Kim ficou tão furiosa que achou que fosse explodir. Eva tinha atravessado meses de tratamento severo. Estava cansada. Seu corpo estava sofrido e contundido. Não precisava de Marilyn Monroe, na National Portrait Gallery; de Jane Birkin, no Barbican. Não precisava de sundaes, no Fortnum & Mason; chá da tarde, no Ritz; de um passeio ao zoo do Regent's Park; de correr do Harrods ao Buckingham Palace e ao London Eye. Perambular por Londres como uma turista. Fazia semanas que isso acontecia e era completamente desnecessário. Uma bobagem. O que Harry pretendia?

O que Eva precisava era de descanso. Tempo para se recuperar. Sono.

Damaris disse: – Acho que ele só está tentando animá-la.

– Ela não precisa ser animada – Kim disse. – Precisa se concentrar em melhorar.

Parecia que Damaris ia dizer alguma coisa, mas parou. Estão todos do lado dele, pensou Kim. Todos foram completamente enganados. Ficam encantados quando Harry chega com seu Porsche, sorrindo feito idiota, distribuindo dinheiro, oferecendo mais uma estúpida surpresa. Eva não é criança. É uma mulher feita e que devia se concentrar em sua saúde.

Às vezes, olhando para Harry, Kim se perguntava se ele percebia o quanto Eva estava doente.

E minha mãe se equivale. Kim imaginou-a vagando pelo antigo esplendor da *villa* em Nice, olhando para os jardins geométricos, a piscina, os limoeiros e as oliveiras. É fácil ignorar a realidade, agarrando o telefone quando você nunca precisa enfrentá-la. Até ali, em todos os meses da quimioterapia e da radioterapia de Eva, Grace só havia feito uma visita. *Pessoas como eu acham doença uma coisa deprimente. Somos muito sensíveis.* Kim falou: – Agora, ele quer levá-la pra Monterey.

– Pra onde?

– Monterey, perto de São Francisco.

Grace pareceu confusa: – Por que ele ia querer uma coisa dessas?

– Por causa do festival de música de 1967: Otis Redding, The Mamas and the Papas.

– Ah – disse Grace, soando vaga –, a fase hippie dela.

Na noite anterior, Eva tinha voltado a falar sobre ir para o Rancho Back Bear, ao norte de São Francisco. Na primavera de 1968, um grupo de hippies havia estabelecido uma comunidade numa mina de ouro abandonada, ao final de quinze quilômetros de um caminho de terra. Um cânion remoto, com oitenta acres de floresta, pomares, riachos e pastos: uma paisagem idílica para uma maneira completamente nova de viver. Porém, era difícil. Nenhum deles sabia cortar lenha ou cozinhar. Estavam cercados por ursos, pumas e linces. E, no primeiro inverno, houve mais de um metro de neve.

– Mas a comunidade sobreviveu – disse Eva. – Com o tempo, as pessoas vêm e vão. Ali, nasceram crianças, cresceram famílias. Todo ano, há um grande encontro para celebrar o solstício do verão. Eles recebem visitantes. E eu adoraria conhecer.

Um corajoso mundo novo de superfície, Kim pensou. Pelo que ouvi, nem tudo foram flores e borboletas. Amor livre. Viagens felizes com drogas. Pertences comunitários. E, também, ciúmes sexuais, brigas mesquinhas e desilusões. A maioria das pessoas desistiu e voltou para a cidade. Kim, no entanto, não falou nada. Por cima do ombro de Eva, tinha admirado o site, olhado as fotos do rancho e lido *Free-Fall Chronicles*, de Peter Coyote. Queria que sua irmã se sentisse feliz

Apesar disso, continuava frontalmente contra uma viagem aos Estados Unidos. O oncologista de Eva havia dito que não havia problema. Mas Kim sabia que era arriscado demais. E se houvesse uma urgência médica?

– É longe demais – disse Kim para sua mãe. – Ela vai ficar exausta.

– Mas o Harry vai com ela, não vai?

Como se isso ajudasse, com sua insistência em atividades permanentes. – Não acho que seja sensato. Ela andou muito fraca.

– Acho que ela é quem tem de decidir – disse Grace.

Kim fez uma última tentativa de puxar a conversa na direção que preferia: – Ela deveria estar se recuperando e se fortalecendo – respirou fundo. – Convalescendo em algum lugar quente.

– Como todos nós – disse Grace. – Nunca vi uma primavera tão fria. Deve ser o sul da França, mas estou sentada aqui, nesta velha *villa* cheia de correntes de ar, com camadas de cashmere. Tremendo. Pensando se, um dia, o sol voltará a brilhar.

– Fiz uma coisa ruim.

– Não, não fez.

– Fiz. Muito ruim. Muito, muito, muito ruim.

Kim sacudiu a cabeça: – Não acredito nisso.

– É verdade. – Damaris não parecia nervosa. Parecia, quando muito, excitada. Desenrolando um cachecol roxo do pescoço, deixou cair o casaco e a bolsa numa pilha no chão. Kim ficou perplexa. Normalmente, Damaris prestava muita atenção em limpeza e ordem.

– Então, o que foi?

– Chá – disse Damaris. – Preciso de uma xícara de chá.

Era uma manhã de domingo, no final de março. As duas estavam no apartamento de Izzie, em Sydenham. Kim sentia-se culpada por ainda estar morando lá. Tinha só um quarto, então, sempre que Izzie estava em Londres, Kim tinha de dormir num colchão inflável, na sala de visitas. Não eram apenas as dificuldades práticas. Anos antes, Kim havia abandonado Izzie, em New Cross. Como ela própria achava difícil perdoar qualquer coisa em alguém, imaginava que Izzie ainda devesse estar ressentida. Ela deveria ter dito: sinto muito, Kim, este apartamento é meu, então, pode cair fora. Mas não disse. Tinha dito: fique o tempo que quiser. Tudo bem. De qualquer modo, passo a maior parte do tempo longe. Você está me fazendo um favor, mantendo o apartamento ocupado pra, assim, eu não ser roubada. O que, é claro, era uma besteira, mas de extrema generosidade.

Kim gostava de Sydenham. Era bem alto. Às vezes, dava-se de cara com uma vista de Londres de tirar o fôlego.

Neste final de semana, Izzie estava em Manchester. Disse que não se incomodava de estar fora de Londres. Na verdade, tinha desenvolvido uma raiva arraigada de trens.

– Por quê? – Kim havia perguntado, esperando que Izzie citasse funcionários grosseiros na estação, sujeira e atrasos.

– Eles são um tédio – disse Izzie. – Ou vão direto pra lá ou vêm direto pra cá.

Damaris – sentada à mesa da cozinha do apartamento de Izzie, vendo Kim encher a chaleira – trabalhava no pronto-atendimento do King's College Hospital, em Camberwell. Kim ficara surpresa com a escolha da especialidade. Emergências médicas, pelo que via na TV, eram só pânico e decisões imediatas. Com certeza, Damaris, com seu amor por análises detalhadas e profundas, deveria ter ido para algo mais calmo, como pesquisa. Não, disse Damaris, você não entende. É como ser Sherlock Holmes. Não os acidentes, é claro, ou os enfartes. Você lida com eles o mais rápido possível e interna os pacientes. Mas os sintomas estranhos, vagos, que aparecem tão de repente que as pessoas chamam uma ambulância. Você precisa ficar calma e pensar. Pode não ser nada ou pode ser algo que ponha a vida em risco. A análise é crucial.

Queria que as horas não fossem tão longas, pensou Kim, pegando o bule de chá azul intenso. Sempre que fico preocupada com Eva, Damaris me explica o que está acontecendo. Durante todo o tratamento, Damaris encontrou as palavras que me ajudaram a entender. Não entro naquele pânico que surge sempre que levo Eva ao hospital. O pânico faz você ficar surdo. Tudo o que você consegue ouvir é a pressão nos ouvidos.

– Então, vamos lá – disse Kim, puxando uma cadeira e se sentando. – O que você fez de tão terrível?

Damaris respirou profundamente: – Jake veio ao pronto-atendimento.

O coração de Kim deu um pulo: – Foi? – disse, tentando soar casual.

– Ele não me reconheceu, de jeito nenhum – disse Damaris.

Kim rememorou. Quantas vezes eles se viram? Tinha havido o jantar desastroso no apartamento de Eva, quando Otis tinha só alguns meses. E eles se sentaram lado a lado na plateia para o primeiro grande *stand-up* de Izzie, em Deptford. Kim também tinha uma vaga lembrança de uma saída em grupo para ver *Ilha do medo*, no cinema, porque Damaris amava Leonardo DiCaprio. Não conseguia se lembrar de, alguma vez, eles terem conversado. Jake tendia a se manter alheio a todos os seus amigos, porque, ela desconfiava, achava-os jovens e entediantes. O que imagino que somos, pensou Kim, deprimida.

– Então, entrei no cubículo e lá estava ele, sentado, com jeito trágico. Eu estava sorrindo, porque pensei que ele fosse dizer: oi, Damaris, e que se sentisse um pouco constrangido, porque é esquisito dar de cara com a amiga da ex, principalmente quando ele foi um sacana total, dispensando-a da maneira mais cruel, fazendo com que ela ficasse com raiva dele e pensasse em fazer um retrato em gesso e espetar alfinetes nele. Mas você sabe que precisa se comportar como adulta com relação a isso tudo. Então, você se prepara toda para ser agradável e dizer, num tom maduro e profissional: oi Jake, no que posso ajudar? Quer conversar comigo, ou prefere um médico que você não conheça? Mas ele só me olhou como se nunca tivesse me visto, como se eu fosse um nada. E eu pensei: toda vez que a gente se encontrou, seu puto, eu estava tão abaixo do seu radar que você nem me viu? Comecei a sentir muita raiva. Então, o sorriso desapareceu, eu me sentei ao computador e dei uma olhada nas anotações que eles fazem na triagem. E lá diz que ele veio porque estava com um pouco de dor nos polegares, o que é incrivelmente irritante, porque é óbvio que é uma coisa que ele deveria levar pro clínico dele e não obstruir as anotações de emergência num sábado à noite, no centro de Londres. Mas não falei nada disso, é claro. Assenti com a cabeça e fiz as perguntas de praxe, chequei todos os movimentos e perguntei quando a dor tinha começado e o que fazia doer. Não foi preciso muito tempo pra eu descobrir o que estava acontecendo. Ele passa o dia todo no celular. É algum tipo de lesão por esforço repetitivo. Tudo bem, eu entendo que ele fique preocupado. Ele acha que o mundo vai acabar se não estiver teclando. Normalmente, eu seria simpática e explicaria que como não é um dano agudo, ele precisaria se consultar com seu médico. Mas eu estava cansada. A noite havia sido longa. Ele se comportou como um sacana com você. E continuava me olhando como se nunca tivesse me visto. Nem uma faísca de reconhecimento. Então, alguma coisa escapou. Nunca tinha me acontecido. É como se fosse outra pessoa falando, alguma Damaris de um universo alternativo. Eu disse: sinto muito, as notícias não são boas. Ele pareceu surpreso, não estava esperando isso. Por que estaria? Só tinha vindo com uma dor nos polegares! Eu disse que aquele era um sintoma muito raro, que eu só tinha visto poucas vezes. É uma DST. Ele perguntou: uma o quê? Um sintoma, eu disse, de uma doença sexualmente transmissível. Você tem muitos parceiros sexuais? Um estilo de vida meio promíscuo? Ele ficou sentado ali, olhando, como se eu tivesse jogado um balde de água fria nele. Então, eu ri. Só estou brincando, disse. Ele continuou olhando fixo, o rosto lívido. Fingi estar surpresa. Você só andou teclando demais. Largue o celular por uns dois dias e, provavelmente, sara sozinho. Ele continuou me olhando. Inclinei-me pra frente. Sinto muito, disse. Você me reconhece, não é, Jake? Damaris. Amiga da Kim. Era uma brincadeira. Desculpe-me. De repente, seu rosto ficou muito vermelho e ele disse: Damaris! É claro. É. E deu uma risadinha reprimida. É claro que reconheço! E eu disse: vá ver seu clínico na segunda-feira. E continuei sorrindo. Ele se levantou da cadeira, fez meia-volta e, por algum motivo, tropeçou e caiu em meio à cortina, direto sobre um andador que alguém tinha deixado ali fora. Então, eu o ajudei a se levantar e ele ficou dizendo: ah, desculpe, desculpe, e foi saindo com aquela mesma risada reprimida. E aí ele disse: e como vai a Kim? Não a tenho visto, ultimamente. E eu disse: ela está tendo um caso com Leonardo DiCaprio, passa a maior parte do tempo em Los Angeles, mas tenho certeza de que poderia arrumar um tempinho pra você, se entrar em contato com ela. E aí, agitei o dedo pra ele e disse: mas não faça isso por texto ou esses polegares nunca vão sarar! E ele ficou com tanta pressa pra ir embora que deu uma trombada num carrinho de instrumentos e foi uma barulheira. Então, ele foi embora.

Kim, que ficara olhando Damaris de boca aberta durante toda a longa narrativa, recuperou a voz: – Dá pra me contar tudo de novo, por favor? Desde o comecinho?

O clube, no Soho, ficava na adega de um bar. Cheirava a cerveja, alvenaria fria e umidade. De tempos em tempos, podia-se ouvir o reverberar distante dos trens na Northern Line, bem abaixo. Como não havia cadeiras suficientes, as pessoas estavam em pé, encostadas nas paredes, em toda a volta, como uma frisa grega decorativa. Estava escuro, exceto pelos refletores. Tocava "I Can Help", de Billy Swan.

Kim deu um gole na cerveja. Era fraca e doce.

Nesses dias, ela era duas pessoas: a Kim que todos viam, caminhando por ali, indo trabalhar em Vauxhall, planejando uma viagem ao escritório de Cardiff, advertindo Eva por não comer direito, criticando Harry por deixar Eva tão cansada; e a outra Kim, uma água-viva clara e gelatinosa, que flutuava sem motivo aparente. A Kim Água-Viva – vagando por ali de maneira arrastada e oscilante – parecia esperar por alguma coisa.

Você se transforma numa água-viva, pensou Kim, quando seu cérebro já não funciona direito. Você fica incolor com a confusão. É como sugar todo o açúcar e os aditivos de um picolé e não ficar com mais nada, além da água. Ver Eva careca, inchada pelos esteroides, a pele salpicada de azul pelas seguidas injeções, foi muito chocante. Mas também houve o esforço de sustentar que isso era perfeitamente normal. Até positivo. Foi preciso fingir, semana após semana, que ver a pessoa que você ama se tornar alguém completamente irreconhecível era uma boa notícia.

Dá para fazer qualquer coisa em cinco minutos. O que deixa você insana é fazer essa coisa durante semanas, meses.

Por sorte, se você for uma água-viva redonda e borrachuda, estará protegida contra choques. Flutuará no vazio frio, escuro e nada vai afetá-la. A última ressonância de Eva estava boa. Entretanto, o médico não ficou satisfeito. Alguma coisa estranha. O quê, exatamente? Não temos certeza. Temos de esperar pra ver. É claro, ela tem o tipo mais agressivo. O tipo que afeta mulheres jovens. Mas vai ficar boa. É claro que vai. Eva vai sair dessa. Está tendo o melhor tratamento, as drogas mais recentes, o melhor hospital-escola de Londres.

Kim deu mais um gole em sua cerveja morna e doce.

O cômico que faria o aquecimento entrou no palco como o irmão mais novo de alguém de penetra numa noite de garotas, sem ter certeza de ser bem recebido, mas determinado a ficar. Todas as suas roupas eram um pouquinho pequenas demais. Ao ver um pulso ossudo sair de uma manga puída, Kim quase sentiu pena dele. Não tinha certeza de que devesse estar acordado até tão tarde.

Ele podia parecer um menininho perdido, mas fez as pessoas falarem. Provocou os arrogantes, os barulhentos e os que pareciam muito convencionais para um clube de comédia underground. Antes que se dessem conta do que estava acontecendo, eles estavam despejando segredos culpados, velhas mentiras, hábitos obscenos, crimes escondidos. A plateia tinha se transformado em uma enorme piada. No momento em que foi pedido que estivessem prontos para a primeira apresentação, todos já estavam animados, ridicularizados e reduzidos à própria insignificância.

Izzie era o terceiro número. Entrou no palco usando uma blusa branca de gola alta, com um peito de renda, calça preta baggy, suspensórios vermelhos e botinas Doc Martens. Sua nuvem de cabelo crespo estava puxada no alto da cabeça. Como sempre, antes que começasse a falar, houve um silêncio desconfortável. Ninguém sabia muito bem o que pensar dela. Parecia uma professora eduardiana, pronta para uma noitada em Camden.[19] Ou, talvez, Emmeline Pankhurst, em Glastonbury.[20] Em parte, você imaginava colocá-la de volta em uma fotografia granulada preta e branca, com calçolas, uma bicicleta e um cartaz dizendo: *Votos para as mulheres*. Noutra parte, você se perguntava se ela convivia com Agyness Deyn.

Porém, assim que ela começou a falar, o ambiente todo relaxou. Porque ela sabia o que estava fazendo. E, por um momento, você via o mundo pelos olhos dela, com toda sua glória maluca e ridícula.

Izzie entrou em conversas imaginárias. Fez o CEO do banco Barclays, Bob Diamond, conversar com o fundador do Wikileaks, Julian Assange, sobre

19 Bairro de Londres conhecido por ser reduto de cultura alternativa. (N.T.)

20 Emmeline foi uma das defensoras do direito da mulher ao voto, na Inglaterra. Glastonbury é um festival ao ar livre de artes cênicas, música e outros tipos de arte. (N.T.)

aprender a se amar. Fez a rainha Elizabeth e o príncipe Philip em pé, na barcaça do Jubileu do Tâmisa, discutindo a atração do grupo One Direction. Colocou o cônego da St. Paul abordando um bando de pombos sobre sua ocupação ilegal de Trafalgar Square. Fez o absurdo parecer normal, tornou a ficção mais confortável do que o fato. É isso que as figuras públicas fazem, disse. Contam histórias que queremos ouvir.

– Porque ninguém quer pensar em mudanças climáticas, na dificuldade de crédito ou em clamídias, quer? Só vai servir pra deixá-lo deprimido. É por isso que David Cameron disse que tinha comprado um empadão quente de carne e legumes em uma loja de Leeds que não existe. Porque era uma história simpática. Mais simpática do que a verdade, que é a de que ele nunca comeu um empadão. E aquela foi a primeira vez que ele ouviu falar em Leeds.

– E, uma vez que você inventou aquilo, insiste. Defende a coisa até a morte. Até o mais amargo fim. Lance Armstrong, Bill Clinton, Chris Huhne. Como uma criancinha suja de chocolate ao redor da boca. A evidência está ali pra todo mundo ver, e, mesmo assim, ela nega.

No escuro, todos ao redor de Kim riam.

– Você acaba com um elefante tão grande que ele ocupa a sala toda.

Não, Izzie, não.

– Soltando grandes pilhas de bosta. Enrugando o tapete. Derrubando os enfeites da lareira. Mas o que você faz?

Kim já não conseguia ver Izzie. Tudo estava distorcido; apenas uma trêmula e cintilante névoa de lágrimas.

– Você ignora. É isto o que você faz com a verdade. Fecha os olhos com força. Finge que não está acontecendo.

Londres ocupa menos de 1% da Grã-Bretanha e abriga 13% das pessoas. Isto é algo que você percebe o tempo todo, se vive ali, pensou Harry. Dá para sentir a pressão de corpos em volta, a respiração quente em seu pescoço, os pés colados em seus calcanhares.

A maneira de lidar com isso, como todos os londrinos sabem, é fingir que as outras pessoas não existem. Ter seu próprio espaço. Nunca olhar olho no olho. Algumas pessoas levam isso longe demais. Um estranho andará diretamente em sua direção, como se esperasse não encontrar resistência, como esperasse se dissolver dentro de você em uma sinuosidade de metal líquido, como o T-1000 em *Terminator 2*.

Em geral, se você se convence que a inflada massa humana não está ali, apesar do cotovelo em suas costelas, a tosse em seu rosto, a maleta em suas canelas, dá para aproveitar todas as vantagens que a cidade tem a oferecer. E uma delas é a probabilidade de dar de encontro com um velho amigo, quando menos se espera.

Harry caminhava próximo do rio – pela parte inferior de concreto do complexo de artes da Southbank, que reverberava com as derrapagens e os estrépitos dos skates – quando a viu à frente, em meio à multidão. Era um perfeito dia de julho, sol fulgurante, céu azul-claro, e os turistas eram numerosos; vagavam junto aos malabaristas, aos músicos de jazz, demorando-se nas barracas de comida de rua brasileira e artesanato peruano, debruçando-se sobre os parapeitos de ferro preto para contemplar as águas rasas e barrentas do Tâmisa. Ainda que ele só pudesse ter uma visão fugidia dela em meio à multidão – o bastante para ver seu longo cabelo loiro e as costas perfeitamente retas –, sabia quem era pelo andar. Como sempre, seu caminhar era decidido, como se tivesse algum lugar importante para ir.

Apenas quando ela diminuiu o passo, bem em frente a um grupo de percussionistas gambianos, ele conseguiu alcançá-la. Pôs a mão em seu ombro e ela se virou, espantada. Encantado, seu peito magnífico arfou.

– Harry!

Ele sorriu. Era tão bom vê-la! Titânia parecia exatamente igual, pele clara com uma sugestão de blush, brincos de pérola, batom rosa-claro. Sua saia, na altura dos tornozelos, parecia quase transparente contra a luz, fazendo-a parecer tanto completamente coberta quanto lascivamente sedutora.

– O que você está fazendo aqui?

– Eu moro aqui, no rio – ele fez um gesto vago em direção à Ponte de Londres.

Ela levantou as sobrancelhas: – Bem – disse –, então estamos indo muito bem, não é mesmo?

Harry sorriu: – Ainda em Kent?

– Bem lembrado. Acho que, hoje em dia, seria muito difícil me tirarem de Sevenoaks. O subúrbio próspero traz uma calma incrível.

– Café?

– Adoraria, mas estou indo me encontrar com o Giles. Na Tate Modern. E já estou atrasada – sorriu. – Venha comigo, se tiver tempo. Ele vai gostar de ver você.

Caminharam juntos, movendo-se devagar em meio à comprimida massa humana. Titânia disse: – Então, vamos lá. Ainda trabalha em banco?

– É claro. E você?

– Estou dando um tempo.

Harry olhou para ela, tentando descobrir por sua expressão o que ela queria dizer.

– Voltei depois da licença-maternidade – disse Titânia –, mas ficamos todos péssimos: eu, Emma e Giles. Acho que eu poderia ter procurado um banco que tivesse um compromisso melhor com a permanência da equipe, que não intimidasse as mães recentes a ponto da exaustão. E, na época, tudo o que eu queria era ir embora. O que, acho, foi a decisão certa.

– Sinto muito.

– O maior problema, que eu não esperava, é que já não tenho certeza de quem sou. A mãe de Emma, obviamente, mas nunca esperei me definir por meio de minha família. Sinto falta do meu trabalho. Eu era boa no que fazia. Ainda não faço ideia do que dizer quando alguém me pergunta o que faço.

Olharam um menininho se adiantar para jogar uma moeda aos pés de um artista de rua com pele branca como giz, completamente imóvel, representando uma estátua de pedra.

– Acho que os homens têm muita sorte – disse Titânia. – Eles não precisam enfrentar isto. Você é quem é. Nunca tem de se preocupar com a perda da identidade.

– Você está feliz com o Giles?

Ela olhou para ele, os olhos divertidos: – Esta é uma pergunta nada Harry.

– É mesmo?

– Você sabe que sim. O Harry que eu conheci preferiria morrer a fazer alguma pergunta relevante.

– Talvez eu tenha mudado.

– Talvez tenha.

O menininho, bem aos pés da estátua, colocou sua moeda. A estátua ganhou vida e fez uma reverência, com um grande floreio teatral. O garoto quase morreu de susto.

Ela disse: – A resposta é que a gente combina muito bem um com o outro. Ele é o que os políticos chamam de transparente. Honesto. Direto. Você sabe onde está pisando.

– Titânia...

– Isso não foi uma crítica. Foi só uma explicação.

Ele se sentiu envergonhado. Eles se afastaram da estátua e começaram a caminhar em direção à ponte Millennium, fios de aço atravessando o Tâmisa para que as pessoas pudessem caminhar até a St. Paul. A ponte trêmula, Harry pensou, o que foi por um tempo, balançando ao ritmo dos passos.

– E aí, e você?

– O que tem?

– Sempre havia alguém muito especial em sua vida, sobre quem você nunca falava. Você ainda está sofrendo por ela?

Por um momento, o mundo pareceu vazio, sem ninguém, sem barulho, nada além do céu azul. Titânia também desapareceu. Na cabeça de Harry não havia nada, a não ser silêncio.

Sentiu a mão de Titânia em seu braço. Ela olhava fixamente em seu rosto, puxando-o para perto: – Harry, o que houve?

Ele sacudiu a cabeça.

– Vamos achar um lugar para sentar. Eu só estava brincando. Sinto muito.

Harry disse: – Eva está morrendo de câncer e eu não sei o que fazer.

Havia um caminhãozinho motorizado, com uma bandeira multicolorida ao vento, abrindo caminho por entre a multidão. As pessoas afastavam-se, rindo, abrindo caminho. Ele permitiu-se ser puxado para o lado e o caminhão avançou pesadamente, sem pressa e, agora, havia uma clareira onde antes estavam pessoas. O sol batia tão forte que Harry sentiu-se acalorado demais para respirar.

– Harry!

Ele ouviu a voz, antes de reconhecer de quem vinha. Um homem alto, de rosto vermelho, usando camisa havaiana e short cáqui, a barriga tão imensa que parecia estar grávido, acenava para eles do outro lado do espaço recém-aberto. Uma das mãos segurava um carrinho de bebê azul-marinho, com uma grande capota de bolinhas. Dentro, agarrada a um cata-vento rosa-cintilante, havia uma menininha loira.

Harry voltou-se para Titânia, com um enorme sorriso. Tirando o fato de seus olhos não terem nenhuma expressão, como a escuridão do fundo de um poço, você não perceberia nada de errado.

– Aquela é a Emma? Ela é linda!

– Harry...

Ele a ignorou: – Giles! – Harry seguiu em frente, com a mão estendida. – Acabei de dar de cara com a Titânia e ela me disse que estava vindo encontrar você.

– Veja só! – disse Giles. – O bom e velho Harry. Não mudou nada, não é, querida?

– Não dá pra ver – disse Kim.

Apontando do peito de Eva, num ponto abaixo da clavícula, havia um tubo branco de silício. Surgia, feito com um material macio, como um cano que irrompesse da areia. Da extremidade, pendiam dois tampões muito coloridos, um vermelho e um azul, como contas num cabelo trançado. Um cateter de Hickman. Fim das agulhas, Kim pensou, fim das veias furadas. Agora, o que quer que ela precise, quando precisar, eles injetam diretamente. É um sistema de encanamento, só isso. Os corpos não têm a infraestrutura necessária, então, é preciso dar uma força. Um ponto negativo contra a evolução. Todas essas veias e artérias correndo por dentro, na maior confusão, nenhuma delas apontando para fora da pele.

Você não tem o direito. Você não tem o direito de fazer isso com ela.

– Vou ter de comprar algumas roupas novas – disse Eva – pra cobrir isso. Alguma coisa com gola alta.

Uma gola com laço, uma gola de babados. Como disfarçar seu cateter de Hickman. – Eu poderia ir com você.

Eva concordou com a cabeça. Parecia cansada.

Lá fora, Londres assava ao sol de agosto. Já o apartamento de Harry, completo com ar-condicionado, era hermeticamente fechado. Era como estar lacrado num saco de freezer. Não dava para perceber que era verão. E, sem dúvida, você não saberia que ali morava um menino de 5 anos. Todos os brinquedos tinham sido guardados. Harry tinha uma faxineira que vinha duas vezes por semana para dar um brilho no chão e espanar atrás do refrigerador.

– E aí, quais as novidades? – perguntou Eva

Ela nem se parece com ela própria. As linhas do rosto estão difusas e intumescidas, como alguém maquiado num filme para parecer gordo. Como Gwyneth Paltrow, em *O amor é cego*.

– Quase não tenho saído – disse Eva –, com tudo isto acontecendo.

A pele ao redor do cateter de Hickman estava vermelha e inflamada.

– Desculpe-me por não estar aqui.

– Você não precisava estar.

Eu não deveria ter ido a Cardiff. Deveria ter adiado. Qual é o sentido disso tudo, afinal? Como diz a Izzie, se eu continuar me livrando das pessoas, não sobrará ninguém para administrar. Vou fazer de mim mesma uma desempregada.

– Você limpa isto com uma solução salina, uma vez por semana – disse Eva. – Para impedir infecção.

Kim sentiu-se enjoada: – Precisa de ajuda com isso?

Eva sorriu: – Você?

Por que não? Sou incapaz? Kim respirou fundo.

– Tudo bem – disse Eva. – A enfermeira se encarrega.

Kim engoliu com dificuldade: – Como está o Otis?

– Faz desenhos pra me animar. A enfermeira Macmillan é ótima. Passa um tempão com ele, ajudando-o a entender.

Subitamente, Kim sentiu-se cansada e gelada, como se tivesse passado a noite toda fora. Levou os olhos até o colo.

– É o que mais me preocupa – disse Eva. – Porque ele é muito pequeno. Não quero que pense que a culpa é dele.

Kim ouviu um zumbido distante, como se algum aparelho novo tivesse ligado sozinho. Talvez isso vá acontecer com todos, um dia. Talvez tenhamos linhas entrando, tubos plásticos trazendo energia, açúcar, drogas.

– Kim?

Como *Matrix*, ao contrário.

– Está diferente pra todo mundo. Sei disso.

Kim quis levantar os olhos, mas estava além dela.

– Algumas pessoas não querem tocar no assunto.

Parecia que a voz de Eva vinha de muito longe, ecoando como um salva-vidas gritando da beirada da piscina. Entre as lágrimas, Kim viu o tecido de seu jeans preto ampliado para pontos minúsculos.

– Não tem problema, se você não quiser falar. De verdade.

Kim não disse nada.

– Tudo bem – disse Eva.

A cabeça de Kim levantou-se, rapidamente. Quis gritar, não está tudo bem, não está nada tudo bem. É ruim, feio e repulsivo. Por que você está tão calma? Por que está aí, sentada, aceitando? Você deveria estar gritando, chorando e jogando coisas na parede. Deveria estar explodindo de raiva, gemendo e lutando. Mas o rosto de sua irmã estava branco como papel. E fez com que Kim se tornasse má.

– Não está tudo bem pro Otis.

Eva não pestanejou: – Eu ia perguntar pra você.

– Não, não foi isso que eu quis dizer. Não quero falar nisso.

– Preciso saber. Preciso deixar isso por escrito.

Kim estava dentro de um túnel, a voz de Eva um raiozinho de luz.

– Ter uma criança por perto mudará sua vida.

Por favor, não me peça.

– Pode não ser o que você quer.

– Por que não pede pro Harry?

– Você fica?

Kim abriu a boca para dizer alguma coisa, mas não conseguiu falar. Sentiu-se como se alguém tivesse passado uma corda ao redor do pescoço. Então, depois de um instante, assentiu com a cabeça.

Eva respirou profundamente e soltou um suspiro: – Quando estivermos um pouco mais perto, vamos contar pra ele, juntas, pra que ele saiba o que está acontecendo.

Kim desviou o rosto.

– Faça o que você fizer, do jeito que for, estará certo. Sei disso. Confio em você.

Por favor, pare. Por favor, pare.

– Mas posso lhe pedir uma coisa? – Eva parecia exausta. – É uma coisa importante. Não corte o Harry de sua vida.

Kim não conseguiu evitar. As palavras transbordaram como minúsculas aranhas pretas saindo de um saco rasgado: – E o que o Harry diz?

– Sobre o quê?

Kim perdeu a coragem: – Sobre isto, sobre tudo.

Eva sorriu, as pálpebras se fechando, entregando-se ao sono. – Harry – disse com dificuldade – diz que todos nós deveríamos estar bebendo muito mais vinho.

Kim nunca havia estado em Leiscester. Pegou o único táxi livre na estação, até a rua onde seu pai vivia. O motorista tinha barba e usava turbante. Quis conversar sobre o fato de Michael Schumacher retirar-se da Fórmula 1, mas Kim não conseguiu pensar em nada para dizer. Não gostava muito de carros e achava que dirigi-los em alta velocidade num círculo, até os pneus estourarem e pedaços de borracha agitadas voarem sobre a pista, era ligeiramente ridículo.

Quando o táxi parou na rua solicitada, Kim ficou surpresa. As casas eram eduardianas e com janelas dos dois lados da porta principal, bem cuidadas, todas com um jardim caprichado. Lembrando a casa da família em Nunhead – tinta amarelo-gema na cozinha, concreto quebrado no quintal do fundo, telhas faltantes no telhado –, Kim se perguntou se estava com o endereço certo.

Depois de pagar o motorista e o carro ter sumido rua abaixo, ficou ali, incapaz de se mexer, desejando não ter vindo.

O alpendre do número 62 tinha sido envidraçado, como proteção para o vento e a chuva. Lá dentro, sobre as lajotas vermelhas, podia ver uma fileira de botas de borracha: dois pares pretos de adultos e dois bem menores, um vermelho e um azul, em tamanhos decrescentes. Seus filhos, pensou. Os meios-irmãos que nunca conheci. Quantos anos teriam: 12 e 8? Jia engravidou logo depois que ele saiu para viver com ela. Selando o relacionamento deles, antes que ele pudesse mudar de ideia.

Encostados à parede, havia dois guarda-chuvas, um com listas turquesa e brancas e outro vermelho-vivo. Como será que ela é? Fico me perguntando se ele partiu para outra heroína de Hitchcock, de cabelo platinado e cintura fina.

Kim controlou a respiração. Tocou a campainha.

Durante um bom tempo, não ouviu nada. Teve vontade de rir. Tanta confusão e tensão e eles não estão aqui. No cinema, talvez, ou fazendo compras no supermercado. Começou a especular por quanto tempo esperaria, se ninguém viesse atender à porta. Eles poderiam ter ido passar o final de semana fora. Ter ido visitar a mãe de Jia. Os avós que Kim não conhecia, juntando os menininhos que ela nunca tinha visto em imensos abraços apertados. Descobrindo uma reserva de chocolates num armário da cozinha. Não conte pra sua mãe, é segredo nosso.

Kim sentiu uma gota de chuva. Levantou o rosto. O céu estava ficando cinza-escuro.

Foi quando a porta interna se abriu e lá, na varanda de vidro, estava seu pai.

Quando ele a viu, não pareceu surpreso. Talvez não a tivesse reconhecido. Afinal de contas, ela tinha 14 anos quando ele foi embora. Mais magra, mais ereta, até mais brava do que era agora. Ele escancarou a porta externa.

– Kim – disse.

Não deu um passo em sua direção. Afinal, nunca fora chegado ao contato físico. Eles poderiam ter ficado assim, olhando um para o outro, se não tivesse começado a chover forte. Ele recuou e ela passou por ele, entrando no hall de pé-direito alto, que parecia ser um corredor, seguindo até os fundos da casa. Sem saber aonde ir, ela ficou parada aos pés da escada, esperando. E, novamente, ele estava a seu lado, gesticulando para que seguisse em frente, levando-a a se encontrar em uma grande cozinha quadrada, muito bem iluminada. Junto a uma mesa de madeira retangular, sentados em frente ao que restara de um almoço de domingo, havia uma mulher de camisa vermelha e longos cabelos pretos e dois meninos que desviaram rapidamente os olhos, assim que a viram.

– Esta é a Kim – disse seu pai.

Para seu grande crédito, a mulher desfez a surpresa na maior rapidez e se levantou, sorrindo. Era pequena, com olhos escuros e maçãs do rosto altas. Asiática. Muito bonita. Como meu pai faz isso? Como consegue atrair mulheres tão lindas? Por um instante, pareceu um mistério tão absoluto que Kim se voltou e encarou o rosto dele, analisando-o atentamente. Talvez seja por parecer sério. Uma testa marcada, como se seus pensamentos fossem muito relevantes.

Como um jovem Gregory Peck. Conhece Quando Fala o Coração, *de Hitchcock*?

Mas, se estiver às voltas com pensamentos muito importantes, ele os guarda consigo.

– E aí, aceita um chá? – perguntou Jia. Seu sotaque parecia chinês.

Kim aquiesceu com um gesto de cabeça.

– Seu pai não avisou que você viria.

Porque ele não sabia. Não quis ligar para sua casa e correr o risco de Jia atender. Pensei em ligar no trabalho, porque tinha uma remota ideia de que ele trabalhasse na universidade, na biblioteca, coleções especiais, livros antigos sobre insetos e ruínas romanas. Mas não tinha certeza. Não o suficiente para fazer investigações. Não o suficiente para rastreá-lo.

O menino mais novo tinha os olhos fixos nela. Suas maçãs do rosto eram altas como as da mãe, bem como o cabelo preto. Kim achou que seu pai poderia apresentá-los. Mas ele não o fez. Só ficou ali, parado.

Jia estava junto da pia, enchendo a chaleira: – Então, você veio de Londres?

– Vim.

– E como está sua mãe?

– Bem, obrigada – deu uma olhada no pai. – Ela se casou novamente.

– Que bom – disse Jia.

O menino mais velho disse: – Papai, eu posso sair?

O pai de Kim apenas ficou olhando para ele.

Jia voltou para a mesa com uma bandeja.

– Sente-se, Kim. Vão ver televisão, meninos.

Ele não faz nada, pensou Kim. Só consente em ser servido. Kim sentou-se na cadeira mais próxima e seu pai se acomodou no lado oposto, os dois assistindo, enquanto Jia trazia à mesa canecas de chá e um prato com biscoitos açucarados cor-de-rosa. Depois, rapidamente, ela reabasteceu a bandeja com as sobras do almoço, empilhando pratos e copos, juntando um tilintar de talheres por cima. Finalmente, como um violinista solo contra a vibração de fundo de toda uma orquestra, seu pai perguntou: – De trem?

– O quê? – disse Kim.

– Você veio de trem?

– Vim.

– Não veio dirigindo?

– Não.

– Por quê?

– Não tenho carro.

Seu pai pensou por um instante: – Você tem um emprego?

– Tenho.

– Que tipo de emprego?

– Administro o desenvolvimento regional de uma instituição assistencial ligada a moradias.

– Eu diria que seria preciso um carro pra esse tipo de trabalho – disse seu pai, franzindo a testa.

– Não, não é preciso – disse Kim.

Imagino, pensou Kim, que houve uma época em que ele poderia se parecer com um ator de cinema. Anos atrás. Se você firmasse a vista e prestasse bastante atenção, ignorando o cabelo grisalho ao redor das têmporas, teria uma pálida ideia. Como Eddie Redmayne. Ou Adrien Brody.

Seu pai disse: – Onde você vive, em Londres?

– Em Sydenham.

– Pissarro.

– O quê?

– Camille Pissarro. Impressionista francês. Pintura famosa. Na National Gallery. Chamada *A avenida, Sydenham*.

Cenas curtas, desordenadas, lutavam para vir à mente de Kim. Seus pais em pé, na cozinha amarela de Nunhead, os dois tensos, a mãe chorosa, o pai perplexo, a mãe gritando: – Qual é o seu problema? Você nunca entende? – O costume do pai de voltar para casa com coisas úteis descobertas em caçambas – ferrolhos de janelas, cadeiras quebradas, cestas de vime para gatos – as quais, como sua mãe se recusava a tê-las em casa, amontoavam-se do lado de fora, como brinquedos abandonados. Sua inabilidade para recusar uma barganha, ainda que não tivesse uso, como um esfregão, uma mangueira de jardim ou uma embalagem com cinco meias de golfe. Sua insistência em guardar todo tipo de documento: passaportes antigos, bilhetes de trem usados, garantias para chaleiras há muito sem uso, como se a vida só fosse real se houvesse um recibo.

– E então, Kim, aceita um biscoito? – ofereceu Jia.

Eu não percebi, pensou Kim, aos 14 anos, como tudo isso era estranho. Como eles eram totalmente descombinados. Como se meu pai estivesse tentando dar um sentido a objetos ao acaso, enquanto minha mãe tentava dar um sentido a ele. Desejando que ele reparasse nela. Flertando constantemente com ele, os olhos enormes, como se fosse seu único foco. Dançando pela sala de visitas, as saias da década de 1950 levantando-se num círculo perfeito. Aquela risadinha que ela dava, como se o provocasse. Olhe pra mim, olhe pra mim, olhe pra mim. E o tempo todo, aquela idêntica expressão no rosto dele: ansiosa, preocupada, como se realmente não conseguisse entender o que estava acontecendo.

Não é de estranhar que não pudessem ficar juntos.

Jia disse: – Então, há quanto tempo você está em Leicester?

Kim virou-se para o pai: – Preciso falar com você sobre a Eva.

A expressão dele ficou imperturbável.

– Sua irmã, que teve o bebê – disse Jia.

– Um menininho – disse Kim, ainda olhando para o pai e percebendo, para sua angústia, que sua voz tremia.

– Eu disse que ele devia conhecer o neto – disse Jia. – Mas ele não quer ir a Londres.

– Isto é verdade? Você não quis conhecê-lo?

Seu pai continuou calado.

– Acho que talvez ele não tivesse certeza de que seria bem recebido.

Kim virou-se, dirigindo a Jia um olhar furioso: – Você sempre fala em nome dele?

– Na maioria das vezes. Ele não funciona bem com as pessoas.

Para sua grande surpresa, Kim percebeu que Jia não estava querendo ganhar pontos. Só estava contando a ela o que achava ser a verdade.

– É isso que acontece com seu pai – disse Jia. – Ele é bom no que faz. Conhece todos os livros da biblioteca. Mas as pessoas o confundem. Ele não sabe o que elas querem dizer. Então, digo pra ele. Digo pra ele o que elas querem dizer.

Kim engoliu em seco. Seu pai estava mudo, como alguém que não fala a língua.

– Ele ganha o dinheiro, eu faço o resto – Jia sorriu. – Quando posso. Porque seu pai é muito cabeça-dura. Eu me lembro de quando sua irmã escreveu pra ele, dizendo que ia ter um bebê. E eu disse pra ele: então, não venda a casa agora, porque ela precisa de um lugar pra morar. Londres é cara. Ajude-a. Não precisamos do dinheiro. Mas ele não quis ouvir. Disse que ela era adulta, tinha de ser responsável. E eu disse: mas é sua filha, e seu neto. Ele não me deu atenção. Porque acreditava que estava certo. Ele sempre acredita que está certo.

A cabeça de Kim estava vazia como uma parede em branco.

– Então, por isso você veio hoje? – disse Jia, bruscamente. – Ela está precisando de dinheiro? Porque eu acho que seu pai devia lhe dar algum dinheiro. Pelo neto.

Kim sacudiu a cabeça. Jia analisou-a com cuidado. Depois de um tempo, disse baixinho: – Então, tem uma coisa errada.

Segurando a caneca de chá, Kim olhou para a mesa.

Fez-se um longo silêncio.

– Kim – disse seu pai, falando pela primeira vez –, o que é?

Ela percebeu uma ligeira agitação movendo-se à direita. Ao levantar os olhos, em meio a uma nuvem de lágrimas, Jia tinha saído, fechando a porta em sua passagem.

Kim havia comprado um novo conjunto preto. Damaris tinha ido com ela até o West End. Encontraram-no na Selfridges: um *chemisier* justo, sem mangas, com um casaquinho preto para colocar por cima, com três botões de madrepérola. O efeito geral era clássico e discreto. Kim olhou seu reflexo no espelho.

– É este – disse Damaris.

Enquanto a vendedora dobrava as peças, cuidadosamente, embrulhando-as num crepitante papel de seda branco, Kim quis dizer: – É para o enterro de minha irmã. – Não sabia por que queria dizer isso. Talvez para torná-lo real. Porque quase nada era real naqueles dias. Saindo da loja, na Oxford Street, ficou parada na calçada, olhando o grande ônibus vermelho chegar cada vez mais perto, até Damaris passar o braço ao redor de seus ombros e a levar embora.

Compraram uma calça nova de veludo azul-marinho para Otis. Tiveram de adivinhar o tamanho, porque ele não estava com elas. Estava com Izzie, em Sydenham, brincando com seu trem. Quando voltaram, ele não quis experimentá-la, e Kim não teve energia para insistir. Mas no dia do funeral, quando Otis vestiu as roupas novas, Kim disse: – Olhe só! Estão no comprimento exato. – E, então, viu Damaris e Izzie trocando olhares e percebeu que havia uma história por trás, a calça tinha sido trocada, encurtada ou encompridada.

Ficou feliz que ninguém tivesse lhe contado. Porque não estava interessada, de fato.

Seu pai não trouxera Jia ou os filhos. Ao ver Otis, disse: – Quantos anos você tem? – O neto só olhou para o avô, com um olhar perdido.

Grace chorava.

No crematório, lotado, a música estava alta demais. No banco de madeira, as pernas de Otis balançavam como um boneco num espaço vazio. Havia flores brancas. O caixão foi coberto com um veludo vermelho. A cabeça de Kim doía como numa velha ressaca. Ela sabia que a dor passaria se não pensasse nela e se concentrasse nos hinários azuis e na luz de novembro que entrava pela janela grande e alta.

Harry estava no outro lado do corredor. Tinha a cabeça baixa e seus ombros balançavam.

Do lado de fora, eles olharam as flores no chão. Kim não sabia por que elas estavam no chão, mas não achou que devesse perguntar, já que era ela quem deveria saber o que ocorria. Um homem grande, com *dreadlocks*, veio até ela e disse num sotaque irlandês: – Sinto muitíssimo. – E ela pensou: o quê? Até que se lembrou. Outra pessoa, com sotaque alemão, segurou sua mão e disse: – Sua irmã foi uma pessoa maravilhosa. – Isso a irritou, porque não conseguia entender por que alguém ia querer lhe dizer o que ela já sabia. Depois de um tempo, ela se desligou, o que tornou as coisas mais fáceis. As pessoas vinham, abriam e fechavam a boca e ela acenava com a cabeça, até tremer tanto que Christine veio e a aninhou com um dos braços e disse: – O carro está esperando. Está na hora de ir.

Ao saírem, Kim hesitou, porque achou rude ir embora sem Eva. Em seguida, lembrou-se de que Eva não estava mais lá.

Damaris ajudou-a a entrar no carro, como se ela fosse muito velha.

Voltaram para a casa de Christine. Ela tinha feito pequenos sanduíches, bolinhas de massa oca recheadas com queijo e bolinhos com cobertura de açúcar. Havia chá quente, cerveja e xerez doce. Os netos de Christine brincaram com Otis, debaixo da mesa da cozinha. A conversa era em tom baixo, como os sussurros na sala de espera de um consultório médico. Na sequência, foram chegando cada vez mais pessoas, todas trazendo pratos de comida, garrafas, latas e copos, e a casa de Christine foi se enchendo de tal maneira que não dava para respirar, de tanto calor. Uma mulher de cabelos compridos e escuros aproximou-se e disse: – Será que poderíamos tocar algumas das músicas que ela gostava? – Depois disso, tudo ficou melhor, porque Kim pôde ver os músicos se debruçando sobre seus grandes violões claros e o ar se encheu da música que ela escutara a vida toda, The Mamas and the Papas, Bob Dylan, The Byrds.

E a canção do rei Salomão. Tudo tem seu tempo certo e um momento para cada propósito, debaixo do céu. Um tempo para nascer e um tempo para morrer. Um tempo para chorar e um tempo para rir. Um tempo para amar e um tempo para odiar. Um tempo de guerra e um tempo de paz.

Kim abaixou a cabeça e chorou. Disse a Damaris: – Ela estava na idade errada. Não se morre aos 31.

– Eu sei. Eu sei. Ela era jovem demais.

Não, quero dizer que devia ter sido eu. Estou com 27. Como Jimi Hendrix, Janis Joplin, Amy Winehouse e Kurt Cobain. Esta é que é a idade perigosa. O Clube 27. A idade em que se morre. Não quando se tem 31, com um filho de 5. Não quando você descobriu o que é importante. Não quando percebeu que toda a porcaria em que devemos acreditar – ambição, posses, dinheiro – não significa nada, e que a única coisa que importa é o amor. A morte de Eva não faz sentido. E, a não ser que percebamos isso, não existe chance para o restante de nós. Poderíamos desistir, também. Ela sentiu tanta vontade de falar, para que as pessoas pudessem entender, mas sua boca estava muito cheia de lágrimas. Sua dor de cabeça estava piorando. Muito barulho no quarto.

A luz foi bloqueada. Era Harry assomando sobre ela. Ele estava na sombra. Não dava para ela ver seu rosto: – Preciso ir.

Ela acenou com a cabeça, impaciente. De qualquer modo, você não é querido aqui. Fez com que ela piorasse. Deixou-a cansada. Não viu como foi difícil pra ela sorrir? Dia após dia, forçando-se a parecer alegre, quando se sentia tão doente. Você só se importava com você mesmo, levando tudo na brincadeira.

– Diga se posso fazer alguma coisa.

Ela queria que ele se fosse, parasse de bloquear a luz.

– Se tem alguma coisa que você queira.

– Harry – disse Damaris – acho...

Kim obrigou-se a se levantar. Damaris estendeu o braço e colocou a mão em suas costas, para que mantivesse o equilíbrio.

– Não faz sentido – disse Kim.

Por um momento, seus olhares se cruzaram.

– Se precisar de dinheiro...

Foi como se ele tivesse lhe dado um tapa.

As pessoas mais próximas pararam de falar. A música hesitou e foi se perdendo.

– Caia fora! – A voz de Kim ressoou pelo quarto. Ela ficou ali, oscilando, numa palidez cadavérica. – Suma. Nunca mais quero ver você.

2013

– E AÍ, COMO ESTÁ VOCÊ?

Kim não gostava quando Jake era solidário. Era tudo um equívoco.

– Tudo bem. Pior é pro Otis.

– Ah, é – Jake sacudiu a cabeça. – Quantos anos ele tem agora?

– Acabou de fazer 6.

– Trágico.

Kim engoliu com dificuldade.

– Então – Jake girou a cadeira e deu um enérgico tapa no teclado, como alguém que desferisse um golpe fatal numa vespa –, seu relatório anual.

– Jake?

– Hum? – ele parecia estar analisando a tela intensamente.

– Por que você está fazendo isso, em vez da Louisa?

– Eu me ofereci.

Kim franziu o cenho: – Você pode fazer isso?

– Bom – disse Jake, digitando rapidamente, sem levantar os olhos –, ela está muito ocupada.

Isto é embaraçoso, pensou Kim. Não quero discutir o andamento dos meus objetivos pessoais com você. Ela se remexeu na cadeira, sentindo-se desconfortável: – Pra ser bem sincera...

– A gente poderia começar – disse Jake, girando de volta para encará-la –, com um apanhado das coisas que você acha que fez bem neste ano.

– Que tal as coisas que fiz mal?

– Chegaremos a isso.

– É que eu gostaria muito mais...

– Bristol, é óbvio. Uma vitória. Eu diria que você lidou muito bem com a situação – Jake inclinou-se para frente, com ar de preocupação. – O mérito é ainda maior, considerando a difícil situação familiar na época.

– Obrigada.

– E sua maneira de se comunicar com a equipe do escritório central sempre é impecável. Nunca ocorre de eu não saber exatamente o que acontece nas diversas regiões. O que é extremamente valioso. Principalmente, quando estou fazendo planos para uma grande campanha e preciso solicitar um investimento específico e objetivo.

Kim soltou um longo suspiro: – Ótimo. Fico feliz.

– A propósito, Lulu concorda comigo. Está muito impressionada.

– Então, o feedback é positivo.

– Nesse aspecto, sim – diz Jake.

– Tem outro aspecto?

– O quê?

– É que você pareceu um pouco hesitante. Como se houvesse outra maneira de enxergar a coisa.

Jake recostou-se na cadeira, juntou as pontas dos dedos e olhou para o teto. Seu cabelo estava espetado, como um esfregão de fios mergulhado em cola: – Fui atrás de outras opiniões, é claro, antes desta reunião. E só houve uma pontinha de crítica da equipe de direção.

– Da Louisa?

– Não só da Louisa, como da equipe de direção, como um todo.

– Isto inclui você?

– Um ligeiro desconforto de que nem sempre você se entregou 100% pra gente.

Kim olhou-o fixamente: – Quando?

– Especificamente, no fim do ano passado. As coisas tenderam a desandar um pouquinho.

– Jake, minha irmã morreu.

– É – ele assumiu uma expressão de profunda simpatia. – É, morreu.

– Tirei quinze dias de licença, por motivos familiares. Precisava resolver muita coisa. Minha prioridade foi o Otis.

Jake levantou a mão: – O que foi muito justo.

– Tive de fazer a mudança dele e de todas as suas coisas da Ponte de Londres para Sydenham.

De um vasto apartamento dando para o rio, para um quarto e sala minúsculo, onde ele tem de dormir num colchão inflável.

– Ninguém da equipe de direção sênior ia, nem por um instante, querer subestimar a gravidade do trauma familiar, nessa altura da vida.

– Então, qual é o problema?

Jake contorceu o rosto, como se analisasse uma peça particularmente complicada de música moderna: – Acho que houve certa preocupação, quando você voltou ao escritório, de que seu trabalho não estivesse alcançando a qualidade costumeira.

– Em que sentido?

– Este é um tom de voz muito provocativo.

– É uma crítica muito provocativa.

Jake sorriu: – Não acho que ajude levar isto para o lado pessoal.

– Qual é a outra opção?

– E também não acho que gritar ajude.

– Não estou gritando.

– Sempre achei muito difícil avaliar o volume e o tom da própria voz – Jake abriu as duas mãos, como um santo dando uma bênção. – Você precisa se lembrar de que esta é uma avaliação profissional que pretende resultar em objetivos específicos para o ano seguinte. Todos nós podemos aprender com o passado, para sugerir maneiras de melhorar o trabalho no futuro.

– Você está sendo ridículo.

Jake levantou as sobrancelhas.

– Aquelas foram circunstâncias excepcionais. Eu tinha perdido minha irmã. Se não me concentrei totalmente, no fim do ano passado, foi porque... – Kim foi tomada pela fúria. Suas palavras foram se perdendo numa espécie de soluço crescente. Para seu grande constrangimento, ficou com os olhos cheios de lágrimas.

– É emocional, não é? Quer um lenço de papel?

Kim sacudiu a cabeça, incapaz de falar.

– Esses tipos de encontro exigem sinceridade total e um profundo grau de autoconhecimento. Temos de encarar nossa verdadeira essência. Zofia costumava achar isso particularmente difícil. Uma grande dificuldade, afinal, quando se tem um relacionamento pessoal e profissional com seu diretor imediato – Jake recostou-se na cadeira. – Enquanto você se refaz, gostaria de lhe pôr a par de algumas novidades importantes. Vou tirar algumas semanas. Não vou chatear você com os detalhes. Um problema de saúde persistente. Uma inflamação do flexor abdutor longo. Ou, talvez, hipertrofia da eminência tenar. Estresse, obviamente. Excesso de trabalho. Mania de me forçar até o limite. Vou precisar fazer uns exames, raios X, fisioterapia. Provavelmente, até um exame de densitometria óssea. Em minha volta, pra ter certeza de que não vou novamente me colocar em risco, vou contratar dois novos estagiários pra lidar somente com a mídia social. Um compromisso proativo e interativo com os apoiadores. Como expliquei pra Lulu, a ideia é de que o público, em geral, vai ficar mais propenso a doar se puder se identificar com o aspecto humano dos sem-teto.

Kim concordou com a cabeça. Estava achando difícil se concentrar.

– Antes de partirmos para a nova estratégia, preciso estar completamente bem pra graduar meu desempenho estratégico. Portanto, a instituição vai ter que se virar sem mim por um tempinho – Jake dirigiu-lhe um olhar pensativo. – E sem você também, é claro.

Kim ficou confusa: – Sem mim?

– Bem, este é o outro motivo para nossa reuniãozinha de hoje. E a razão pela qual eu me ofereci, na verdade. Eu disse: ela já passou por coisas demais. A morte de uma irmã querida, a vida de ponta-cabeça pela súbita responsabilidade de sustentar uma criança pequena, não apenas financeiramente, é claro, mas emocionalmente também. Achei que seria melhor se eu lhe desse a notícia.

O coração dela acelerou: – A notícia?

Ele a olhou com um olhar condoído: – Acho que vamos ter de dispensar você.

– Vão me dispensar?

– Despedir você. Como organização, tendo em vista a eficiência interna, a racionalização e o enxugamento, não é mais necessário um administrador para o desenvolvimento regional.

Kim ficou com o olhar estático.

– Fato que, considerando o importante programa de demissões que você assumiu nos últimos meses, já deve ter percebido.

– Você não pode fazer a coisa desse jeito, Jake. Tenho direitos. Deve haver um período de negociação.

– É claro que isso não tem nada a ver com o fato de que as novas responsabilidades que você precisou assumir a deixaram menos ágil, menos flexível menos útil para a instituição. Isso poderia ser um problema se a instituição ainda precisasse de um administrador de desenvolvimento regional, mas, como expliquei, tendo em vista a reestruturação geral e a consolidação, ela não precisa.

Não posso perder o emprego. Não agora que preciso cuidar do Otis.

– Você vai receber até o final de março. O que eu considero bem generoso.

Houve um curto silêncio.

Kim disse: – Então, qual era o sentido de uma avaliação anual?

Uma expressão de leve surpresa perpassou pelo rosto de Jake: – Você não achou importante?

– Não vai me dizer que você não ligou pra ele.

– Por que eu ligaria?

– Você disse que ia ligar.

– Eu disse que talvez ligasse.

– Pra mim, Kim, parece que você está dificultando a vida, desnecessariamente. Harry tem obrigação de sustentar o filho. E ele está mais do que disposto a assumir essa responsabilidade.

– Eva nunca quis...

– Jean-Marc e eu discutimos isso bastante. É óbvio que não queremos que vocês passem fome. E é óbvio que vocês são bem-vindos aqui, sempre que quiserem. Seria um prazer tê-los como hóspedes. Por certo tempo, é claro. Mas não estamos em situação de dar nenhum tipo de mesada. Bem que gostaríamos. O imposto na França é um escândalo nacional. Todo mundo está falando nisso. Você pode ter uma casa de campo com piso de mármore e piscina, plantação de oliveiras e um lindo jardim geométrico, mas, mesmo assim, dá o maior duro pra conseguir arcar com tudo. E como a gente dá duro! Mas posso pagar uma manicure semanal.

– Nunca lhe pedi...

– Eu não queria tocar neste assunto, Kim, mas acho que essa sua atitude é, fundamentalmente, egoísta. Com certeza, seria melhor pro Otis ficar em Londres. É claro que foi muita gentileza dos pais de Izzie receberem vocês. Mas, francamente, Kim, Newcastle? Não dá pra ser feliz no norte da Inglaterra. Eu me recuso a aceitar.

– Eu não tinha uma...

– Não é uma solução de longo prazo, ser hóspede na casa de alguém. Você precisa criar raízes, pensar no futuro e eu não consigo entender por que não aceita a ajuda do Harry. Ele poderia alugar para você um apartamento pequeno e gostoso, em algum lugar simpático. Como Primrose Hill. Ou Hampstead. Caso contrário, Kim, nos próximos anos, Otis poderá olhar pra trás e se perguntar por que sua tia o privou de necessidades básicas – um amor de pai, na verdade –, só por causa de alguma leve antipatia da parte dela. E espero que você tenha uma resposta pronta. Porque, com toda franqueza, eu não saberia o que dizer, no seu lugar.

A pior coisa da nova escola de Otis era que todos eram malditamente simpáticos. Kim, em seu jeans preto e camiseta branca – sem maquiagem, sem joias, sem sorriso – abaixava a cabeça, evitava encarar qualquer pessoa e se dirigia para a saída assim que deixava Otis. No entanto, as pessoas insistiam em pará-la, fazendo perguntas educadas e convites que não lhe interessavam.

Tudo era tão sem sentido, toda essa camaradagem, todas aquelas pessoas se movimentando, suas bocas abrindo e fechando, como caixas de correio.

– Leva tempo, meu bem – dizia a mãe de Izzie. – Não tenha pressa.

Kim sentia-se como se estivesse olhando o mundo de dentro de uma caixa de vidro. Não conseguia sentir nada, chuva, frio ou a maciez de um tecido. Não sentia nenhum cheiro. Os sons chegavam estranhamente abafados. Ela atravessava os dias, cumpria as reuniões de escola, as metas no trabalho. Lia em voz alta para Otis e tentava se preparar antecipadamente para palavras ligadas a amor e família, porque elas ficavam entaladas em sua garganta e a sufocavam.

Às vezes, como um ladrão que entra pela janela, Harry entrava em seu pensamento. E ela sempre o expulsava. Tinha de se concentrar em coisas práticas, no presente, não no passado. Caso contrário, afundaria. Ainda assim, Kim se preocupava por ter arrancado Otis de tudo que lhe era familiar. Observava-o cuidadosamente. No começo, ele falava muito sobre Londres: seus amigos, o apartamento de Harry, o próprio Harry. Com o tempo, tudo foi se perdendo.

– E aí, como vai o trabalho? – perguntou Izzie, numa visita rápida a Newcastle. Nessa época, vivia em Liverpool com sua amiga Hannah, uma comediante como ela, que conhecera no circuito de *stand-up*. Estavam escrevendo uma série juntas. Para a BBC, disse Izzie, o rosto radiante. Kim não conseguia desviar o olhar. Hannah, vívida contra a chita desbotada da sala de visitas, tinha o esplendor de uma pintura de Georgia O'Keeffe. Sua camiseta laranja reluzia como fogo contra a pele marrom-escura. Tinha o cabelo afro, castanho e macio, unhas azuis brilhantes, uma saia curta e prateada e as pernas compridas abertas sobre o braço do sofá, como um pernilongo que não cabe numa caixa de fósforos.

– Tudo bem. – Kim pensou: o que mais posso dizer? É um trabalho. Mal pago. No campo de moradias. O único que me ofereceram. Agora, semanas depois, não acho isso surpreendente. Depois da morte de Eva, a paixão, o fogo e o engajamento simplesmente desapareceram. Eu me olho no espelho e vejo um rosto tão desprovido de qualquer expressão que parece só um bocado de massa crua. As pessoas percebem isso. Não dá realmente para culpá-las. É óbvio que eu estou pouco me lixando. A respeito de tudo. E, se fosse eu que estivesse contratando, também não teria me dado um emprego. Teria me mandado para o final da fila.

– E o Otis, está gostando da escola nova?

– Trouxemos um presente pra ele – disse Hannah. – Um Furby roxo. Dá pra ensiná-lo a falar.

Em geral, Kim deixava que os pais de Izzie lidassem com as questões difíceis (– São os primeiros dias, querida). Mas, naquela tarde, eles tinham levado Otis para visitar uma velha tia, em Prudhoe, deixando-a indefesa. A verdade era que a escola estava preocupada com uma longa lista de coisas. Kim tinha ido conversar duas vezes com a senhorita Carter, no último mês. Otis não está prestando atenção ou ouvindo as instruções. É possível que ele tenha problemas de audição ou atraso na linguagem. Achamos que seria uma boa ideia consultar um psicopedagogo. E, é claro, a orientadora da escola. Pode haver algo relacionado com o luto. Como estão as coisas em casa?

– Sabe de uma coisa? – disse Hannah, quando o silêncio se estendeu demais. – Acho que você está trabalhando demais. Precisamos dar uma saída à noite, em Liverpool.

Kim não conseguia imaginar uma saída à noite em lugar nenhum: – Pensei em levar o Otis para visitar a Christine, algum final de semana.

– Você pode ficar em Sydenham, se quiser – disse Izzie. – O apartamento tem ficado vazio a maior parte do tempo.

No começo de maio, numa manhã tão cheia de promessas de primavera que o reflexo do sol em pedaços de metal ofuscava como o flash de um *paparazzo* empolgado, Kim foi alcançada por uma mulher ruiva, ao sair apressada da escola.

– Será que o Otis poderia vir em casa, algum dia? – seu acento era londrino. – Victor vive pedindo.

Victor? Quem diabos é esse Victor?

– Sou Emily. A gente mora perto, eu acho. Você está voltando pra casa, agora?

– Estou indo trabalhar.

– Posso acompanhar você um pouquinho?

Ah, maravilha, pensou Kim, pesarosa. Companhia.

– Você é uma mulher misteriosa, sabe? Todo mundo fica falando de você.

Kim levantou os olhos, furiosa: – Por quê?

– Porque ninguém consegue descobrir nada a seu respeito. É intrigante.

– Não tem nada pra descobrir.

Emily riu. Tinha aquele tom de pele cremoso que algumas vezes acompanha os cabelos ruivos e as sardas: – Você só está piorando as coisas. Agora, eu também estou curiosa.

Kim respirou fundo: – Fui despedida. Não conseguia achar emprego em Londres, então, vim pra cá. Moro com os pais de minha amiga. Otis é meu sobrinho. Fiquei com a guarda dele, depois que minha irmã morreu.

– Sinto muito – sua tristeza parecia sincera. – Elas contaram pra gente, quando o Otis entrou na escola. Quando foi que ela morreu?

– Em novembro passado.

– Quantos anos ela tinha?

– Tinha 31. Câncer no seio.

– Nossa! Isso é uma merda.

Kim concordou com a cabeça.

– Eu trabalhava com uma pessoa cuja melhor amiga morreu de câncer no seio. Com a mesma idade. É como uma espécie de praga, né? Levando todas as mulheres.

Elas caminharam em silêncio. Emily disse: – Eu trabalhava num banco de investimentos. No centro financeiro. Aí, meu marido arrumou um trabalho aqui. No hospital. Cardiologista clínico.

Kim ficou calada.

No final da rua, Emily deu uma parada e indicou com a cabeça uma casa majestosa, de três andares, com a porta da entrada toda rodeada de hera: – Fico por aqui – ela hesitou. – Olhe, sei que você quer ser deixada em paz. E compreendo. Harry está igualzinho. Meu velho amigo do trabalho. Está um lixo, mas prefere morrer a tocar no assunto. É o mal inglês, não é? Manter tudo sufocado. Pelo menos, deixe-me ajudar com o Otis, às vezes. Deve ser muito difícil pra você, sozinha – ela parou e olhou para Kim, com atenção. – Você está bem?

Kim não respondeu. Apenas ficou ali, sob a luz do sol, com a sensação de que alguém havia lhe dado um soco.

Em junho, numa tarde de domingo, quando os pais de Izzie tinham arrastado um calado Otis para o parque, a campainha tocou. Kim franziu a testa. Não queria visitas. Preferia ficar sozinha.

Na soleira da porta, à frente, havia um homenzinho de pele escura, cabelo preto e olhos negros, prováveis 30 anos, bem tratado e abastado demais para ser um dos pais da escola. Ficou olhando para ele.

– Kim?

– Eu o conheço?

Ele estendeu a mão: – Meu nome é Syed.

Ela apenas ficou ali, segurando a beirada da porta: – E?

– Posso entrar?

– Não.

Syed aquiesceu com a cabeça: – Não a culpo. Eu também não me deixaria entrar.

– Está vendendo alguma coisa?

Ele sorriu: – Pareço estar vendendo alguma coisa?

Kim refletiu. Não parecia. Sem prancheta, sem folhetos: – Então, o que você quer?

– O problema é que, se eu contar o motivo de estar aqui, você vai fechar a porta na minha cara – disse Syed.

– É melhor você me contar, antes que eu faça isso de qualquer jeito – rebateu ela.

– Cinco minutos?

– Não.

– Ajudaria se eu lhe dissesse que conheci a Christine?

– Como?

– Pode ser que eu tenha de entrar pra lhe contar isso.

Ela começou a fechar a porta.

Ele se apressou em dizer: – Ela me deu seu endereço.

Kim ficou ali parada, os olhos se estreitando.

– Eu disse que era como Ban Ki-moon, tentando intermediar um acordo de paz. Se bem que, para ser justo, acho que ela ficou mais impressionada com o fato de eu ter gostado do seu mango chutney.

– Você não está fazendo sentido.

– Eu sei – ele disse, abrindo um sorriso.

– Você é sempre tão irritante?

– Sempre.

Ah, foda-se, pensou Kim. Ela escancarou a porta: – Então, entre. Mas é melhor que seja coisa boa.

Levou Syed para a sala de visitas. Até agora, não conseguia acreditar que fossem feitos tantos tecidos diferentes com rosas centifólias.

Syed sorriu: – Ela disse que eu poderia perder a viagem. Cinco horas de carro, desde Londres, e você não me deixar entrar.

– Mas isso não o incomodou.

– Gosto de viver perigosamente.

Ela olhou para ele, desconfiada: – E aí, como é que você conhece a Christine?

O sorriso de Syed se foi: – Você não vai gostar de saber.

Kim, entediada, esperou.

– Harry tinha o número dela no celular.

O coração dela golpeou de um jeito desagradável.

– Infelizmente, seu número não estava lá. Teria me facilitado muito a vida. Mas liguei pra Christine e contei a ela por que precisava ajudar, e ela me convidou a ir até sua casa. E me deu seu endereço. E disse que era mais provável que você me ouvisse, se eu viesse pessoalmente.

– Porque você é muito encantador.

– Ela está preocupada com você. Diz que você ainda está em choque.

Kim ignorou isso: – Se isso tiver algo a ver com o Harry, não me interessa. A gente não se vê mais.

– Eu sei. Ele me contou. Se bem que levou uma noite toda. Você o pôs pra fora. Disse que nunca mais queria vê-lo. E, depois, foi embora de Londres – Syed respirou fundo. – O problema é que ele prometeu garantir que vocês dois ficassem bem.

Ela ficou furiosa: – O que você tem a ver com isso?

– Eva pediu isso pra ele. É por isso que ele está se acabando. Está quebrando a promessa que fez pra ela.

Kim levantou-se: – Acho que é melhor você ir embora.

– Ouça tudo o que eu tenho pra dizer.

– Vai ser só um montão de mentiras.

– Você acha que o Harry me colocou nesta?

Ela falou com desdém: – Você está dizendo que não foi ele?

– Não foi ele.

Kim deu de ombros, mas alguma coisa no rosto de Syed fez com que parasse. Quase sentiu medo.

Syed disse: – Estou preocupado com ele.

Ela quis dizer: e eu com isso? Porém, ao mesmo tempo em que as palavras lhe acorreram à mente, sentiu-se imatura e estúpida por pensar assim.

– Nunca o vi assim antes. Você sabe como ele é. Nunca demonstra o que está sentindo. Deixa tudo guardado. Mas prometeu pra Eva que cuidaria de vocês. E não pode. Então, está desmoronando. – Syed fez uma pausa, os olhos escuros de ansiedade. – Ele é um homem bom. Meu melhor amigo. Muito mais honesto do que o restante de nós. Quer fazer o que é certo.

Algo estava lutando para transparecer – raiva, indignação, pânico: – Diga a ele que não precisa se preocupar. Estamos bem.

– Os dois?

Kim suspirou: – Temos uma vida diferente, agora. As coisas seguiram seu rumo.

Syed pareceu triste: – E ponto final?

– É – disse Kim. – E ponto final.

Depois que Syed se foi, Kim não conseguiu parar de tremer. Vestiu mais um pulôver e até se enrolou num cobertor, mas nada funcionou. Era como se seus ossos fossem feitos de gelo.

A cozinha em Nunhead estava cheia de vapor e cheirava a cebolas fritas. Christine tinha ido às compras. Seu filho mais velho – o consultor em tecnologia da informação – estava vindo jantar, trazendo a mulher e os três filhos. Christine já tinha feito duas grandes tortas de frango, descascado um saco de batatas e cortado cenouras, repolho, feijões e brócolis. E, no último minuto, achou que o pão não seria suficiente.

Kim, sentada à mesa da cozinha, estava tão derrotada que parecia uma pilha de roupa suja: – Austrália?

Damaris confirmou com um gesto de cabeça.

Kim olhou fixamente para ela: – Por quê?

– Porque lá eles sabem como tratar um médico de pronto-atendimento. Recursos próprios. Equilíbrio entre vida e trabalho. Algo como: você faz seu trabalho, e depois tem tempo para se recuperar.

– Quando você vai?

– Daqui a um mês. Em 1º de dezembro.

Todo mundo estava indo embora. Não restava ninguém.

– Por que você não vem também? Para umas férias?

– Como é que eu posso ir? Não tenho dinheiro.

– Eu lhe empresto um pouco.

Eu nunca conseguiria devolver, pensou Kim. Nem deu para a gente pagar o trem de Newcastle até aqui. Sete horas de ônibus.

– Venha no Natal – disse Damaris. – Lá vai ser verão. Pense em todo aquele sol.

Kim abaixou a cabeça. Dizem que, onde quer que você vá, seu eu interior segue junto. Você é a mesma pessoa, seja qual for o cenário. Eu gastaria todo esse dinheiro só pra que Otis e eu pudéssemos sentar em silêncio, em Melbourne.

Damaris debruçou-se sobre a mesa da cozinha: – Vamos lá, Kim. A gente pode fazer um *tour*, ir à praia. Você pode até querer ficar. Esta é a idade certa pro Otis se mudar, antes de criar raízes.

Não consigo imaginar Otis criando raízes em lugar nenhum, pensou Kim. Ele não parece suficientemente sólido. Na metade do tempo, é como se nem estivesse ali.

A porta da frente bateu, com força. Christine entrou na cozinha com uma gorda sacola de compras e duas longas baguetes.

– Kim! – Ela parou e olhou em volta. – Mas cadê o Otis?

– Está vendo TV com o papai – disse Damaris.

– Esse menino passa tempo demais dentro de casa – disse Christine, enquanto desempacotava três grandes pães de forma e colocava-os sobre a mesa, ao lado das baguetes. – Na idade dele, deveria estar lá fora, correndo ao sol, colocando um pouco de ar fresco pra dentro dos pulmões – calou-se e olhou para Kim, por sobre os óculos. – Você soube do novo emprego? Em Melbourne?

– Eu falei pra Kim que ela tinha de vir comigo – disse Damaris.

Ah, pensou Kim, elas estão se juntando contra mim.

– É claro que é longe – disse Christine, tirando o casaco e pendurando atrás da porta da cozinha. – Eu não quero minha filha do outro lado do mundo. Quero toda minha família por perto. – Ainda com sua echarpe com estampa de caxemira e seu chapéu de feltro azul, ela se virou, pequena, intensa, pronta para enfrentar qualquer desafio. – Mas é isso que a pessoa tem de fazer, quando é jovem, Kim. Agarrar suas oportunidades. Assumir o controle da vida.

– Começar de novo – disse Damaris.

– Eu fiz isso – disse Kim, baixinho. – Fui pra Newcastle.

Christine sacudiu a cabeça: – Você está se escondendo, Kim. É isso que você está fazendo. Você não quer enfrentar, então se esconde.

Kim abriu a boca para protestar (Pare de se meter e me deixe em paz!), mas percebeu, repentinamente, que estava à beira das lágrimas.

– Eu sei que você acha que eu me preocupo demais. Sei que não quer a ajuda do Harry. Quer passar por isso sozinha. Você foi sempre assim, desde pequenininha. Cabeça dura. Determinada. Independente. Costumava se sentar exatamente aí, aos 5 anos, com essa expressão de agora. Como se, mesmo que fosse desmembrada, nada faria você mudar de ideia – Christine inclinou-se para frente. – Mas não vou deixar você desperdiçar sua vida. Está me ouvindo, Kim? Você tirou um ano de luto. Você e o Otis. Mas o tempo está passando e você continua andando por aí, meio dormindo. Antes que você perceba, vai estar velha e cansada, e se perguntando o que aconteceu. Pare com esse luto já. Levante-se e encare o futuro. E se não quiser pegar dinheiro com o Harry, pegue comigo, vá pra Austrália. Recomece sua vida.

Querida Kim,

Espero que você esteja bem.

Jia me pediu que lhe mandasse o cheque anexo. Ela me disse que você vai enfrentar despesas inesperadas, agora que é a tutora legal do meu neto.

Pode ser que você ache sensato depositá-lo, caso esteja pensando em comprar uma propriedade.

No entanto, Jia insistiu para que eu deixasse claro que o dinheiro é seu, para ser gasto no que você achar que deva.

Tudo de bom,

Papai

Quando você vê um tubarão por baixo, ele parece um Boeing 747, branco, com uma extremidade arredondada e dois braços esticados para fora. As raias parecem crianças de macacão fazendo asas de anjo. Cardumes de sardinhas se refletem, prateados, ao mudar de direção. Dá para ver todos eles, ficando aqui: atuns, tartarugas, peixes-sóis, águas-vivas, que, é claro, não são absolutamente peixes, pensou Kim, observando os pulsantes cogumelos com babados dispararem pela água, como guarda-chuvas de cabeça para baixo. As águas-vivas não têm ossos, sangue ou barbatanas. Mas ferroam. Têm tentáculos cheios de toxinas. As vespas-do-mar são as piores. Quase transparentes, flutuam ao longo da costa norte da Austrália. Podem matar em minutos.

Otis se manteve quieto, olhando a parede de vidro acima. Medusa-da-lua, carambola-do-mar, água-viva coroada, água-viva de banha roxo-escura. A água-viva chapéu-de-flor, com seus tentáculos multicoloridos a se estender de uma campânula com riscas fininhas. A chapéu-de-flor, com sua ferroada maligna.

Ele não tinha dito uma palavra, desde que chegaram. *Jet lag*, provavelmente.

– Seu filho é muito quieto, não é? – Eles haviam se sentado ao lado de uma mulher idosa, em sua viagem de ida. Era uma avó em visita à filha. Estava transbordando de excitação. Conforme o avião decolou, puxou conversa com Otis, perguntando a que escola ele ia, o que gostava de fazer, se já havia voado antes. De início, achou que ele pudesse ser tímido. Depois, deduziu que estava cansado. No entanto, quando ele reagiu a todas as perguntas com idêntico olhar fixo e vazio, ela começou a ficar desconfortável. Depois, surpresa e, então, ansiosa.

Gostaria que as pessoas pudessem simplesmente calar a boca e cuidar de suas próprias vidas, pensou Kim, contemplando Otis, enquanto ele olhava as águas-vivas. Ficaremos bem se todo mundo nos deixar em paz. Talvez devêssemos ter ficado no hotel um ou dois dias, nadado na piscina, dormido nos quartos com ar-condicionado. Mas achei que um passeio pela cidade o animaria, tiraria essa sua expressão sem vida do rosto.

A expressão vazia preocupava todo mundo: – Em vista das circunstâncias – disse a senhorita Carter, franzindo o cenho por sobre a mesa de melamina lavrada –, e considerando já estarmos quase no final do período, fico feliz por você tirar o Otis da escola para umas férias.

Ninguém conseguia chegar até ele, naqueles dias. Em Newcastle, havia sido bastante ruim. A comunicação por lá havia sido bem esparsa, chegando a ponto de: pasta de amendoim, sim/não, geleia de morango? Mas ali, sob um céu azul luminoso, o silêncio parecia ainda pior.

– Por que a Califórnia? – perguntou Damaris. – Por que não a Austrália?

Não faço ideia, pensou Kim. E, depois que pensei nisso, não havia como voltar atrás. Tínhamos de ir até Monterey.

Era uma manhã ensolarada. É claro que era. O sol sempre brilha na Califórnia. Após o café da manhã, que nenhum dos dois quis tomar, vagaram para lá e para cá pelo Fisherman's Wharf. Então, Otis ficou olhando o oceano Pacífico, o rosto, como sempre, sem expressão.

– Podíamos ir olhar as baleias – disse Kim, no tom animado que sempre usava com Otis, ultimamente.

Se bem que não fazia diferença o tipo de tom que usasse.

Em Cannery Row, Kim viu o cartaz do Monterey Bay Aquarium.

– É bom? – Ela perguntou a uma mulher de cabelo castanho e brincos de argola prateados, que acabava de sair, conduzindo duas criancinhas à frente.

– É o máximo! – respondeu a mulher. – Principalmente as lontras marinhas. São muito engraçadinhas.

Entretanto, depois da exposição a céu aberto, com as sardinhas e os tubarões em meio a uma floresta de algas ondulantes, Otis, de certa forma, tinha grudado no tanque das águas-vivas. Olhava para elas, imóvel. Kim tentou tocá-lo para frente, mas ele não parecia triste, só hipnotizado. Assim, depois de um tempo, num fuso horário diferente, com o relógio biológico confuso, Kim deixou sua mente à solta.

– Não é demais ficar olhando pra elas? – perguntou uma voz ao lado.

Kim levou um tempo para perceber que alguém falava com ela. Depois, entorpecida, percebeu que a mulher referia-se às crianças, não às águas-vivas.

– Não parece que estão encantadas? Como se não conseguissem parar?

Ela concordou com a cabeça. Otis, agora, estava entre duas crianças loiras, uma pequena, outra alta.

– Olhe o seu garotinho. Está colado no vidro. Quantos anos ele tem?

– Tem 6.

– Deve ser parecido com o pai, com todo esse cabelo preto.

– Pode ser – disse Kim, esforçando-se para não bocejar. – Sinto muito. Acabamos de chegar. Ainda não me adaptei ao fuso horário.

– Você é inglesa, certo? – A mulher era loira, de olhos azuis, com uma expressão descontraída e amistosa. Usava uma camisa branca, com botões vermelhos na frente. – Está de férias?

– Duas semanas.

– Você veio ao melhor lugar. Monterey é ótima pras crianças. A gente vem quase todo ano. Você vai aproveitar muito.

Kim disse: – Também vamos ver onde foi o festival.

– Em setembro, certo?

– Não, não o festival de jazz. O festival pop.

A mulher sacudiu a cabeça.

– Há muito tempo, 1967 – disse Kim.

– Ah, sei.

– O Verão do Amor. Os hippies dirigindo-se para São Francisco. Flores no cabelo. O primeiro festival pop internacional. – Apesar do frescor do aquário, Kim estava começando a se sentir acalorada e zonza. Estou falando demais, pensou. Esforçando-me demais para falar. – Pessoas como Janis Joplin, Jimi Hendrix Otis Redding.

Otis tinha se virado e estava olhando para ela. Não dava para saber o que estaria pensando. Nunca dava.

– Ele cantou aqui – disse Kim. – Otis Redding. Seu concerto de arrasar.

No momento em que começou a cantar, soube que tinha a plateia na mão. Um repertório de *soul*. Cantou “Respect”, “Satisfaction”, “Try a Little Tenderness”, a voz embargada de emoção. A multidão ficou em pé, sem querer deixá-lo sair. Comemorando, aplaudindo, gritando. E, então, seis meses depois, ele estava morto. Desastre de avião. Tão jovem. Nem ao menos 27 anos. Londres o amava. A Europa o amava. Após Monterey, o mundo ficou aos seus pés. E, justo quando estava chegando lá, quando todo mundo pedia mais, ele morreu.

– Você está bem? – perguntou a mulher. – Você ficou muito pálida.

A esperança se foi, pensou Kim, parada, olhando a água-viva se inflar e flutuar, como paraquedas em eterna queda. Quando Eva morreu, levou a esperança com ela. Desapareceu para sempre.

– Você não me parece bem. Talvez fosse melhor se sentar.

Não consigo sentir nada. Sou como uma água-viva, sem cérebro, sem coluna, sem coração.

– Posso trazer um pouco de água.

Não tenho certeza, pensou Kim – enquanto alguém a colocava numa cadeira e ela sentia alguma coisa fria e úmida na parte de trás do pescoço, as vozes ao redor ficando cada vez mais fracas e distantes –, de poder continuar fazendo isso.

Muito tempo depois, Kim e Otis estavam em um restaurante minúsculo, de frente para o mar. O dia estava começando a parecer ligeiramente surreal, como se pedaços de sonho tivessem se misturado com Coca-Cola, pizza e salada de tomates frescos. Kim pediu um café puro, para manter-se acordada. Espero que Otis queira ir para a cama cedo, pensou, ou não vou dar conta.

Ele disse: – Quero ver o Harry.

Kim olhou fixamente, com os olhos escancarados: – O que você disse?

– Quero ver o Harry.

Por alguns segundos, ela apenas ficou olhando para ele. Se, em Newcastle, de repente, ele tivesse dito isso assim, do nada, talvez fosse motivo de comemoração. Ela poderia correr pelo restaurante aos gritos, acenando os braços. Já ali, em Monterey, o inesperado pareceu normal. Sentiu-se como Dorothy, em *O mágico de Oz*, ou como parte de *Alice no País das Maravilhas*, confusa, mas não surpresa. Franziu a testa: – Você quer ver o Harry.

Ele concordou com a cabeça.

Não podemos, pensou. Se bem que, subitamente, não conseguia se lembrar do motivo. Tinha algo a ver com o funeral. Porém, enquanto partes daquele dia estavam vívidas em sua mente – o pano vermelho no caixão, os lírios brancos no chão –, não conseguia se lembrar do que a deixara tão brava. E, pela primeira vez em um ano, pela primeira vez desde a morte de Eva, começou a ver que todas as decisões recentes, deixar Londres e abandonar tudo que tivesse a ver com sua antiga vida, não tinham sido absolutamente racionais. Talvez Christine estivesse certa. Foi o choque. Talvez o luto torne as pessoas tão esquisitas, fragilizadas e feias que não conseguem raciocinar direito. Somos como galinhas que se agitam depois da entrada da raposa, fazendo um bocado de barulho numa confusão de sangue e penas, pensou Kim.

Mexeu seu café puro, sem açúcar. Quando levantou os olhos, Otis a encarava, esperando sua resposta. Por um momento, olhando seu rosto sério, Kim sentiu que Harry estava sentado com eles, em Monterey, contemplando a baía. Viu o sorriso de Harry. Ouviu sua voz. Não foi desagradável. De um modo estranho, foi quase reconfortante. Se Otis quiser ver o Harry, o que pode haver de tão ruim? Talvez eu possa fazer isso, se for o que ele realmente quer. Talvez não seja o fim do mundo. Tomada por uma onda avassaladora de cansaço, ela quase deitou a cabeça na toalha branca, fechou os olhos e dormiu.

Kim esticou a mão e tocou o braço macio e moreno de Otis. Estava difícil se manter ereta. Muito difícil manter os olhos abertos. Muito lentamente, disse as palavras quase pesadas demais para serem ditas: – Vamos aproveitar nossas férias. Vamos passear de barco, tomar sorvete e ver tudo que a mamãe queria ver. Todas as coisas com as quais ela sonhou, antes de morrer. Depois, vamos pra casa. Quando a gente chegar, vou ligar pro Harry e perguntar se podemos nos encontrar com ele, está bem?

Ainda restava uma sombra de dúvida nos olhos dele.

– Eu prometo – disse Kim. – Está me ouvindo? Eu prometo.

Então, finalmente, Otis sorriu.

2014

Ele era alto e negro, talvez tivesse 16 ou 17 anos, com aquele ar calmo que todos os atletas têm. Todo o stress resolvido. Confortável na própria pele. Tinha uma sacola de treino pendurada em um ombro. Quando a cumprimentou com a cabeça, Kim sorriu, mas ficou curiosa. Quem era? Ela o conhecia?

– Ele está indo bem, sabe? – disse – Otis. Eu cuido dele.

– Ah – ela disse, olhando para a porta da Academia Tommy, do outro lado da rua. – Você está falando do boxe.

– Ele levou um tempinho. Como se precisasse de permissão. Mas agora está bem.

– Ele gosta – disse Kim.

– Harry disse que você não tinha certeza. Sobre o fato de ele começar.

Para ela, foi um choque ouvir o nome de Harry dito com tanta casualidade. Ela ainda esperava uma sensação de calor infernal, sempre que ele era mencionado: – Achei que ele acabaria com o nariz quebrado.

Ele riu.

Kim disse: – Você é o Leon?

Ele pareceu surpreso: – Eu? Não.

– Desculpe-me – disse Kim. – É que ouvi o Harry falar de alguém chamado Leon.

– Ele tem 50 ou 60 anos, não sei. Sou o Ethan.

– Sou a Kim.

– Eu sei.

Ela se sentiu como se estivesse no *set* de um filme, em que todos sabiam o que estava acontecendo, exceto ela.

Ethan sorriu: – Você é a tia dele, certo?

Kim assentiu com a cabeça.

– E trabalha numa loja de tintas.

Ela ficou olhando.

– Otis conversa bastante. Ele me conta coisas o tempo todo – sorriu. – É melhor você tomar cuidado. Conheço todos os seus segredos.

Kim, que tinha se desacostumado completamente do tipo de conversa cotidiana que as outras pessoas têm, encolheu-se de constrangimento.

– É melhor eu entrar. A esta altura, a aula das crianças deve ter terminado.

– Cadê o Harry?

– Está trabalhando.

– Sabe, ele salvou a minha vida – disse Ethan, subindo a sacola no ombro.

Ela esperou, achando que viria alguma brincadeira casual.

– Estou falando sério – disse Ethan. – Quando eu era criança. Ele me protegeu. É por isso que fico de olho no Otis. Pra ter certeza de que ele está bem. É como um carma, sabe? O que vai, volta.

Kim franziu o cenho. Harry salvou sua vida? Como? Mas Ethan levantou a mão, despedindo-se e seguiu pela rua, afastando-se dela.

Voltar a ver Harry não fora fácil. O primeiro encontro, assim que voltaram de Monterey, foi penoso. Otis não pareceu notar a tensão. Assim que o viu, todo seu corpo ganhou vida. Os olhos brilharam, ele vibrou e foi só sorrisos, durante toda a hora seguinte, enquanto Kim e Harry tropeçavam em uma conversa educada, parando, agradecidos, sempre que Otis os interrompia.

– Como está a Damaris?

– Bem.

– Gostando de Melbourne?

Está com um novo namorado, pensou Kim. Chamado Michael. Outro médico do pronto-atendimento. De Sydney.

– Está.

– Harry, a gente pode ir até o parque? – Otis olhava para ele, radiante.

– Pode ser – disse Harry. – Se a Kim disser que sim.

Eles estavam de volta ao apartamento de Izzie, em Sydenham. (Que ainda se recusava a deixar que Kim pagasse o aluguel: – Não estou pagando nada pra Hannah – dizia. – Então, por que você me pagaria? – O que, é claro, não fazia qualquer sentido.) Por uma estranha razão, parecia que nunca tinham ido embora; como se o ano passado em Newcastle nunca tivesse existido.

– Se você quiser – disse Kim.

Otis ficou de pé, num pulo.

– Primeiro, deixe o Harry terminar o café.

– Tudo bem – disse Harry. – Podemos ir agora. Não me importo. Você vem?

Kim sacudiu a cabeça: – Tenho coisas pra fazer.

Assim que ouviu a porta da frente bater, ela desmoronou de volta na cadeira, esmagada, como um animal atropelado. Foi muito pior do que imaginara. Harry estava diferente. Como se tivesse sido levado por alienígenas. Assim que o viu, parado na soleira, houve um surto de reconhecimento. Pele morena, olhos escuros, cabelo escuro cacheado; os anos se foram e ela estava novamente com 13 anos, nervosa e furiosa. Depois disso, nada foi igual. Ele foi educado, cuidadoso e gentil. Sem piadinhas. Sem provocações. Como se algo tivesse sugado toda sua personalidade e deixado para trás uma imagem plana em duas dimensões, agradável e brilhante, como uma fotografia num catálogo de compras. Otis ainda o fazia sorrir. No restante do tempo, porém, ele não se parecia nem um pouco com Harry, apenas um homem avançando a faixa dos 30 anos, a mente em outro lugar.

É como se ele nem ao menos tivesse me visto, pensou Kim. O que me leva a pensar se eu existo. Talvez tenha sido eu quem foi levada por alienígenas.

– O que você esperava? – perguntou Damaris, por telefone, de Melbourne. – Você cortou todo contato durante meses. Não acho que ele goste muito de você.

– Pensei que você estivesse do meu lado.

– Estou – disse Damaris. – Sempre. Mas ainda acho que você estava errada.

Às vezes, de madrugada, Kim, com o olhar perdido na escuridão, pensava se deveria conversar com Harry e tentar explicar. Fiquei louca por uns tempos. Fiz de você o centro da minha dor. No entanto, quando amanhecia, perdia a coragem. A trégua entre eles era frágil. Era melhor não remexer no passado.

Harry deixou bem claro que não queria fazer nada que pudesse quebrar a rotina normal de Kim. Em geral, aparecia aos sábados. Pela manhã, levava Otis à aula infantil na academia de boxe. À tarde, iam ao Museu da Ciência, a uma matinê no West End ou ao aquário de Londres.

Kim era, antes de tudo, agradecida. Stan, proprietário da loja de materiais de construção onde ela trabalhava – em Peckham, encravada entre uma loja de frango frito para viagem e uma pequena quitanda que cheirava a cominho e *garam masala* –, queria sua presença quase todos os finais de semana, e encontrar um lugar para deixar Otis num sábado tinha se revelado quase impossível.

– Tinta? – perguntou sua mãe. – Você está vendendo *tinta*?

– Foi o mais próximo de moradia que consegui nesse mercado – disse Kim.

Afinal, esse era o acordo que ela tinha feito consigo, em Monterey. Ir para casa, voltar para Londres. Arrumar um emprego que se encaixasse nas horas da escola. Passar um tempo com Otis. E não era tão ruim na loja de materiais de construção. No outro dia, eles até tinham deixado que ela misturasse meio litro de emulsão.

Gradualmente, porém, conforme as semanas se passavam, ficou surpresa – e irritada – por se sentir deixada de lado. Harry, de certo modo, tinha deixado óbvio que não esperava que ela se envolvesse no que ele e Otis estivessem fazendo. Mas ela queria que, às vezes, ele sugerisse um passeio que todos pudessem fazer juntos.

Se bem que não queria sair no Porsche. Que ele ainda dirigia. Ostentosamente.

Na companhia de Harry, Otis ficava quase falante. Às vezes, Harry aparecia num domingo à tarde. Se estivesse chovendo, ou Otis estivesse resfriado, os dois ficavam na sala de visitas, construindo com Lego modelos complicados de espaçonaves, ou torres com cartas de baralho. Kim, pondo em dia os e-mails em seu laptop, na mesa da cozinha, entreouvia, enquanto os dois discutiam Fórmula 1, mensagens instantâneas ou o tipo de abelhas que produz mel. Uma vez, ouviu alguém dedilhando as cordas do violão. Pensou em Eva e, por um momento, ficou com o olhar perdido.

Dinheiro continuava um problema. Sempre que Harry estava por perto, ficava tensa, esperando que ele aproveitasse a primeira oportunidade para exibir sua extrema riqueza. Conseguia fechar os olhos para o custo das entradas de teatro e das refeições feitas em pizzarias. Harry sempre pedia sua permissão antecipadamente, e ela ponderava que não poderia realmente esperar que os dois não fizessem nada, além de vagar pelas ruas frias e chuvosas de Londres.

Mas, numa das vezes, ele foi longe demais. Otis ficava perguntando se ia nevar e não parecia feliz com nenhuma das explicações que eles lhe davam. Assim que ele se afastou e não podia ouvir, Harry disse: – Posso levá-lo pra esquiar. Na Páscoa. As crianças adoram isso. Só uma semana, em algum lugar.

– Não – ela disse.

Virou as costas, para que ele não pudesse ver seu pânico, a súbita visão de Otis caindo numa fenda, enterrado por uma avalanche gelada e sufocante de neve.

Harry nunca mais tocou no assunto.

Ele a fazia se sentir desconfortável. Percebia que ele se comportava com tato e consideração, sensível aos seus sentimentos, cuidadoso em não pedir coisas demais, e detestava isso. Era como se sentar sobre uma bomba não detonada. Essas regras eram dela ou dele? Quem as havia criado? Quais eram as penalidades? Na maior parte do tempo, a única coisa que Kim podia ter absoluta certeza, na companhia de Harry, era que terminaria se sentindo ansiosa e confusa. Depois que ele ia embora, passava horas revendo o que ele havia dito, e como havia dito, como se tivesse assistido a um filme complicado em língua estrangeira e não conseguisse ter muita certeza da trama.

Isso a perturbava. Raramente, conversava com ele. E não passavam um tempo juntos. De alguma maneira, ele estava de volta em sua vida, como erva daninha.

– Acho que você está indo muito bem – disse Izzie, voltando de Liverpool para o final de semana. Tinha tirado fotos com seu celular: o apartamento de Hannah, o Cavern Club, onde os Beatles tocaram pela primeira vez, Penny Lane, Strawberry Fields, a própria Hannah.

– Sabe, ela poderia ser modelo – disse Kim.

– Pois é: alta, afro... Não dá pra passar despercebida – disse Izzie.

– Como vai indo a série?

– Não deu – disse Izzie. – A BBC rejeitou. Disseram que o enredo era bom, mas a parte cômica não.

– Ah, Iz – disse Kim, com tristeza. – E você deu um duro tão grande.

– Acho que foi o assunto. As pessoas sempre dizem que a gente deve escrever sobre o que sabe, mas acho que é melhor escrever sobre o que a gente não sabe. Tem mais chance de fazer rir.

– E agora?

– Sempre tem o *stand-up* – ela deu de ombros. – Só preciso trabalhar em algum material novo. Alguma coisa bastante interessante e que faça o país me amar. Eu bem que gostaria de ser um tesouro nacional. Como o Stephen Fry ou a Judi Dench. Assim, eles escrevem coisas boas a meu respeito no *Daily Mail*.

– O apartamento ainda é seu, você sabe. Pode pôr a gente pra fora, a qualquer hora.

– Porque, secretamente, você quer morar com o Harry.

Kim desferiu um olhar raivoso.

Izzie riu: – Eu estava falando sério. Acho que você está indo muito bem. Vocês dois. Se esforçando tanto pra fazer o Otis feliz – levantou-se, esticando os braços acima da cabeça. – Você ficou mais suave, depois de velha. Exatamente como sempre quis. Costumava ser o fogo do inferno, agora está mais pra um aquecedor.

O sorriso de Kim foi um pouco tenso. Não sabia muito bem se gostava de ser comparada a um aquecedor.

Numa noite de terça-feira, no começo de junho, Kim estava se acomodando para assistir a *Uma secretária do futuro* – depois de encontrar o DVD numa loja da Oxfam, já o tinha visto tantas vezes que sabia de cor a maior parte das falas de Melanie Griffith – quando a campainha tocou. Como sempre, ficou gelada. Estava ligeiramente mais sociável, nos últimos tempos. Feliz, extrovertido e relaxado, Otis tinha feito tantos amigos novos que Kim precisara criar coragem e conversar com os outros pais. Apesar disso, ainda preferia uma noite sozinha em frente à TV. Seu trabalho na loja de materiais de construção a obrigava ser simpática com as pessoas o dia todo: pintores com avental branco fazendo charme, pedreiros taciturnos cobertos por uma fina camada de pó de gesso, proprietários de casa ansiosos, com polegares machucados. Tinha sido promovida a gerente assistente. Logo, podia delegar os trabalhos que realmente detestava, algumas vezes, como atender os clientes. Mas ainda chegava ao final do dia com o rosto doendo pelo esforço de sorrir o tempo todo.

Descendo a escada até a porta de entrada principal, Kim reviu as possibilidades: um dos pais da escola? Alguém pedindo doações? Ou, talvez, uma entrega para o apartamento de baixo.

Nunca, em suas conjeturas mais alucinadas, imaginou-se abrindo a porta para Jake.

– Ah – disse, o olhar parado.

Ele parecia exatamente igual: cabelo claro, espetado como palha num telhado, olhar intenso, expressão de estudada superioridade. Mas o jeans tinha ido embora. Usava um terno escuro folgado, com listas discretas, camisa branca e gravata azul-marinho. Usado, mas conservado. Quase que dava para imaginá-lo no saguão da Câmara dos Comuns. Talvez ele esteja, pensou. Muita coisa pode acontecer em dezoito meses

– Só estava passando – ele disse.

Mentiroso. Ninguém passa jamais por Sydenham. O que você quer?

Lá em cima, no apartamento, Kim lutou contra a vontade de catar jornais às pressas, peças de Lego e xícaras sujas de café.

– Quer beber alguma coisa? – Não que eu tenha alguma coisa, pensou. – Uma xícara de chá?

– Camomila?

Ela sacudiu a cabeça.

– Pena. Tão saudável.

Jake sorriu. Kim levou um tempinho para perceber que algo havia mudado Seus dentes da frente, que antes eram levemente salientes, como que empurrados para frente pelo volume de palavras, agora estavam retos. Aparelho? Coroas?

– Então, conte-me tudo. A vida deve ser muito diferente criando um filho, sozinha. E meus espiões me disseram que você sumiu lá pro norte por um ano. Onde está trabalhando, agora?

Kim teria preferido levar aquela conversa para algo menos pessoal. Mas aquele era Jake. Por algum motivo, era impossível não responder às perguntas.

– Trabalho numa loja de material de construção.

Ele pareceu chocado, como uma dama vitoriana que acaba de encontrar cocô de rato em seu bolo de cominho.

– É um negócio local e eles são muito compreensivos quando preciso me ausentar – completou Kim, na defensiva.

– E você precisa?

– O quê?

– Se ausentar?

– Só quando não consigo pagar uma *baby-sitter* por mais de um período.

– Então, eles não pagam bem.

– Não especialmente. – Desesperada por mudar de assunto antes que ele acabasse de vez com ela, perguntou: – E você?

– Eu? Bom, você sabe. – Jake foi até a *bay window* e se pôs de costas para ela, as mãos nos bolsos da calça. – Certa mudança na carreira. Trabalhando com saúde, agora. Ainda lutando pelo bem-estar físico e emocional do povo britânico. Só que de maneira ligeiramente diferente.

– Diferente, como?

– Uma espécie de conselheiro do governo – disse Jake, virando-se.

Ah, pensou Kim, conheço esse sorrisinho. Ele está imensamente orgulhoso disso.

– Criando uma estrutura para a reavaliação da assistência hospitalar. Conforme ela muda, se preferir, de um "generalismo" local, para um "especialismo" regional. Investindo a longo prazo.

Kim franziu a testa: – Fechando hospitais?

– Isto é um pouco simplista. É claro que haverá alguns fechamentos durante o programa de racionalização. Mas o principal objetivo é garantir a implementação de um excelente atendimento para todos os clientes da Grã-Bretanha.

Eu deveria ter tentado argumentar anos atrás, pensou Kim. Mas não acho que ainda tenha energia. Talvez seja esse o segredo de se tornar menos esquentada. Trabalhar muitas horas e cuidar de uma criança.

– Você ainda mora em Stockwell?

Ele pareceu surpreso: – Ah, não. Eu me mudei há algum tempo. Wandsworth. Entre os comuns.

– Que simpático.

– Tive um bom trabalho, reformando a casa. Não estava em mau estado quando a comprei, é claro, mas um pouco derrubada.

Conheço a sensação.

Jake olhou diretamente para ela. Aqueles olhos azul-claros, Kim pensou. Tinha se esquecido de como eles a prendiam no lugar.

– Não quero apressar a conversa. Seria uma delícia se pudéssemos passar a noite toda conversando. Mas entendo que você esteja totalmente comprometida em questão de tempo em vários aspectos. Então, deixe-me ir direto ao assunto. Vim aqui para saber se você pensaria numa mudança de carreira.

– Uma o quê?

Jake suspirou: – Quer um emprego, Kim?

Ela ficou com o olhar parado.

– Nunca encontrei ninguém tão bom em despedir pessoas. Meus planos envolvem demissão em massa. Quando me pediram para ir mais a fundo, pensei em você.

– Já tenho um emprego.

– Ah, qual é, Kim? Não esse tipo de trabalho. Um salário de seis dígitos, contrato de dois anos, férias de cinco semanas, seguro-saúde particular.

Os números tiniram em seu cérebro como bolas numa quadra de squash: – Então, não é trabalhar para o Serviço Nacional de Saúde, certo?

– O Serviço Nacional de Saúde, Kim, mas não do jeito que conhecemos – disse ele.

Nos dias que se seguiram, Kim vagou numa espécie de sonho. Pegava uma camiseta encolhida na máquina de lavar, as costuras tão esticadas que dava para ver as carreiras de pontos, e pensava: se eu pegar aquele emprego, posso jogar isto fora. Abria o armário da cozinha, olhava os pacotes de grão-de-bico e de lentilhas, e pensava: se eu pegar aquele emprego, posso encher um carrinho inteiro de supermercado com compras de impulso, salmão defumado, aspargos, berinjelas, mangas, e nem mesmo pensar no custo. Imaginou-se chamando um taxi, espalhando um monte de flores, encomendando um iPhone, comprando um carro.

O que restava do dinheiro do pai tinha desaparecido há algumas semanas, engolido pela conta de gás. Tinha liquidado a dívida no cheque especial, mas estava de volta à batalha diária de tentar fechar as contas.

Eu me ressinto do tempo que leva, pensou. O tempo todo em que estou acordada, passo fazendo contas. Devo andar ou pegar o ônibus? Compro xampu ou um cacho de bananas? Dá pra comprar um novo par de sapatos pro Otis? Chás em saquinho? Um jornal?

Otis é quem mais se beneficiaria. Se eu aceitar o emprego, posso começar a economizar para seu futuro. Para pagar a universidade. Assim, ele não vai ficar atolado em dívidas pela vida toda. Eu daria um bom exemplo. Alguém com uma carreira. Alguém saindo todos os dias e fazendo diferença.

Depois, ela se lembrava do olhar penetrante de Jake e estremecia. Por que me dou ao trabalho de pensar em trabalhar de novo para ele, depois do jeito que ele me tratou?

Estava cansada de pensar no assunto. Pelo menos, ponderou, raspando ovo queimado do fundo de uma frigideira, ele é um mal conhecido. Não vou ficar chocada se ele me enganar, for mais esperto do que eu, me derrubar, me despedir. Ele é indestrutível. Um sobrevivente. Nenhuma manobra interesseira ou traiçoeira a que ele pudesse recorrer me surpreenderia, em nenhum sentido.

E não acho, imaginou, enquanto olhava os azulejos lascados acima da pia da cozinha, as mãos imóveis na água ensaboada, espumante, que ele ainda tenha intenções com meu corpo.

Tenho 30 anos. Estou quebrada. Moro num apartamento alugado com um trabalho mal pago. Sou responsável pelo bem-estar do filho da minha irmã. Que escolha eu tenho?

Do camarim, elas podiam ouvir o pessoal. Inquieto. Conversando. Rindo.

– Casa lotada – disse Izzie. – Não sobrou um lugar.

– É isso que acontece quando você se torna viral. – Hannah estava esparramada em uma das cadeiras giratórias. Usava botas de exército pretas, meia arrastão, um *collant* rosa cintilante e um tutu branco.

Elas combinam tão bem, pensou Kim. Cada dia é um figurino.

– Não perdoei você. – O reflexo de Izzie era emoldurado por lâmpadas antiquadas, à volta toda do espelho. – Só estava fazendo hora. Não era pra você ter filmado.

Hannah levantou as sobrancelhas.

– Estou falando sério. E se a mamãe vir? – Izzie aplicou blush nas faces, o rosto trágico. – Ela ficou bem estranha depois que o Otis foi embora. Bastante mídia social. Usando o Flickr e o Facebook, e pondo chitas no Pinterest.

– Li em algum lugar que 25% das pessoas acima de 55 anos usam *tablets*.

– Pressão alta?[21]

– Hah, hah. Você já pensou em fazer comédia?

Ouviram uma batida na porta. Hannah levantou-se e a abriu. Uma corrente de ar trouxe o cheiro de poeira velha para dentro do camarim.

– Dois minutos – disse uma voz incorpórea no corredor.

Não era Kim quem se apresentaria, mas seu coração deu um pulo mesmo assim. Aquele era um grande local. Até então, o maior.

– Certo – Izzie afastou-se do espelho. – Como estou?

21 Jogo de palavras impossível de ser traduzido, usando dois dos sentidos de *tablet*: computador portátil com tela sensorial, e comprimido. (N.T.)

Usava calçolas azul-royal, um *top* de veludo vermelho e uma imensa gola de renda branca. Seu cabelo caía em cachos embaraçados por volta dos ombros. Parecia uma ciclista eduardiana que acaba de descobrir o prazer das calças. Ou, talvez, um cavaleiro do século XVII.

– Linda – disse Hannah.

Izzie e Hannah entreolharam-se. Houve um momento de imobilidade, como se o tempo tivesse parado. Então, Izzie disse:

– Sabe o que é muito estranho? Passei a vida toda me preocupando com minha aparência, e não tinha percebido a resposta até agora. Se você quiser uma opinião sobre sua aparência, sua personalidade, sua carreira ou a maneira como leva sua vida, deveria perguntar para alguém completamente a seu favor. É a única verdade digna de crédito.

– Bem, você sabe o que dizem: o amor é cego – comentou Hannah.

Elas souberam quando Izzie chegou ao palco. A multidão urrou, como um leão.

A discussão final com Harry foi ruim. Veio do nada, uma tempestade repentina.

Como de costume, Harry havia trazido Otis de volta a tempo para o chá, no sábado. Kim, que não tinha trabalhado naquele dia, abriu a porta da frente, parecendo desconfortável.

– Eu sei, eu sei – disse Kim. – Foi um pouco drástico.

Otis olhou para ela, com olhos ansiosos.

– Vai crescer – disse Kim. – Em dois meses, vai ficar do jeito que era.

– Ficou bem em você – disse Harry. Mas havia alguma coisa em sua expressão que ela não entendeu.

Otis continuava com olhar fixo. Kim pôs a mão na parte de trás do pescoço. Ainda se sentia um pouco exposta.

– E camisa nova – disse Harry. – Alguma ocasião especial?

– Só fiquei farta de usar preto.

Em seguida, abaixou os olhos, evitando os dele.

Já no apartamento, Otis mostrou o programa do Cambridge Theatre e contou sobre terem ido a Chinatown comerem *dim sum*. Depois, ele se afastou para ver TV e Kim colocou a chaleira no fogo. Não quero que Harry fique muito tempo, pensou. Mas não posso ser antipática. Dá tempo para uma xícara de chá.

Harry disse: – Ele fica falando em tocar violão.

– É.

Nenhum deles mencionou Eva.

Hesitando, escolheu as palavras, com muito cuidado: – Só estava me perguntando se você pensaria em chamar alguém pra dar aulas pra ele. Eu ficaria feliz em pagar.

A cabeça dela ferveu.

– Espero que você ache que é uma sugestão razoável.

O fato de Harry estar sendo tão calmo e lógico fez Kim querer se comportar de modo irracional: – Já estou perguntando por aí. Na escola. Por um professor.

– Ah, certo.

– E não tem problema. Posso pagar.

– Pode?

A surpresa dele fez com que se irritasse: – Arrumei um trabalho novo.

– Parabéns – Harry parecia realmente satisfeito. – Qual?

– Na área da saúde.

Ele esperou por mais. O problema era que Kim ainda continuava bem confusa sobre o que de fato faria. Então, depois de um tempo, disse vagamente: – Administração.

– Por aqui?

– Não – disse Kim, desconfortável. – No centro de Londres.

Por fim, Harry disse: – Parece um novo começo.

– É o Jake – disse Kim, incomodada por ser pressionada. – Ele quer que eu volte a trabalhar pra ele.

Harry assentiu com a cabeça: – Tem certeza?

– Certeza do quê?

– Certeza de trabalhar pro Jake.

– Por que não teria?

– Porque ele lhe escreveu uma carta dizendo quão cretina que você era, quando a dispensou.

Ela desferiu um olhar furioso: – Isso é tudo passado.

– É?

– É.

A chaleira ferveu. Kim pegou canecas e saquinhos de chá, batendo as coisas, fazendo um barulho desnecessário.

– Você não precisa aceitar o emprego.

Ela deu um longo suspiro: – Eu quero. É um bom emprego. Significa que Otis e eu finalmente vamos poder comer direito.

– Já poderiam estar comendo direito há muito tempo se tivesse me deixado ajudar.

– Eu não queria sua ajuda.

– Eu sei. Você me disse. Várias vezes.

O clima estava ruim, como se partículas no ar estivessem se inflando de raiva, prontas para arrebentar.

Kim tentou manter a voz calma: – Acho que não deve haver mal-entendido. Estou feliz que você veja o Otis. Já deixei isso claro. Mas você não tem nenhum direito de fazer qualquer comentário sobre o que eu escolho ou não fazer. Tanto agora quanto no futuro. – Ela se virou de costas para pegar leite na geladeira. Suas mãos tremiam. Seu coração disparara. Sabia que não poderia durar. Sabia que o velho e intrometido Harry estava à espreita, só esperando uma oportunidade para voltar à ação. Como malária. Fica latente por uns meses, depois reaparece, mais forte do que nunca.

Quando voltou a dar uma olhada nele, prendeu a respiração: parecia raivoso. Nunca tinha visto Harry tão nervoso antes. Ficou chocada. Continuou fazendo chá, evitando a todo custo olhar para ele, colocando as canecas sobre a mesa, com imenso cuidado.

Harry disse: – Você tem razão.

Ela levantou os olhos.

Ele disse: – De verdade. Você tem razão. Peço desculpas.

Ela engoliu em seco. Ele estava novamente com o olhar vazio, como se alguém tivesse descido uma cortina.

– Sinto muito. Espero que você esqueça o que houve – E num tom completamente diferente: – Então, isso explica o cabelo curto? E as roupas? Está se preparando pro novo trabalho?

Ela concordou com a cabeça. Suas pernas estavam bambas, como se tivesse corrido quilômetros.

Otis entrou na cozinha: – Posso beber alguma coisa?

Kim deu uma olhada no relógio.

– É melhor eu ir embora logo – disse Harry, pegando sua caneca de chá

A campainha tocou.

– Ah, deve ser a Layla – disse Kim.

– Noite das meninas?

– *Baby-sitter*.

Harry olhou, com uma interrogação.

Kim, agitada, disse: – Há séculos não saio.

– Você deveria ter me pedido pra ficar – disse Harry. – Eu não teria me importado.

– Você já fez demais.

– Posso abrir pra ela? – perguntou Otis.

– Deixe as duas portas abertas, pra que eu possa lhe ver – disse Kim.

Seguiu-o até o corredor. Com o canto dos olhos, podia ver que Harry continuava sentado à mesa da cozinha, sem se mexer.

Embaixo, Otis abriu a porta da frente. Ela ouviu a voz de Layla e ele falando, contando ter ido assistir a um musical. Harry, agora, já estava a seu lado, vestindo o paletó.

Ela disse: – Obrigada por ter saído com o Otis. Ele aproveitou muito.

Ele disse: – Você vai ver o Jake, hoje à noite.

Eles se encararam. Kim percebeu que estava ficando acalorada.

Os olhos de Harry já não estavam vazios. Olhavam para ela com desprezo.

2015

NÃO RESTAVA MAIS NINGUÉM, ALÉM DE KIM. As mulheres com suas sacolas de compras da Tesco tinham ido embora. Todas as outras cadeiras estavam vazias.

Ela não levantou os olhos quando ele entrou.

Harry colocou uma caixa de papelão sobre a mesa, no meio da sala. Não soubera o que comprar. Ela havia dito que não estava com fome, mas ele achou que comida poderia ajudar. Então, pegou uma seleção aleatória de coisas em recipientes plásticos: sanduíche, salada, fruta, chocolate amargo, café puro – sem leite ou açúcar.

Ausentara-se por uma hora. Tinha sido difícil passar o tempo. Ficou parado do lado de fora, nos degraus rasos de pedra, segurando o celular, vendo as pessoas entrar e sair. Um final de tarde de março, no sul de Londres. A vida hospitalar funcionando como sempre. Um menino de mais ou menos 16 anos, a perna engessada, mancando até um táxi. Um homem, em camisola de hospital, preso a um gotejador, fumando. Damaris? Ela tinha telefonado para Damaris? Ele não conseguia lembrar a diferença entre a Inglaterra e a Austrália. Ou talvez Izzie. Ela gostaria de ter Izzie ali. Mas não sei onde ela está, pensou Harry. Em algum lugar na costa oeste da Irlanda? Havia um cartão postal espetado na cozinha, há semanas: nevoeiros e montanhas, água azul, campos verdes, casas pintadas de rosa, amarelo, ferrugem e turquesa.

Não vou ao apartamento desde dezembro. Por isso o choque foi grande quando ela me telefonou. Do nada. Seu nome no meu telefone.

Harry ficou parado fora da entrada do hospital, a luz diminuindo. Ele não poderia ficar ali para sempre. Acabaria tendo de voltar, mesmo que ela não o quisesse por perto.

Kim estava sentada no lado oposto ao da porta, debaixo das persianas brancas. Tinha a cabeça curvada, o corpo virado de lado.

Ele não se deu ao trabalho de falar sobre o café. Ela não aceitaria, de qualquer jeito.

Ficaram em silêncio. Depois de longo tempo, Harry disse: – Quando você chegou?

Por um instante, pensou que não tivesse ouvido. Aí, ela disse: – Por volta das duas.

– Esta tarde?

Kim se virou para ele. Harry ficou espantado com sua palidez: – Ontem à noite.

Harry ficou com o olhar incrédulo: – E você está aqui desde essa hora?

– Onde mais eu estaria? – Ela parecia cansada. Como se não suportasse ser importunada de lidar com ele.

Ele perguntou: – Como foi que você soube?

– Como foi que eu soube o quê?

– Como foi que você soube que ele estava com meningite?

Ela fechou os olhos e tornou a abri-los lentamente: – Não soube.

– Então, o que aconteceu?

Não houve resposta.

Harry disse: – Posso vê-lo?

– Se quiser.

Mas ele não se mexeu. Não era exatamente um convite.

Kim disse: – Ele não está consciente.

Harry reprimiu o pânico. Levantou-se, tirou o paletó, pendurou-o nas costas da cadeira de madeira e se sentou novamente.

Ela disse, ainda com o olhar perdido: – Pode levar muito tempo até que ele acorde.

Havia um zumbido na cabeça dele, como um mosquito. Otis não. Otis também, não.

– Você não precisa ficar. Mando uma mensagem, se houver mudança.

Ele não se moveu.

Do outro lado da sala, perto da persiana, houve uma pequena tomada de fôlego, como o barulho que alguém faz quando fica assustado. Harry, surpreso, levantou os olhos. Kim tinha virado o corpo todo para a parede. Mas ele podia ver, pelo movimento dos ombros, como se estivesse sufocada, que estava chorando. Observou, desanimado. Sabia que ela não quereria conforto. Pelo menos, não dele. Por fim, seu corpo parou de balançar. Ele pôde vê-la passando a mão no rosto, enxugando as lágrimas. Não suportava mais isso.

– Kim?

Ela não respondeu.

– Kim?

Ela se virou para olhar, os olhos tão furiosos que ele se encolheu. Ficaram se encarando. As faces dela estavam muito vermelhas. Em vez da palidez da pele, parecia que alguém as havia estapeado.

– Só pedi que você fizesse uma coisa, e você não faz.

Ele ficou olhando para ela. O que ela havia lhe pedido?

– Quero que você vá embora.

– Kim...

– Não preciso de sua ajuda. Se precisar ficar aqui, arrume outro lugar pra sentar. Achei que você deveria saber que o Otis está no hospital, mas não quero você aqui. E não posso ir embora ou voltar lá pra dentro.

Suas palavras ecoaram pela sala, saltando de volta das paredes. Ela parecia odiá-lo.

Ele perguntou: – Por quê?

– Por quê? – Ela olhou para ele como se fosse estúpido: – Porque não aguento vê-lo daquele jeito, ali deitado, com tubos pelo corpo todo. Você também não conseguiria, se tivesse ficado aqui a noite toda.

Ele não tinha se referido a isso.

No entanto, ela não estava escutando: – Eles têm sido muito gentis, dizendo que tem toda chance, mas não sabem mais do que eu. Ele tem 8 anos. Pode acabar com lesão no cérebro. Ou perder os braços, as pernas, ficar cego ou surdo...

– Por que você quis que eu soubesse?

– O quê?

Ele manteve os olhos no rosto dela, esperando.

– Não faço a mínima ideia – subitamente, ela pareceu exausta. – Porque você se interessa por ele. Pareceu ser a coisa certa a fazer.

A sala estava silenciosa. Harry pensou em Otis, deitado na cama branca do hospital. Depois, pensou em Eva. Por um momento, sentiu tanta falta dela que quase perdeu o controle. Trincou os dentes, travando o maxilar.

Kim recomeçou a falar. Sua voz estava tão baixa, que era como se estivesse falando sozinha: – Ele não esteve bem a tarde toda. Mas não pensei que havia algum problema. Pensei que fosse um começo de resfriado. Foi pra cama, como sempre. Eu estava assistindo à TV. Ele veio até a sala, dizendo que estava com dor de cabeça. Dei-lhe Calpol. Aí, ele vomitou. Ardendo em febre. Então liguei pro serviço de plantão. Eles disseram que, provavelmente, era um vírus. Dê uma esfriada nele. Ligue de volta, se ficar preocupada. Fiquei dando uma olhada nele. Levei uma coisa pra ele beber. Ele estava com febre, mas as mãos estavam frias e os olhos estranhos, como se não conseguisse me ver. Liguei pro serviço de plantão, de novo: vamos colocar você na lista para uma visita a domicílio, vai levar cerca de uma hora. E eu fiquei sentada com ele na cama. Ele gemendo e quente, dizendo que suas pernas doíam. E eu pensei:

não, não vou esperar mais. Então, chamei um táxi. O motorista disse: tudo bem, também sou pai. Passou por todos os sinais vermelhos. Ficava tocando a buzina. Dando socos sem parar. Mas, quando chegamos lá, Otis não estava respirando. Então o peguei e corri pelo pronto-atendimento, aos berros. Eles o deitaram, arrancaram seu pijama. Suas pernas estavam com manchas roxas. Souberam na mesma hora.

Ele respirou fundo para conseguir falar: – O que eles fizeram?

– Antibióticos. Fluidos. Os exames confirmaram. Passaram cinco horas lutando por ele. E, depois, disseram: tudo o que podemos fazer é esperar.

Ele sentiu que tinha de permanecer calmo, ainda que, dentro da cabeça, houvesse um som reverberando, como de alguém gritando: – Posso ir ver?

Ela concordou.

– Quer vir?

Ela levantou os olhos e o coração dele se contraiu. A dor dela era imensa.

Então, ele entrou sozinho.

Depois que ele se foi, ela colocou a cabeça nas mãos. As pontas de seus dedos estavam geladas. Era estranhamente reconfortante tocar na própria testa. Fazia se lembrar de que era real.

Os hospitais são muito quietos à noite. Durante o dia, tinha gente entrando e saindo, o tempo todo. A sala de espera estivera quase cheia.

Kim lembrava-se de ter saído para o corredor para telefonar para sua mãe. *Vamos ficar pensando em vocês a cada minuto. Mas não se preocupe. Os hospitais são muito bons, hoje em dia. Se bem que, é claro, seja muito sério. Meningite pode matar.*

Subitamente, pensou: Christine. Eu deveria ligar para Christine. Seus olhos encheram-se de lágrimas. Por um momento, quase pôde ouvir sua voz. Aguente firme, Kim. Fique forte pelo bem do Otis.

E ela ficou balançando para frente e para trás, apertando os braços ao redor do corpo, tentando se lembrar da sensação de ser abraçada.

Quando Harry voltou para a sala de espera, Kim tinha encostado a cabeça contra a parede e parecia estar dormindo. Ele se sentou no maior silêncio em uma das cadeiras de madeira, perto dela.

Mas ela perguntou: – Como ele está?

Ele levantou os olhos, surpreso: – Nenhuma mudança. O que é bom, segundo eles.

– Ele não parece bem.

– Não. – Uma criança inchada em coma. Harry engoliu em seco.

Ela se aprumou. Estava com uma espécie de cor cinza, agora, como um papel sujo. Suas pálpebras estavam vermelhas.

– Eles disseram que as primeiras vinte e quatro horas são críticas.

– Você salvou a vida dele.

Ela olhou para ele, esgotada.

– Foi o que a enfermeira acabou de me dizer. Se tivesse esperado mais, ele morreria.

– Não dava pra eu esperar.

Ele não disse nada por um tempo. Depois, falou: – É bom você ser do tipo que não espera permissão.

Só que a solidão é danada, ela pensou. As pessoas se zangam com você. Esfregou os olhos.

– Comprei sanduíches, se você estiver com fome.

Ela sacudiu a cabeça. A ideia de mastigar soava exaustiva.

– Eles me pediram pra eu dizer que tem uma cama, caso você precise.

– Eu sei – ela pareceu vaga. – Mas não consigo.

Ficaram em silêncio. Agora era menos hostil. Ele se inclinou para frente, cotovelos nos joelhos, olhando o chão: – Não vou ficar, se isso piorar as coisas.

Posso ir pra algum lugar – ele ergueu os olhos. – Desde que você prometa me telefonar, se houver qualquer mudança.

Ela não disse nada.

Harry estava começando a se recolher para dentro de si – porque não havia outra maneira de enfrentar a situação – quando percebeu que ela o estava encarando.

– Você é o pai dele?

Ele sacudiu a cabeça.

– Não é?

– Não.

– Como é que você sabe?

– Porque nós nunca dormimos juntos.

– Dormiram sim.

Ele não disse nada.

– Na minha adolescência, você estava sempre no quarto dela.

Ele tornou a sacudir a cabeça.

Ela se esforçou para vir à tona: – Mas vocês eram sempre tão íntimos!

– Eu sei. Ela era minha melhor amiga.

As palavras eram perigosas. Ela podia vê-lo travando o maxilar, os músculos trabalhando em sua face. Não é preciso muito, ela pensou. Todo esse tempo depois que ela morreu, e ainda estamos em pedaços. Aparentemente, estamos bem, mas é como uma camada fina de gelo sobre uma água profunda e escura.

Ele disse: – Ela nunca me contou quem era.

Ela também não me disse. Foi por isso que pensei que fosse você.

– Eu disse que, se ela quisesse, eu poderia ser o pai dele, mas ela disse que não seria justo com você.

– Comigo?

Harry sacudiu a cabeça, como se fosse muito complicado explicar.

Porque Eva sabia que seria a última gota d'água para mim, pensou Kim, ter Harry para sempre na vida de Otis.

Depois de um tempo, Harry moveu a cabeça em direção aos ombros, um lado, depois o outro, esticando o pescoço como um boxeador antes de uma luta.

– Nunca entendi por que você me detestava tanto.

Foi um choque. Por que ele estava dizendo isso?

– Eu não o detesto.

– Detesta sim.

Kim engoliu em seco. – Não detesto você. Só detesto o que você representa.

Ele sorriu: – Então, não é pessoal.

– Escola particular, pais ricos, banqueiro, carro veloz... – Parou de falar, soava petulante até para ela. – Trata-se de ter todos os privilégios, mas não fazer nada para ajudar outras pessoas. Aceitar todas as suas vantagens, esfregando o rosto de todos os outros no chão.

Houve um silêncio.

Harry disse: – Não tem mais muito valor de revenda.

– O quê?

– O Porsche. Está muito velho.

Ela desviou os olhos, irritada. Sempre, sempre, transformando tudo em brincadeira.

– É isso? Esse é o motivo de você me detestar?

E porque você estava traindo a Eva. Mas talvez não estivesse. Oficialmente. Se vocês eram apenas amigos. A cabeça de Kim doía. Tudo era difícil demais de entender.

– Isso basta, né?

Ele olhou para o chão. Com aspecto cansado, disse: – Não adianta muito me defender. Faz muito tempo que você assumiu essa postura.

Isso a enfureceu. Ele a acusava de preconceito: – Então, vamos lá. Surpreenda-me.

Por um instante ele não disse nada. Kim pensou que talvez a conversa tivesse terminado. Até que ele recomeçou a falar.

– Nunca conheci meu pai. Meu padrasto me odiava. Saí de casa aos 14 anos e vivi com pais adotivos. Terminei a escola, peguei um trem e vim pra Londres. Conheci a Eva. Depois disso, ela se transformou na minha família.

Ela ouviu as palavras, que não faziam sentido. Eton. Dinheiro de família. Foi o que sua mãe lhe havia contado.

– Não trabalho mais para um banco. Saí há um ano. Trabalho para uma companhia que faz equipamento médico. Detecção e diagnóstico precoce de câncer. Encontrar investimento para que a companhia possa crescer. – Ele levantou os olhos e, por um momento, ela não conseguiu respirar. A emoção nos olhos dele era muito forte. – Posso continuar. Posso contar cada detalhe da minha vida, mas não vai fazer diferença, vai? Porque não tem nada a ver com o que represento, tem a ver comigo.

Ela se sentiu encurralada: – Não sei do que você está falando.

– Você simplesmente não gosta de mim.

– Ah, pelo amor de Deus, Harry! – sua voz estava ficando aguda. – O que você está dizendo? Que tudo isso é culpa minha? Que o que eu sinto é completamente irracional? – levantou-se, furiosa. – Você é a causa de tudo isso, não eu.

Ele olhou para ela, semicerrando os olhos, por causa da luz.

– Você tentou jogar Eva contra mim.

– Quando?

– Disse que eu era uma mitômana, insana.

Ele parecia desconcertado.

– Eu o ouvi. No quarto dela. Anos atrás.

– Provavelmente, eu estava falando de sua mãe.

– É mesmo? – Kim falava em voz alta, zombeteira. – Você sempre combinou muito bem com ela. *Harry, querido. Tão encantador. Tão gentil. Tão rico.*

– Tento me dar bem com todo mundo.

Kim ficou desdenhosa: – Você nunca tentou se dar bem comigo.

Novamente aquele vazio nos olhos dele.

– Ah, qual é, Harry! – Que importância tinha tudo isso, afinal? Remexer o passado. Qual o interesse de como tudo havia começado? – Seja honesto. Admita. Você queria ficar com a Eva. E eu simplesmente estava atrapalhando. Você nunca gostou de mim de verdade, gostou? Nunca.

– Eu te amo.

Ela ficou com o olhar parado nele.

– Desde que a vi pela primeira vez. Faz anos que amo você.

O ar zunia em seus ouvidos. Teve a sensação de coisas caindo ao redor. Podia ver o rosto dele, então, sabia que era Harry. Ao mesmo tempo, sabia que não era, de jeito nenhum. Aquilo não era real. A qualquer momento, ele cairia na risada. Você acreditou em mim? Você cai em qualquer coisa. Eu estava brincando. Provocando você.

Mas ele não riu. Só ficou ali, olhando para ela.

Kim não conseguiu falar.

– Não espero que você também me ame. Estou cansado de mentir, de tentar fingir que não é verdade.

Ela ainda não conseguia falar nada.

– Sinto muito, não devia ter dito nada.

Kim procurou a cadeira às costas. Suas pernas não a suportariam mais.

– De verdade. Esqueça. Sinto muito.

Ficaram mergulhados num silêncio miserável.

Por fim, Kim disse: – Vou ver o Otis.

Ele concordou com a cabeça.

– Pode ser que eu fique sentada com ele, um pouquinho.

– Está bem.

Tudo o que ela sabia é que precisava sair dali. Era imenso demais, demasiado.

Ao chegar à porta, olhou para trás. Ele estava encurvado, com a cabeça nas mãos.

Quando Kim voltou para a sala de espera, Harry estava deitado sobre as cadeiras encostadas na parede do fundo. Ao ouvi-la abrir a porta, sentou-se. O rosto estava ansioso: – Alguma novidade?

Ela sacudiu a cabeça: – Sem mudanças. Está estável.

– Você está bem?

Ela se sentou: – Estou.

Houve uma pausa.

Ela disse: – Estava pensando no que você falou.

Ele respirou fundo: – Gostaria que não pensasse. Sinto muito. Não deveria ter dito nada. Principalmente agora.

– Mas disse.

Eles ficaram se encarando, na sala.

Ela disse: – Não entendo. Você sempre me tratou como uma criança, como se tudo que eu dissesse fosse estúpido.

– Autodefesa. Pra você não perceber como eu me sentia.

– Por que você não queria que eu soubesse?

– Pra você não me rejeitar.

A coisa andava em círculos: – E a Eva?

– Você quer saber se ela sabia?

Kim assentiu com a cabeça.

– Ela queria que eu contasse pra você. Mas não pude. Nunca era a hora certa. Você se lembra dos brincos? No seu aniversário de 18 anos? Passei meses pensando nisso. Alguma coisa que lhe mostrasse como eu me sentia. Que você não era apenas a irmãzinha da Eva. Mas deu tudo errado. Não poderia ter sido pior. Fiquei com a esperança de que, um dia, aconteceria alguma coisa que faria você mudar de ideia. Pra que você me visse de um jeito diferente. E nunca aconteceu nada.

Mas você era sempre tão arrogante, pensou Kim. Tão seguro de si! Poderia ter dito alguma coisa. É óbvio que poderia ter dito alguma coisa.

Ele disse: – Fiz Eva prometer. Ela queria lhe contar, inúmeras vezes. Disse que a estava deixando louca. Costumava dizer: você vai precisar descobrir de uma maneira ou de outra, caso contrário, só estará perdendo tempo. Vocês dois.

Kim ficou muda. Pensou em Eva e na maneira como ela se calava, sempre que conversavam sobre Harry. Lembrou-se da formatura em Edimburgo, discutindo no restaurante, das discussões quando Eva ficou grávida. Lembrou-se do Natal terrível, do casamento de sua mãe, do funeral. Era como tentar ler um livro de história de cabeça para baixo.

Bem no final, Eva havia dito: não corte o Harry de sua vida. Achei que estivesse falando pelo bem de Otis, pensou. E ela estava tentando dar a ele uma última chance.

Depois de um tempo, ela disse: – Por quê?

– Por quê? – ele se mostrou confuso.

Ela não conseguiu dizer as palavras.

– Por que eu amo você? – ele pareceu triste. – Não sei. As pessoas sempre sabem?

Às vezes, elas tentam explicar.

– Não existe ninguém como você. É isso. Ninguém nem chega perto.

Não fazia sentido.

– Tentei muito não amar você, mas é como tentar não respirar. Não funcionou.

Kim desviou o olhar.

– Sinto muito – disse Harry. – Momento errado. Principalmente agora, que você voltou com o Jake.

Ela mordeu o lábio: – Não voltei.

– Não?

– Também não aceitei o emprego.

Surpreso, ele disse: – Pensei que estivesse decidido.

– Não – ela ficou envergonhada. – Quis que você pensasse que estivesse. Assim, quando você tirou suas conclusões, não corrigi.

Ele sorriu: – Que esperta!

O velho Harry. Sempre provocador.

– Seja como for, fiquei mal com a coisa toda. Ele é mesmo um imbecil. Um manipulador. E o trabalho era uma porcaria. Nunca deveria ter levado em consideração. Só me pareceu uma boa ideia, na época.

Ele não disse nada.

– Pensei que você fosse ficar satisfeito.

– Fiquei.

– Então, qual é o problema?

Harry olhou para o chão. Quando levantou a vista, seus olhos estavam escuros.

Ela se assustou: – O quê?

Ele falou devagar: – Você não disse não.

– Não?

Nem pensar que algum dia eu vá sentir a mesma coisa. Esqueça. Você deve estar brincando.

Eles se encararam.

Kim disse, com voz neutra: – Eu gostaria muito de um café.

Se ele ficou surpreso com a mudança de assunto, não demonstrou. Levantou-se, pegando o paletó. – Puro? Sem açúcar?

Ela anuiu.

Depois que ele saiu, fechando a porta, ela cerrou os olhos. Aquilo não estava acontecendo. Não era possível. Não era real.

A noite toda, eles se revezaram para se sentar ao lado de Otis.

Uma hora, quando Kim voltou e Harry levantou-se para sair, ela perguntou:

– Por que você foi pra Nova York?

– Como eu não aguentava mais esperar por você, Eva disse: ponha uma distância entre vocês. Veja se ajuda.

– Você ficou fora muito tempo.

Ele olhou para ela: – Você estava com o Jake.

Depois que ele saiu, ela ficou ali sentada, olhando o vazio.

Mais tarde, ao voltar, ele disse: – Pensei que nunca mais fosse ver vocês. Quando você saiu de Londres.

– Não.

– Foi...

– Sinto muito. Sinto mesmo, muito.

Ele assentiu com a cabeça. Os dois ficaram um tempo sem falar.

Em outro momento, de madrugada, ela perguntou sobre Ethan. A princípio, Harry hesitou, mas esboçou um histórico de Ethan e depois conversou sobre a Academia do Tommy, o que, de algum modo, fez com que falasse sobre a própria infância, crescida em Essex, com um padrasto que o detestava. Ela observou seu rosto, enquanto ele recordava. E pensou: quando conheci o Harry, bloqueando a luz, parecia muito adulto. Não passava de um menino.

– Eva mudou tudo. Ela me fez ver que é preciso deixar correr. Seguir adiante – ele sorriu. – Só me deixaria comprar o Porsche, se doasse cem mil libras para caridade.

Kim ficou surpresa: – E você deu?

– Eu ia dar parte dessa quantia pra você, mas foi tudo embora, agora. Os sem-teto. Campanhas ambientais. Ecovilas.

Ela não sabia se ele estava brincando.

Conversaram sobre o funeral. Ela quis explicar o motivo de ter ficado tão nervosa, mas ele apenas tocou-lhe na mão. Em vez disso, ficaram em silêncio. Ele disse: não pude ficar quando eles começaram a tocar as músicas. E ela disse: eu sei, eu sei.

Na pior parte da noite, a hora em que o dia parece que nunca vai chegar, ela falou: – Por que você não queria me ouvir?

Confuso, ele perguntou: – Quando?

– Quando Eva ficou doente. Estava cansada. Precisava descansar. Mas você fez com que ela se levantasse e se vestisse, e saísse.

As linhas de exaustão no rosto dele pareciam cicatrizes: – Ela me fez prometer, desde o começo. Disse: vai chegar uma hora em que eu vou querer desistir. Não deixe. É precioso demais.

Ela chorou, então, lágrimas frias sobre o rosto.

Ao amanhecer, quando Kim voltou, Harry puxou o cordão lateral para abrir as ripas da persiana branca. Lá fora, o céu estava clareando, um brilho róseo. Havia uma janelinha, bem no alto. Harry esticou-se para abri-la e eles ouviram o primeiro canto de passarinho ecoando pelo silêncio.

Ele disse: – Já faz mais de vinte e quatro horas.

Ela concordou com a cabeça.

Já não conversavam muito. As horas passadas os levaram para um lugar diferente.

Harry apagou a luz de cima. A sala, que brilhara para eles a noite toda – importuna e tão clara –, saltou de volta para as sombras. Ambos olharam para a janela.

Harry disse: – É o fim do plantão noturno. Talvez a gente devesse entrar junto.

Seu rosto estava escuro, a barba por fazer. Isso lhe deu uma aparência diferente, nem um pouco o Harry conhecido. Ela se sentiu, repentinamente, estranha. E disse:

– Preciso mandar uma mensagem pra minha mãe. Só pra dizer que não há novidade.

Ele assentiu: – Vejo você lá dentro.

Harry pegou o paletó. Sua camisa branca estava amarfanhada, uma massa de linhas e dobras finas.

Depois que ele se foi, Kim foi até a janela e encostou a testa no vidro. Abaixo dela, na rua, pôde ver as filas de carros perfeitamente estacionados. Toda a equipe que mantivera o hospital vivo a noite toda. Estava quase cansada demais para achar o celular. Por um instante, fantasiou contar à mãe o que Harry havia dito. *Bom, é claro, sempre soube que ele te amava. Era óbvio, desde o começo.* Ela estaria mentindo, pensou Kim. Porque nada nunca é tão claro. Não quando se trata de pessoas. Você acha que conhece alguém, mas pode entender tudo errado. E talvez seja isso o que Harry e eu devamos fazer. Precisamos voltar para o início e começar tudo de novo.

Perplexa, estancou. Parecia que Eva estava a seu lado. Havia uma claridade na sala a erguê-la. Kim ficou ali, absorta, o coração acelerado. O que está acontecendo? É porque estou muito cansada. Já não estou pensando direito. Mas não conseguia se desvencilhar. Um surto de alegria. Uma sensação de energia. E alguma coisa a mais, que ela não reconheceu, alguma coisa clara e certa fluindo por ela, como a luz do sol.

A porta se abriu, atrás dela. Harry estava ali, parado, escuro, desarrumado, animado. E disse: – Ele acordou. E está chamando você.

Esperança, ela pensou, encantada. É isso. Esperança.

Ele estendeu a mão.

FIM

Este livro foi impresso

pela gráfica Rettec

em papel luxcream 60 g.